日子瘋長

龔曙光 著

目錄

推薦序

迢遞雋永的歸鄉之路

白先勇

當我們說起一個「時代」，心中銘記著的是什麼樣的圖景？是左右歷史潮流的偉人肖像？遍地彌漫的烽火硝煙？抑或是街頭巷尾走販吆喝的悠遠長音？鄰人近親的殷切絮語？相對於尋常人生的瑣碎，時代彷彿一直如此巨大，多少生民百姓將生命裡的千滋百味消磨其中，幾乎無從細數。一如伸手掬沙，從指間縫隙滑去的，總是比留在掌心裡的多得多。

不過如果我們耐下心來，把那些曾經即臨己身的故人舊事一一記錄不避細瑣，是不是也能夠拓印出一個時代的風貌、音聲、氣味？翻讀龔曙光《日子瘋長》的時候便是這樣的感覺，藉由他一篇篇的家族遺事、故舊交誼、少年憶往，彷彿可以清晰地指認出那些鎮寨、屋埕、紅磚、青瓦，登時被一個杳然遠去的年代，一段再無法追回的時空歲月給包圍環繞。

時光的更迭和世間的人事變幻總是最引人悵惘。尤其在中國大陸高速發展的今日，以「開發」與「繁榮」為名的現代巨輪，轟然輾過眾人記憶中熟悉、恍如經久不變的一切，更加深了這種物換星移的傷懷與喟嘆。細品書中描摹的種種，除了可以想見的物事與頹之外，淳樸溫厚的鄉情人情，還有那溫情所賴以蘊生、依存的人際網絡，確實是一個現今無從追溯的時代氛圍。然而，這並不表示《日子瘋長》僅僅只是一部感懷傷逝之作，龔曙光以細膩筆觸拈起老家微小的人事景物，可說是以一種更為貼近現場的方式寫下屬於庶民的歷史，替「時代」留下不同版本的面目。

出身湖南澧陽的龔曙光，其筆下篇章多聚焦在幼時長居的夢溪小鎮，以及小鎮邊沿的山野、河湖、田疇阡陌、人情掌故；他的文字時而率性真摯，時而詩意雋永，小鎮中人的百般情態教他寫來餘韻悠長不盡。

他以一篇〈走不出的小鎮〉勾勒夢溪風貌，寫的不僅是夢溪的地理方位、街容市景，而是以多位令鎮民「忘不去的人」為小小古鎮賦予立體的血肉。其中隨著值更老人逝去不復存在的銅鑼聲，更隱隱呼應了《日子瘋長》全書之底蘊。他寫〈少年農事〉時，質樸率真的文字讓讀者彷彿能看見一位少年農夫站在面前，娓娓細數各種農活的細節與竅門。〈祖父的梨樹〉藉一株和祖父相倚相生的老梨樹，捕捉祖父一生正直寬厚的精神人格；寫的是梨樹，真正想說的依舊是記憶中溫煦的親情。〈山上〉、〈湖畔〉等篇則是掇拾了下鄉後的生活點滴，青春的酸甜與成長的磨礪，追憶起來如詩亦如歌。其餘篇幅或憶故友，或追念親族長輩，也都令人低迴不已。

因此，《日子瘋長》實質上是一種「鄉愁」的書寫，作者以摯情深刻的文字將昔日成長的老家城鎮，還有那段純真歲月裡的故人故事，真實而鮮活地重新召喚出來。這份鄉愁不僅只是空間上的，同時也是時間上的鄉愁。

龔曙光另外較為人所知的身分是報社創辦人、出版集團董事長，但其實涉足商場前他曾經是一位文藝青年，年輕時便已撰著不少文學評論，也是一位頗有影響力的文學工作者。如今棄文從商二十餘年後，《日子瘋長》這冊散文，儼然是他宣告歸返文學行列的代表作。由是觀之，他那漫溢在字裡行間頻頻回首顧盼的姿態，除了自抒鄉愁之外，恐怕也隱含了回歸創作精神原點的渴望。

其實無論是懷舊的鄉愁書寫，抑或是為了內在精神／靈魂之安頓所做的探索，都是一種溯返、「還原」的渴望，也是人類共通的情感之一。同時身為作家與企業家的龔曙光，透過《日子瘋長》為我們展示了這種普世情感，時空、地理的隔閡無礙於我們去感受、體會他的愛鄉之情，令人想起沈從文湘西雜文的鄉土篇章。龔曙光將雋永文字敷衍成迤邐迢遞的歸鄉之路，希望台灣的讀者一同品讀這本色澤豐潤的散文，欣賞沿途的風物景緻，感受人與鄉土的深刻連結與繾綣。

序

張煒

這十幾疊散文組成的集子可以看作首尾相銜的一部「夢溪詩章」，一曲時而激越時而低徊的長吟。筆觸所及，皆為夢溪故地，父母至親和兒時老友。野風吹起渡口的層層漣漪，湖上蘆荻聲聲如訴。這是一場追憶的逝水年華，一個離我們遙遙無測、邈遠到難以言喻的空闊世界。詩人沉浸忘我，以至於忽略了光陰流轉，心靈留駐，耽擱在一壺濃香撲鼻的春醪旁，酣醉不起。

傾聽搖晃不醒的囈語，走入那個叫做「夢溪」的古鎮深處，感受風情野韻和一個個傳奇。青石老垣從霧幔中一點點析出，粗長的聲氣由遠而近。扁平的歷史在我們眼前矗立起來，古井苔痕變得鮮活湮濕，開始一滴滴滲流垂落。一個少年從踏上停泊烏篷船渡口的第一步起，就開始目擊生存的憂傷和慘烈，接受自己不可擺脫的命運。記憶中的第一次死亡事件是鎮上的老更夫，這位老人每天夜裡呼喊的「小心火燭」突兀地消失。而後是一個個親人的離去、從小廝磨的友伴作別，生活真容依次顯露。無法習慣的死亡與同樣唐突的愛情交織一起，令人滋生出無法排解的哀痛和深長的驚懼。

這是發生在一座中南小鎮及四周的故事，它由小城、村野、河畔、知青生活點組成，孕化演繹，滋生萬物。它貧瘠，卻散發出永恆的溫情，濁臭與馨香，冷酷與熱烈，一層層積疊鑲嵌。純真無瑕的愛戀與鄉間猥褻，大義凜然和怯懦苟且，生生攪拌在這方無所不包的鄉土裡，令一顆遊子之心無力割捨。這是一部周備細緻的人物志、風俗志，是與故土和昨日的一次促膝長談。其中，追憶「九條命」的頑韌的父親、美麗柔弱而又剛強堅毅的母親之章，讀來真是感人至深催人淚下，再沒有什麼文字可以替代。這是最不喧譁的刻記，具有驚心之力卻又始終呈現安然沉默的品質。與這些記述相映的是另一副筆墨，即幽默俏皮和忍俊不禁、機智過人的揶揄和反諷。

有一些過目不忘的篇章，於節制樸素中透露出驚心的消息：「三孀」的失貞和男人的頹唐；麻臉老校工悲壯的「義舉」……它們沾滿血淚，閃爍著艱難生存的人性之光，其故事本身就蘊含了底層的日月倫常，寫滿道德禮法，可以作為複雜的人性標本，一部鄉間的百科全書。

全書的豐富性既表現於斑駁的色彩和含蓄的意緒，又由淳樸率直的美學品格顯現出來。它寫苦難不做強調，談幸福不事誇張，所有議論和修飾都給予了恰當的克制。這部憶想之章把坎坷與折磨化為題中應有之義，內容上毫無沉鬱滯重之氣，形式上也沒有迂迴艱澀之憾。它轉述的是流暢的生活和樂觀的精神，有一種自然沉穩、自信達觀的氣度。我們掩卷之後，除了對人事耿耿於懷，還有關於風物的不滅印象。比如我們耳旁會長時間響著知青們在露天影院的那場打鬥聲，北風掠過大葦塘的尖嘯，感到陣陣刺骨的寒意。那片無邊無際的蘆葦蕩淒涼而又迷人，好像是專門為當年知青們量身打造的一個人生舞台，在此盡可上演淋漓的悲喜正劇。

書中濃墨重彩寫了一棵祖父的大梨樹，它彷彿栽種於文字中央，蓬勃茂盛，碩大水旺，儼然成為一凜然不可侵犯的神物，為一歷經滄桑者的另一具形骸。這些描述甚至讓筆者恍若站在了《詩經》中那棵神奇的「甘棠」之下，瞻仰它的濃蔭匝地，偉岸雄奇，承接不可思議的神性之光。

翻閱中，隨著最後一個字符的出現和消逝，思緒漫湮開來。我們不知道這本書有什麼理由從無數的鄉野回憶中凸出，也不明白它叩擊心弦的力道從何而來。熟悉的生活場景，血緣和故土，生死離別，他鄉憶舊，如此而已。可又不止於此。形制類似，質地有異，原來它以獨有的蘊含和舒張吐納，產生出綿長不息的力量。

我們感受了它的洞悉和寬容，率直和誠懇，還有無諱飾無虛掩的為文之勇。信手寫信心，傾吐過來人的慷慨，其實是很難的一件文事。世事洞明而後能捨，經歷漫長愈加執著。我們就此看到了一篇篇沒有書生氣也沒有廟堂氣，更沒有腐儒氣的自然好文。它是心靈自訴，歲月手箚，親情存念，也是搏浪弄魚。

「弄魚」在書中有過專門的記述，那是精密的河溪水口絕技：踏激流涉灘石，捉到活蹦亂跳的大魚。

好吧，現在就讓我們打開魚簍，一起分享。

二〇一八年三月二十一日

推薦語

余秋雨

質樸敘事，在文學寫作中最重要，也最艱難。龔曙光先生用質樸的筆調寫出了一個質樸的家鄉，質樸的童年，滿紙厚味，讓人捨不得快讀。當代年輕人不要以為這只是遠年故事，其實，裡邊的悲歡人情、冰雪炭火、梨花書聲，就是我們生命的土地——永遠的中國。

唐浩明

翻開《日子瘋長》，便被第一句，第一篇吸引。讀完全書，好幾天沒能從那座龔家老屋場，那個夢溪小鎮裡走出來。

曙光用他那帶有湖湘原始野性而生命力旺烈的文字，招回了自己的童年與青春：田疇桑林、捉蟲弄魚、母親三孃、李伯金伯。一切都自然、真實、本色、活脫。那是一個離我們漸行漸遠的時代，那是一群與我們相惜相通的人物……

韓少功

悲憫於情，洞明於智，鮮活而凝重於文。夢故園點滴透功力，懷親友尋常見大心。說是試啼之作，卻有厚積薄發脫俗孤高之大氣象。

殘雪

閱讀龔曙光的散文集對於我來說是一次驚喜的旅程，這些質樸的篇章具有令人難忘的獨特魅力。更為難得的是，它們還以其原始的情感爆發力突入到了人類歷史的昏暗的深淵，讓讀者從那裡辨認出我們自己可能具有的模樣。

洪晃

看龔曙光的散文既陌生又熟悉。陌生是因為過去交往的大部分時間，我們都很商務很正經：熟悉是因為有一次他帶我去吃湖南的小館子，一張矮桌，幾個小凳，讓我第一次感到他的鄉情。《日子瘋長》的每一篇，都像這個快銷時代一個農家小館為你準備的精神食糧：淳樸的文字，濃郁的鄉愁，深奧的哲理。這種真誠而稀罕的敘事，很容易讓你折射到自己的生活，是一面人生的鏡子。

汪涵

一個人的有趣是因為他明白無常即正常，知道如何在薄情的世界裡多情地活著。曙光兄的有趣，就是把他行走在那段瘋長日子裡獲取的悲歡離合喜怒哀樂，在手心揉搓出來的千帆過盡的曠達之氣。所以我喜歡跟有趣味的他扯卵談，也喜歡讀有才情的他碼的文字，因為從中可以想起過去的自己，看見未來的我們。日子瘋長，我們都是時間的糧食……

自序

再慢的日子，過起來都快。

千禧那晚，我獨自蜷縮在書房裡，清點即將過去的二十世紀。就在千年之鐘敲響的一刻，我莫名地想起了祖母說過的一句話：「日子，慌亂倉皇得像一把瘋長的稻草！」

我不知道，一字不識的祖母，怎麼可以說出這麼一句深刻而文雅的話來。讀過媒體拚盡才情撰寫的辭別文稿，我覺得，祖母的話，才是對二十世紀最精當的描述。

一晃，新世紀又快過去二十年了。因為寫作，我重新回到少年時代，撿拾起已經成歷史的故鄉人事。每每進入一個記憶中的故事，我又會不由自主地想起祖母的這句話，浮現出那些日子的種種慌亂與倉皇：舊俗的廢止與新規的張立，故景的消亡與新物的生長，審美的倦怠與求生的決絕，順命的乖張與抗命的狂悖……初衷與結果南轅北轍，宣言與行為背道而馳，良善和邪惡互為因果，得勢和敗北殊途同歸。這個看上去像慌亂追尋又像倉皇出逃的世紀，歲月被搗碎成一堆空洞的日子，日子被擠榨成一串乾癟的歲月，恰如田地裡瘋長的稻禾。

究其動機，我寫這些人事，並不是為了給二十世紀一個刪繁就簡的抽象評判，也不是為了印證祖母幾十年前所說的那句話。於我而言，時代只是一日一日的日子，歷史只是一個一個的個人。無論身處哪個時代，一日一日的日子，總會有苦也有甜；一個一個的個人，總是有悲也有喜。置身其中的每個個體，其苦其甜，其悲其喜，都是連筋連骨、動情動心的真實人生。

我當然明白，文中所載的那段歲月，注定是要在歷史中濃墨重彩的。其臧其否，也必將為後人們長久地爭來論去。不管未來的史學家們如何評判，我筆下的這些人事，都會兀自生活在評判之外。他們中，命運順遂的未必適得其所，命運乖悖的未必咎由自取。無論歷史的邏輯是否忽略這些人事，但對他們而言，時代過去了，日子卻留了下來。

我一直質疑所謂的大歷史觀。見史不見人，是歷史學家們的特權。對文學家來說，任何歷史都是不可替代、不可重複的個人史。史學家評判的昏暗歲月，一定有過光彩的日子；後世人豔羨的幸運人群，一定有著悲愴的個人。在生命的意義裡，光彩的日子，哪怕只有一日也不可被忽略；悲愴的個人，即使只是一個亦不能被丟棄。

這自然只是個人的文學態度。星光燦爛的作家群裡，也有好些被喻為編年史家的。或許是因為我對弱小和孤獨的生命天性敏感，抑或是弱小和孤獨的生命鑄就了我審美的天性，因而我的這一寫作立場，並非基於某種社會學認知，而是源自個人的審美本性：在峻嶺之巔，我更關注小丘；在洪濤之畔，我會流連涓流。子夜獨行，為遠處一星未眠的燈火，我會熱淚盈眶；雁陣排空，為天際一隻掉隊的孤雁，我會揪心不安；年節歡宴，為門外一個行乞的叫花子，我會黯然失神；春花爛漫，為路旁一棵遲萌的草芽，我會欣喜若狂……

其實，我始終都在逃避和壓抑這種天性。近二十年，我一直作為一個純粹的經濟人而存在，不僅放棄了成為作家的少年夢想，而且與舊時的文學圈子漸行漸遠。無奈，天性就是天性，可扼制卻無法割棄。年前的一個週日，我在書房翻讀魯迅先生的手稿，忽然心頭一熱，拿起一管毛筆坐上案頭，情不自禁地寫作起來。也不知為什麼，祖母所說的那些瘋長的日子，竟如泉水一般突湧出來。

這便是我散文創作的緣起。

即使在今天，我打算將一年來所寫的這些文字，零零星星聚攏來結集出版了，仍說不清為什麼要寫下這些舊人舊事。不過我敢肯定，斷然不是為了懷舊、諷今，或者警示未來那麼風雅而宏大的目的，也不是為了向某部巨著、哪位大師致敬那麼猥瑣而堂皇的意願。也許，僅僅是因為那是一種真誠而實在的生存。畢竟，瘋長的稻草也是稻禾，瘋長的日子也是歲月。

再虛的日子，過起來也就實了。

二〇一八年一月三十一日於抱樸廬

母親往事

母親屬雞，今年本命年。

俗話說：七十三，八十四，閻王不請自己去。按男虛女實的計歲舊制，母親今年是個坎。不過，母親一輩子生活儉樸，行止規律，身子骨還算硬朗，加上平素行善積德，這個坎她邁得過去。

畢竟，母親還是老了。

近幾次回家，母親會盯著我看上好一陣，怯怯地問：「你是哪個屋裡的？」過後想起來，又歉意地拉起我的手，連連道歉：「看我這記性！看我這記性！你是我屋裡的啊！」一臉孩童的羞赧半天退不去。

當醫生的大妹夫提醒：母親正在告別記憶！話說得文氣，也說得明白。我無法想像一個沒有記憶的世界是什麼樣子，更無法接受母親獨自走進那個世界。小時候在星空下歇涼，母親每每一口氣背下屈原的〈離騷〉和〈九歌〉，母親的同學都說讀書時她記憶力最好，母親怎麼可能失去記憶呢？

妹夫說在醫學上目前無法治癒，甚至延緩的方法也不多。我感到一種涼到骨髓的無助和無奈！我不能束手無策，眼睜睜看著母親走進那個沒有記憶光亮的黑洞！我要記下母親的那些往事，讓她一遍一遍閱讀，以喚回她逝去的記憶……

一

母親小姐出身丫鬟命，是個典型的富家窮小姐。

母親的外婆家很富有。老輩人說澧州城出北門，沃野數十里，當年大多是向家的田土。向家便是母親的外婆家。湘西北一帶，說到富甲一方，安福的蔣家、界嶺的向家，在當地有口皆碑。蔣家便是丁玲的老家。後來有考證稱，兵敗亡命到石門夾山寺的李自成，將家人和財富安置在距夾山幾十里外的安福，改姓為蔣。能與當年的蔣家齊名，可見母親外婆家不只是一般的有錢人家。

有一回，聊到《紅樓夢》裡的大觀園，母親輕描淡寫地說：我外婆家有新舊兩個園子，每個都有大觀園那麼大。儘管母親淡淡的語氣不像吹牛，但母親離開外婆家時尚小，兒時對空間的記憶往往會誇大許多。母親見我懷疑，便說有一年躲日本飛機，國軍一個團的官兵及武器糧草，藏在老園子裡，日本飛機竟沒有找到一個兵。大學時我去了一趟界嶺，在母親描述的老園子前待了許久。園子一九四九年後分給了農民，據說住了一個生產隊的農戶。我去時絕大多數住戶已搬走，房屋坍塌得不成樣子，只是輪廓還在。前面一口巨大的水塘，呈腰子形橫在一座陡峭的山峰前，老園子便建在山水之間一塊開闊的平地上。主人在水塘上修了一條路，路上建了一座吊橋，如果將吊橋拉起來，外人除非游泳才可能進到園子。一位靠在斷牆邊曬太陽的老人告訴我，當年賀龍率兵攻打澧州城，有當地人點水，建議賀龍中途攻打向家園子，順手牽羊撈些金銀糧草回去。據說賀龍一看，園子不好打，怕偷雞不成反蝕一把米，誤了攻打澧州的正事，老園子僥倖躲過一劫。母親的記憶也好，老人的傳說也罷，如今已都不可考，不過向家的富甲一方，卻是毋庸置疑的。

母親的母親嫁到戴家，鄉鄰公認是明珠暗投。母親的父親家姓戴，那時已家道中落，除了一塊進士及第的鎦金大匾，當年的尊榮所剩無幾。

母親的父親很上進，立志中興家道，重振門庭，於是投筆從戎。先入黃埔，後進南京陸軍大學，在民國紛繁複雜的軍閥譜系中，算得上嫡系正統。母親的父親身在軍旅，平常難得回家，年幼的母親沒和父親見過幾面。

作為向家大小姐的母親的母親，似乎並不在意夫君的這份志向，也不抱怨這種聚少離多的生活，更樂意生活在娘家的老園子裡。母親便一年四季待在向家的時候多，住在戴家的日子少。

記憶中母親的舅舅很多，有在外念洋書並出洋留學的，也有在當地任縣黨部官員的，還有在家什麼都不做，成天酗酒燒煙、納妾收小的。舅舅們各忙各的，沒人關注這個寄居向家的外甥女，甚至對這個嫁出門的妹妹亦有一種不可思議的冷漠。嬸娘們更是你一言我一語冷嘲熱諷，雖有外婆疼愛，母親和母親的母親都有一種寄人籬下的尷尬和鬱悶。沒多久，母親三四歲時，母親的母親抑鬱而死，將母親孤零零地扔在了向家。

談及母親的母親的死因，一位嬸娘隱約告訴母親，說母親不是戴家的骨肉。言下之意是向家大小姐另有所愛，而且與戴家公子是奉子成婚。那時母親尚小，並不明白這事意味著什麼，對她的命運會有什麼影響，只當是嬸娘們慣常的饒舌。懂事後母親想起向家的這則蜚短流長，又覺得將信將疑，因為母親對婆家的冷淡，父親對母親的疏遠，除了家世和個性的原因外，似乎另有隱情。多年後母親和我說起，我倒覺得以向家當年的家世與家風，大小姐以愛情抵抗婚約，做出點紅杏出牆的壯舉，似乎也在情理中。

這件事的後果是苦了母親。母親的父親不久便續弦再娶。有了上次迎娶富家千金的教訓，這次娶了一個貧寒人家的女兒，並很快生下一男一女。在這個新組建的家庭裡，母親成了外人。母親的父親依然在外戎馬倥傯，繼母帶著三個孩子在家。即使繼母不是生性刻薄，母親在家也要帶弟妹，洗尿片，打豬草……

母親的外婆去世後，母親成了真正的孤兒。在富有的向家和敗落的戴家，母親都是無人疼愛的無娘崽！就在外婆死去的那一刻，「家」便在母親的情感世界中徹底坍塌了。

二

母親輟學在家，一邊細心照料弟妹、侍奉繼母，一邊熱切地盼望軍旅在外的父親回來，她相信在外做官的父親，一定會支持自己返校讀書的想法。

住在向家時，母親已經發蒙讀書。起先是在私塾，之後是在新式學校。新校是母親的三舅創辦的。國立湖南大學畢業後，三舅原打算留學歐洲，適逢二戰爆發，歐洲一片戰火，只好回到老家。三舅不願像其他舅舅那般花天酒地醉生夢死，便拿出自己名下的家產辦了一所新式學校，一方面想用新式教育培養向家子弟，以使其免蹈父輩覆轍，一方面收教鄉鄰學童，也算報效桑梓。開學那天，三舅將母親從昏暗的私塾裡拉出來，帶進敞亮的新式教室，開啟了母親的學校生活，也由此奠定了母親對三舅的好感。在母親數十年的人生裡，三舅是唯一一個母親在心裡敬重和感激的向家人。母親的外婆去世後，母親回到戴家，沒能再返學校。其間三舅到過一次戴家，希望將母親帶回學校。母親的繼母一面客客氣氣地招呼客人，一面將弟妹打得大呼小叫，一會兒喊母親換尿布，一會兒呼母親剁豬草，母親忙得團團轉。三舅的話沒說出口，便被戴家那忙亂的場面堵回去了。

母親指望在外從軍為官的父親回來，相信父親一定會同意她返校讀書。她雖然不知道父親在外當多大的官，但父親曾就讀黃埔，而黃埔在母親那輩青少年心中，是一個神聖的殿堂。然而就是這位黃埔畢業的學生，徹底摧毀了母親的讀書夢想。「一個丫頭讀那麼多書做什麼？就在家裡好好帶弟妹，過兩年找個人嫁了！」父親的每一個字都像一塊冰，將母親滾燙的心，凍成了一坨冰疙瘩，之後幾十年也沒有化開。不再讀書也罷了，還要草草地嫁出去，十三四歲的母親忽然醒悟，她真不是戴家的骨血。

母親一聲沒吭，卻止不住淚水決堤一般地往下流。半夜，母親跑到生母的墳頭，撕心裂肺地大哭，哭到不能再流出一滴眼淚，不能再發出一絲聲音……下弦月牙從絮狀的雲層中露出來，清冷地照著雜草蓬亂的墳頭，遠近的松濤嗚嗚地吼著，像海潮也像鬼叫。母親蜷縮在墳頭，那麼弱小，那麼孤單，孤單得像夜風中飄飄蕩蕩的一根游絲，像黑壓壓的樹林裡一明一暗的一點螢火，無所寄寓，無所依傍，只有茫茫蒼蒼的天地任其漂流！

從敗草叢生的墳頭出發，母親星夜兼程去了澧州城。先考上了澧縣簡師，後來又考上了桃源師範學校。從此，母親作別了繁華的向家和衰敗的戴家，再也沒有返回，甚至沒有遙遙地回望一眼。

三

在近代，無論在湖湘教育史，還是革命史上，桃源師範都是一所名校。民國總理熊希齡曾在該校主持教務，武昌首義將軍蔣翊武、民國政治領袖宋教仁、著名文學家丁玲等，都曾就讀於此。母親能考入桃師讀書，算是圓了夢想。對母親而言，桃師不僅是學習的新起點，更是精神朝聖的起點，是擺脫封建家庭奔向新制度、獻身新時代的起點。剛迎來新中國成立的桃師，人人熱情洋溢，處處生機盎然，在人生暗影中待久了的母親，第一次感到「解放區的天是明朗的天」的敞亮心情，接下來的校園生活，大抵也是母親一生中最自由舒展的日子。

一九七八年我考上湖南師院後，母親囑咐我去拜訪在該校工作的幾位伯伯叔叔，那是母親在桃師時的同學。聽說我是戴潔松的兒子，一個個奔走相告，彷彿見了久違的親人。在後來長達四年的時間裡，我一次又一次聽伯伯叔叔們說起桃師求學時的掌故，主題都是當年的母親。後來他們之間有了走動，每回聚會，我都能從伯伯叔叔們已不清澈的眼神中，看到母親學生時代如花如朵、青春激揚的靚麗身影。

母親那時十六七歲，是學生會主席，也是學校的歌星，被譽為桃師郭蘭英。在那個時代，郭蘭英是全社會的偶像，以她來喻母親，可見母親當時在學校受追捧的程度。母親嗓子亮有歌星範兒，這一點我在童年裡幾乎天天見識。嗓子是否好到可以與郭蘭英媲美，兒時的我無法鑑別，然而母親的美麗，卻是郭蘭英沒法相比的。那時的母親看上去有些像秦怡，端莊賢淑而又充滿靈氣。去年在黨校學習時，遇到了桃師的現任校長。他聽說我母親是桃師的學生，竟在學校的檔案室裡找到了母親六十多年前的學生檔案，其中有學籍表，是母親用毛筆填寫的，一筆顏體小楷十分漂亮，還有一張照片，短髮、大眼，一絲淺笑含蓄中透出自信。嘴角微微後翕，似乎是為了藏著稚氣，又似乎是為了斂著靈性。照片雖已泛黃，邊緣疊了好些白斑，但歲月的斑痕依然掩不去照片上母親青春的光彩。

在偏遠封閉的桃源縣城，母親有這樣一張俏麗的面孔，一副亮麗的歌喉，加上若有若無的大家小姐氣質，同學們如星如月地追捧倒也自然了。母親學習刻苦，記憶力又好，屈原〈離騷〉、〈九歌〉之類的詩詞，可以倒背如流。假期母親無家可回，便獨自留在學校苦讀。伯伯叔叔們說，每回考試，母親都是第一名。

臨近畢業，同學們忙著報考大學，有報武大的，有報湖大的，更多的是報湖南師院，只有母親報考了上海音樂學院。得知母親以優異成績通過了考試，女同學羨慕中略帶嫉妒，男同學欣喜中略帶失落。後來，同學們的錄取通知書陸續到了，母親的卻遲遲沒有收到。直到畢業離校的前一天，校長將母親叫到辦公室，告訴母親政審沒有通過，因為母親的父親率領潛伏特務攻打鄉公所，被人民政府槍斃了！

時至今日，母親從未跟我談及那個時刻。也許這塊人生的傷疤，母親一輩子都不願意再次撕揭！一位當年和母親同寢室的阿姨告訴我，那一晚上母親都在清行李，幾本書，幾個筆記本，幾件換洗校服，母親翻來覆去倒騰了整整一晚上，母親沒流一滴淚，沒歎一聲氣……

大概就是在那個晚上，年輕的母親洞悉了自己的命運！自己決然叛逆的那個家庭，其實永遠也逃不出，她用一個夜晚逃離了那個家，也逃離了那個舊的制度，卻要用一輩子來證明那一次叛逃的真實與真誠。母親的生命之舟逃離了舊有的碼頭，卻始終駛不進她理想中的新港灣，只能孤寂地漂蕩在無邊的大海上！

母親離家後再沒回去過，也沒和戴、向兩家人聯絡，並不知道在外從軍的父親一九四七年解甲歸田賦閒在家，不知道他當初配合老蔣反攻大陸，在湘鄂一帶帶領潛伏敵特同時攻打鄉公所，更不知道他是老蔣親自任命的湘鄂川黔邊區潛伏軍總司令。在母親的眼裡，父親是一位不可親的父親、不稱職的家長，一個她永遠也扔不掉的政治包袱，卻不知道父親還是一位效忠國民黨的司令。

在歡送同學們走向大學的喧天鑼鼓裡，母親背著簡單的行李，形單影隻地去了桃江二中，那是一所藏在大山窩裡的鄉村中學。暑期放假，學校只有一位年過六旬的老校工駐守，迎接母親開啟職業生涯的，正是這位神情木訥、行動遲緩的白髮老頭。

命運多舛的母親，似乎天然地和山裡那些淳樸而貧困的學生親近，每個月除了留下生活費和買書的錢，餘下的工資全都接濟了學生。母親三年後從桃江調往澧縣，路費竟是向同事借的。離開桃江二中時，母親擔心學生知道了跑來還錢，便趁天色未明離開了學校。「文革」後期，我家下放到夢溪鎮，有天家裡來了一位陌生的客人，自稱是母親在桃江二中時的學生，當年因為母親的接濟才把中學讀完。客人邊說邊抹淚，母親卻淡淡地說：「我都不記得了。」

我知道，母親說的是真話。

四

調回澧縣，母親仍被分在二中。那時澧縣一中設在津市，二中便是縣城裡的第一中學。

民國時叫九澧聯中，在澧水流域久負盛名，不僅臨澧、石門一帶富家子弟多求學於此，就連大庸、桑植乃至龍山、來鳳幾縣的大戶人家，也多順澧水而下，將子弟送至該校就讀。

母親調來時，父親已在二中，是頗受重視的學生幹事。一個是農家出身的進步青年，一個是富家出身的叛逆女性，在那個時代相戀相愛似乎是一種時尚，如今看來，其實是一種宿命。諸多從舊家庭叛逆出來的知識女性，在政治上靠不上新制度的碼頭，最後便在家庭中建了一個小小的港灣，多多少少躲避一點社會變革的風浪。

豆蔻年華的母親，有看得見的美麗面孔、聽得到的美妙歌喉、品得出的美好德行，追求者理當結隊成群。而父親只有初中學歷，身體亦不壯碩，一米七高矮的個子，體重只有八十來斤，瘦得像根麻稈。論學歷論外貌，母親的選擇都令人不得其解。

很多年後，我問母親當年選擇父親的理由，母親的回答出奇地簡單：他追求進步！我不知道母親是因為擁有共同理想而看重父親的追求進步，還是為了尋求庇護而看重。或許兩者皆有，但結果卻是父親娶了母親，便失去了追求進步的資格，作為入黨積極分子的父親，之後再也沒人談及他的入黨事宜。

父親倒也心安理得，祖父教給他的人生哲理是有一得必有一失，父親得到美麗賢淑的妻子，失去政治上進的機會，倒也兩抵相當。我後來想，父親的追求進步與母親的追求進步，其實並不相同。父親是為了吃飯，為了發達，並非為了明瞭而堅定的社會理想，假若民國政府遲幾年倒台，難說父親不是在另一面旗幟下舉拳宣誓。母親飽受舊制度的歧視，見多了舊家庭的醜惡，新制度是她已經做出的選擇，即使意識到這種追求是飛蛾撲火，母親也會義無反顧。

婚後的日子，證明了母親選擇的正確。父親實用主義的政治態度，成全了他們的愛情，更成全了之後幾十年的婚姻生活。在當年，也並不是每一位進步青年，都願意以一位漂亮妻子置換政治前程的。父親不僅願意，而且心滿意足，無怨無悔。父親這種無所謂的心態，減輕了母親心靈的壓力，支撐了母親放不下的精神追求。

逛完一九五九年新春的元宵燈會，母親在津市分娩了我。父親推開產房的窗戶，澧水之上一抹淡淡天光，父親脫口而言「黎明」，這便成了我最早的名字。一年多後，母親又生下了大妹妹黎莎。

眨眼之間，母親由花季少女變成了兩個孩子的母親。不知是來不及適應，還是根本就拒絕改變，母親的生活依然以工作為軸心。我和妹妹給母親的生活帶來了快樂，更給她的工作帶來了拖累。母親為了不影響工作，先讓我們寄居在保母家，後來索性將我們送回鄉下，交給了祖父祖母。弟弟和小妹出生後，又被寄養在一對沒有生養的裁縫家裡。儘管如此，母親仍覺時間不夠，每天工作到夜半三更。母親批改作文，常常批語比學生的作文還長。母親退休後，還有學生拿著當年的作文本來家裡，讓母親看她當時的批語，紙張雖已泛黃變脆，而母親一絲不苟的筆跡卻依舊醒目。

像那個時代絕大多數出身不好的子女一樣，母親堅信「出身不由己、道路可選擇」的政治教諭，以兢兢業業、任勞任怨的工作，證明自己選擇了新的道路。然而沒有多久，母親便被逐出了縣城，下放到靠近湖北的一所鄉鎮小學。

五

母親被「貶」的那個鄉下小鎮叫夢溪，是父親老家的公社所在地。小鎮依水而築，在兩條交匯的小河邊，拉出一條彎彎曲曲的木板房街道。河岸邊的大碼頭，河面上的石拱橋，還有街面上鋪排的石板，是清一色油潤光亮的青石，踩踏久了，便光滑得照出人影。有雨的夜晚，每家每戶的燈光從板壁縫裡瀉出來，照在濕漉漉的青石街上，沁人的古樸和溫情。鎮上的居民是日積月累聚攏的，值夜的更夫、趕腳的叫化、花癡的遺孀、坐診的郎中，賣魚的、殺豬的、補鍋的、剃頭的、挑水的、算命的，還有南貨的、五金的、農資的、信用社的，每個人都說得出來歷，每個人的營生都彼此依存，哪家有了難處，大家會心照不宣地去額外多做兩筆生意，算是搭把手，受惠的人家也不過分客套，只是把這一切記在心裡，等到別家有了難事，便早早地跑過去……

在母親的生命裡，小鎮是一個獨特的生存空間，既不像她逃離的舊家庭，又不像她融不入的新單位，小鎮渾然天成的人事與風物，讓母親感到了一種人性的質本和人情的寬厚！禍兮福兮！母親被逐出縣城，卻意外地落到了這個天高皇帝遠的小鎮，過了相對安定的二十多年。

完小來了一對二中下來的好老師，小鎮人當作天大的喜訊奔走相告。沒有人打聽是否犯了錯誤，或者被揭發了什麼歷史問題，大家只覺得這是小鎮的福祉。二中的老師，九澧聯中的先生，怎麼了得！母親的歌聲很快就瀰漫了學校，瀰漫了整個小鎮。母親除了上音樂課，還要教唱各種革命歌曲，排練各種文藝節目，母親不是主演便是主唱，母親的聲名一下傳遍了十里八鄉。小鎮人習慣將一種精神上的尊重轉化為物質上的表達，初夏新出了黃瓜辣椒，一定要先摘一籃送去；臘月殺了年豬，必定挑一塊後腿肉送來；至於那時節都要憑票供應的菸酒糖等，供銷社裡賣貨的掌櫃們總是貨到便早早包好留在那裡，一次一次捎信讓我家去取，後來乾脆讓上學的學生帶過來……

這種市井的平靜與鄉俗的祥和，終究被工聯紅聯武鬥的槍聲打破。兩派分別在石拱橋兩端堆起沙袋，架起機槍，用嗒嗒嗒的機槍聲宣示對小鎮的控制權。學校裡也有了大字報，有好些是針對父親的，看著「火燒」、「油炸」之類的赫然標語，父親擔心身體禁不住造反派的洗禮，便在一個風雨交加的夜晚逃到了湖北。造反派找母親要人，拉著母親批鬥過一次，之後便再沒有人逼問母親父親的去向，也沒有人批鬥母親。造反派裡哪一派的頭頭，似乎都拉不下面子去為難戴老師。慢慢地今天紅聯請母親去教歌，明天工聯請母親去排戲，母親成了這些文攻武衛戰鬥隊的休戰區，成了混亂世道裡小鎮的一道人性風景。

在這場風雷激盪的大革命中，出身尚好的父親被逼亡命，而作為革命和專政對象的母親卻相對安寧，令人匪夷所思。「文革」後有一年過年，當時的幾個學生領袖相約來家拜年，圍著一盆炭火聊起「文革」造反的事，父親問他們當年為什麼沒有為難母親，學生們眾口一詞地說：「戴老師人太好，誰好意思揪她鬥她呵！」

中國的鄉土社會，從來都是一面宮廷政治的哈哈鏡。不管廟堂的說辭如何言之鑿鑿、一派堂皇，百姓卻習慣將這種是與非的糾纏，演繹為成王敗寇的江湖恩仇，本能地將這類罪與罰的法律控辯，混淆成善惡報應的因果輪迴。也正因為這種演繹和混淆，保持了市井眾生抱團取暖的人性體溫，維繫了鄉土社會超然事外的生存安寧。「文革」中的小鎮，是文化革命的另一種樣本，是多多少少被史學家們忽視卻具有普遍政治學意義的樣本。中國的政治風暴來襲，鄉土生活亦會為其創損，但深植的人倫根鬚難為所動，慣性的生活節律難為所變。中國的鄉土社會，從未有幸置身事外，也從未不幸陷身事中。風暴依然，生活依舊，這或許便是鄉土中國數千年不變的政治生態。

六

父親打小病病歪歪，祖父怕他養不活，便為他取了一個極賤的小名：撿狗，就是現今流浪狗的意思。父親活雖活下來了，卻始終瘦骨伶仃，一陣風便可吹倒颳跑。除了每天課堂上那幾十分鐘打起精神，其他時間都是躺在一把黑舊的布躺椅上，懨懨地假寐，只有間或一起聲咳嗽，證明他依然活著。我的妻子第一次進家門，父親就是那樣一動不動地躺著，把這個新媳婦嚇得半天透不過氣來。小鎮上過不多久，便會傳言父親故亡的消息，甚至有朋友扛上花圈，到家裡上門弔唁。父親也不生氣，依然躺在躺椅上說：「好事好事，閻王聽說我死了，就再也不會來拿命了！」

父親幾乎是將少得可憐的體能，完全給了大腦。家裡的一切用度，都是他躺在躺椅上盤算籌畫的。一個六口之家，靠著父母那點薪資本已十分艱難，加上鄉下還有祖父祖母要贍養、叔叔姑姑要支援，經濟上的捉襟見肘在所難免，但父親不僅能精打細算應付下來，而且還能讓母親和孩子們感覺不到他的為難，他不希望家裡的其他人為錢操心。有兩次他實在束手無策了，便找了別的理由硬扛著，死活不提錢上的事兒。

一回是小妹腹瀉高燒，治了十幾天不退，縣裡醫院土的洋的辦法都用了，一點效果沒有，只能一次一次下病危通知書。父親沒說欠費的事，只說實在醫不好，也是她的命！一向不理家事的母親卻母獅般地撲過來，從病床上抱起小妹，邊跑邊吼：「到長沙去！到長沙去！」一生不向他人伸手借錢的母親，連夜敲開好幾家同事的門，借了錢便往汽車站跑，獨自將奄奄一息的小妹抱到陌生的省城。幾天後，母親牽著治癒的小妹回到家裡，父親仍舊躺在躺椅上，盤算該怎樣還清母親的借款。

另一回是一九八一年弟弟和小妹高考失利，是否繼續複讀成了家庭的重大抉擇。那時我已上大學，大妹讀中專，弟弟和小妹在縣一中讀了三年高中，家裡已經舉債度日了。父親依然躺在躺椅上，一支接一支抽菸，就是不談錢的事，只說其實早點找個工作也好，不是只有讀書才能成才呵。母親也不反駁，只是態度堅硬得像塊石頭：「一定要複讀！」母親又一次東乞西求，找人借夠了弟妹複讀的費用。一年後，弟弟考上了師大，妹妹考上了農大。

回想母親這些年，自己幾乎不花一分錢，也不過問家裡是否有錢。每月領工資，都是父親去，從來不問是多少。有好長一段時間，我努力回想母親年輕時穿新衣服的樣子，卻怎麼都想不起來。我記得母親最漂亮的衣服是幾條碎花的連衣裙，父親說那是婚前母親自己找裁縫做的。母親學過也教過俄語，布拉吉是她最喜愛的衣款，但成家後，母親便再也沒做過買過。

母親平素不理家事，我們吃飯穿衣上學之類的事，都是躺在躺椅上的父親照應。母親每天長篇大段地批閱學生作業，我們的作業卻從來沒有看過一眼。有一回軍訓操練，我的褲襠

母親提了一網兜油印的高考複習資料，告訴我又要高考了。我說考上了也不會錄取……

撕破了，母親也沒有拿去縫一縫，依然抱著作業本去了教室。然而只要涉及上大學讀書，母親便一改不理家事的態度，堅定地當家做主。也許是當年未能被錄取進入大學的巨大遺恨，一直淤積在母親心裡。

一九七七年參加高考，我成績上了榜，錄取通知卻沒有下來，找人打聽，依然是因為那位被鎮壓的外公。一氣之下我扔了所有的複習資料，挑起一副竹圍子，趕著三百隻麻鴨，過起趕鴨走江湖的日子。白天操著鴨鏟打架，偷鴨子的、摸鴨蛋的、趕著鴨群爭稻田的，遇誰打誰。夜晚則躺在荒灘野地上，守著鴨棚喝穀酒，看星星，倒也自得其樂……一天，我在湖北公安的一個大湖邊放鴨，遠遠地看見一個城裡模樣的女人朝湖邊走來，近了一看是母親。

母親提了一網兜油印的高考複習資料，告訴我又要高考了。我說考上了也不會錄取，我不會再考了。母親說再考一次吧，就算幫媽媽圓了這個夢。說著母親轉過身去，大抵是不想讓我看見她潮紅的眼睛。母親曾經告訴我，自從在她母親墳頭哭過那一回，她就再也沒有流過淚，也無淚可流了。

我不知道母親是怎麼打聽到我的下落的，也不知道她問了多少人、走了多少路，才找到這幾乎沒有人煙的荒湖邊。看著母親糊滿泥巴的雙腳、曬得黑紅的臉龐，以及哀怨中透著乞求的眼神，我接過了那一兜複習資料。就在那年秋天，我接到了大學的入學通知。

七

在夢溪小鎮，有兩戶人家出的大學生多，我們家算其中一戶。我們三個大學生、一個中專生被父母供養畢業，便一個接一個離家遠行了。先是大妹去了津市，我去了吉首，然後是弟弟去了汕頭，小妹去了海口，一個比一個走得遠。原本熱鬧擁擠的家，雛飛巢空，一下子便空蕩寂靜了。雖然母親仍舊把心思撲在工作上，心中卻漸漸生了兒女牽掛。那年我啟程去山東讀研，母親默默地跟在身後，怎麼勸也不回，一直將我送到車站送上汽車，目送汽車消失。我靠在車窗邊，回頭向母親招手，那一瞬間，我看見母親風中飛揚的頭髮裡，竟有了絲絲白髮。

母親是什麼時候告別青年、中年的？

從那一刻起，故鄉這個充滿水鄉景致和情趣的小鎮，承載我童年夢想和掌故的小鎮，便永遠地定格為母親送行的圖景，母親孤單地站立在道路遠處，秋風撩起黑白夾雜的短髮，似揮未揮的右手，久久地舉在空中……

像一片原本就不肥沃的土地，在勉力種出了幾季莊稼後，地力便耗盡了。大妹結婚前，父母將我們姊妹幾個叫到一起，說你們都快要成家了，給你們每人兩百塊錢，算是父母對你們成家自立的一點心意。是少了些，但沒辦法更多了！母親坐在旁邊一聲不吭，滿是歉疚的眼神透著無奈。母親明白父親這像分家又像安排後事的異常舉動，隱藏著對自己健康的極大隱憂。沒幾天，父親又住進了醫院，一住便是好幾個月。

從家庭到病房，從廚房到課堂，母親每天來回奔忙。一向不諳家務也無心家務的母親，如今不得不為家務分心分身。母親為此深深自責，並想方設法增加工作的時間，上課拖堂，下課補習，生怕學生沒有聽懂，生怕學校對工作不滿意。無論在什麼時候，工作都是母親生活的軸心和靈魂，是她的人生融入新制度的唯一法門。家務的拖累是具體而現實的，當母親確認自己無論怎樣也沒有辦法繞過去之後，便慢慢變得焦慮和疑懼起來……

輪到我們牽掛母親了！然而普天之下，子女對母親的牽掛卻總是姍姍來遲。

八

父母親調離小鎮夢溪，是因為一位在津市當副市長的學生。二十世紀六〇年代初，在二中讀書時，這位家貧輟學的學生因父母的接濟得以繼續學業，對此一直心懷感激。我們離家後，他和一群五、六〇年代的學生時常來到家裡，幫父母買煤種菜掃地。其實他們與父母年齡相若，卻始終執弟子禮。大家覺得這麼好的老師還窩在鄉下，實在是浪費人才，於是鼓動分管教育的肖副市長將父母調往津市一中。

起初母親很興奮，忙著收行李辭朋友，小鎮上有過往來的人差不多都到了。等到搬運行李的汽車開來，母親卻遲疑起來，堵在門口不讓搬東西。我們姊妹輪流勸說，好說歹說都沒有用，母親橫豎一句話：「我怕！不調了。」最後還是那幫五、六〇年代的學生勸說起了作用：「戴老師，您不調到城裡去，我們看您不方便！現在年紀越來越大，您不進城我們見面會越來越少！」於是母親在學生的簇擁下搬家進城。

母親對城裡生活的恐懼超出了所有人的預計。好長一段時間，母親不想出門，出了門也不知道如何與鄰居交流，更不敢登台講課。一堂課備了十好幾遍，所有人都說很好，臨了進教室母親卻還是說：「課還沒備好，不行不行！」母親擔心自己的課上不好，別人說她是開後門進來的，害怕遭人非議受人白眼。一輩子以工作為生命、以工作為自豪的母親，突然失卻了工作的自信。母親一整夜一整夜地睡不著，吵著要一個人回夢溪去。

當年在講台上眾星捧月、在舞台上眾星捧月的母親，如今怎麼連登上講台的勇氣和信心都沒有了呢？是因為長期鄉居適應了舒緩平和的生活、寬厚樸拙的人情，以致拒斥乃至恐懼城市急促跳盪的生活、機巧淡薄的人情？適應了鄉土社會對她寬厚的人情接納和鄉愿的人性祖護，以致不敢再次面對城市無處不在的社會紛爭和政治拷問？

母親最終被安排到了圖書館，每天抄寫圖書卡片，打理借進借出的圖書。津市一中那幾屆的畢業生，大體都記得圖書館有一位態度特別和藹的老太太，寫得一手漂亮的顏體字。每回向她借書，她總是一邊遞書，一邊笑盈盈地叮囑：「別弄髒了！別弄破了，別丟了……」

學生們也聽說老太太有一副嘹亮的歌喉，甚至聽說她大家閨秀的身世傳奇，但誰也沒有勇氣和老太太攀談打探。

母親的退休沒有宴請，沒有歡送，在圖書館那間靜謐的辦公室裡，母親寫完最後一張新書入庫卡片，那是阿．托爾斯泰的名作《苦難的歷程》，然後將辦公室仔仔細細掃了兩遍，把那張舊得脫了油漆的辦公桌抹了又抹。冬日的陽光從圖書館高大的窗戶照進來，照在斑駁的書桌上，也照在母親花白的頭髮上。窗外安靜得看不見一個人，看不見一隻鳥，落了葉的喬木在陽光裡光禿著枝幹。似有一絲風，從光禿的樹枝上吹過，有些微顫動。窗後的母親吹不到風，卻感到了一絲涼意，一絲浴在陽光裡卻能微微感覺的涼意。

母親索性打開窗戶，讓微風將陽光無遮無擋地吹進來。母親就那樣定定地望著窗外，久久地浴在陽光的溫暖裡，浴在微風的沁涼裡。母親慢慢地覺出喉嚨的蠕動，有一支久遠的旋律從胸腔發出來，那是母親少女時代最喜愛的俄語歌曲〈紅莓花兒開〉。歌聲很輕很輕，輕得只有母親自己聽得見……

九

母親退休時，已有了孫子睿寶、孫女箐子和盼仔，再後來又有了筠兒，雖然只有箐子長期和他們居住在同一個城市，但我們時常將孩子送回去，讓父母享受孫輩繞膝的天倫之樂。

母親每天上市場買菜、下廚房做飯，一絲不苟地每餐一大桌菜，彷彿款待貴客。父親說自家的孫子做那麼多幹什麼，難道天天當客待呵？母親卻說當然天天當客待，說不定明天他們父母就來接走了呢？再說要是睿寶、盼仔養瘦了，怎麼向他們父母交代呵？

每天晚上洗碗抹桌搞完衛生，母親便戴上老花鏡，坐在桌前開列次日的菜單，早、中、晚各一份，寫得工工整整掛在牆上。有時擔心重了，便將前面一個星期的菜單鋪在桌子上，一天一天比對，一餐一餐調配，簹子愛吃肉，睿寶愛吃魚，盼仔愛吃青菜，每個人都要照顧到，配來配去到頭來便是長長的一列菜單。父親知道怎麼說也沒用，便搖搖頭由了母親。

做完早餐，母親帶上菜單上菜市。先在市場上轉上一圈，按照菜單上的品種看哪些菜缺貨，哪些菜不新鮮，臨時調整菜單，然後一個攤位一個攤位比較。母親買菜並不怎麼講價，也不會講價。有一次她問攤主白菜多少錢一斤，攤主說一塊，母親說兩塊錢一斤賣不賣？攤主愕然，周圍賣菜的以為母親開玩笑，誰知母親竟真按兩塊錢一斤結帳走了。這事成了菜市場好多天不脛而走的一則笑話。後來一個和母親很熟的攤主問起這事，母親說你看她的菜那麼嫩那麼乾淨，人家白菜又老又泡了水，還報一塊五，她只報一塊錢，說明她人老實。人家老實，但我不能欺負老實人呵！

母親的話令好些攤主語塞和臉紅。從此攤主們不但不再拿這話調笑母親，而且每回母親從攤子前經過，都會很恭敬地叫一聲戴老師。如果母親停下來買攤子上的菜，攤主會主動幫

落了葉的喬木在陽光裡光禿著枝幹。似有一絲風，從光禿的樹枝上吹過，有些微顫動。母親索性打開窗戶，讓微風將陽光無遮無擋地吹進來……

母親挑選，大多不會短斤少兩。

每回做完飯，母親總是站在一旁看著孩子們吃，幫膂子夾肉，幫睿寶夾魚，時常把他們脹得剩下半碗吃不完，母親便一勸再勸，問是不是鹹了？是不是辣了？是不是不好吃？常常是一臉的歉疚。一回睿寶拉肚子，母親覺得是自己做的飯菜不乾淨，急得手足發抖，躲在廚房不敢出來。好長一段時間，母親一進廚房便緊張。買回來的菜，在水龍頭下沖了泡、泡了揉，直到把青菜揉碎了，才下鍋去炒……

孫輩也一個一個長大，該上學的上學，該留學的留學去了。母親作別了工作，遠離了孫輩，生活似乎失去了重心。然而仔細一想，母親似乎從來都不會失去重心，母親有自己不被轉移的目標感、不入流俗的價值觀、不受侵擾的內心世界，無論手頭做著什麼，母親照例是我行我素。

母親幾乎沒有愛好，不串門，不玩牌，不逛街，不跳廣場舞，不打太極拳……母親幾乎沒有閨密，不家長里短，不雞毛蒜皮，不口是心非暗中攀比……

母親的心事，一輩子悶在心裡，連父親也弄不清楚。除了偶爾望著窗外發呆時你會覺出母親在想心事外，平素是看不見她的內心世界的。母親對生活沒有要求，而她對精神的欲求卻又祕而不宣。母親與我們朝夕相處，而我們卻覺得她其實生活在遠處，在一個完全閉鎖的自我世界裡。不知道是因為這個精神的世界太過強大，根本不需要別人的襄助和認同，還是這個精神的世界太過脆弱，根本禁不住任何外人的靠近，一碰就碎。

母親一日一日地翻報紙讀雜誌，每一個字都讀到，讀完還要一篇篇文章剪下來，裝訂成冊，一本本摞在一起。起先我以為只是因為我是《瀟湘晨報》的社長，所以對該報讀了又讀，後來我發現幾乎母親能拿到手的所有報刊都是如此，即使是那些在我看來非常「五毛」的雜誌，母親也是讀了又讀，抄了又抄。母親那嚴肅沉浸忘情世外的神情，我只在青海湖邊那些長跪朝聖的藏人臉上見過。他們一起一伏地用身體丈量每一寸朝聖之路，身邊煙波浩渺纖塵不染的聖潔湖水，一望無垠絢爛明麗的油菜花海，不絕如縷驚詫好奇的各色遊客，既不入眼也不入心，彷彿概不存在。在他們的生命歷程裡，只有出生地與神廟的距離，只有身體與聖壇的距離，那是一條絕對兩點一線的旅程，不論身體走過的道路多麼崎嶇險峻，信念行走的道路卻始終徑直平坦。

母親也有自己的神廟嗎？母親的聖地又在哪裡？時至今日，我也沒能洞悉母親那個完全封鎖的自我世界。我曾以為母親的神廟是新制度，從十幾歲開始，母親便啟程向她憧憬卻並不瞭解的聖地朝覲，不管時局如何跌宕，母親的信念之旅似乎從未停頓。記得母親退休後，曾淡淡地問我：「退休了還可以寫入黨申請嗎？」當時我心中隱隱一震，卻並沒有特別在意，如今回想起來，母親那平淡的語氣中，是否掩藏著數十年不改的堅韌信念？

對此我並無把握。弟弟在看過本文前半截後，說我把政治在母親生命中的意義看得太重了。我不知道究竟是我對母親生命的體察感悟失準，還是弟弟對母親所處時代的感同身受不夠。當然，這也許就是生命的本義吧，母親的人生行止，究竟是在且行且待中堅守，還是在且待且行中彷徨，即使是作為兒子的我們，也有不同的體悟和解讀。

十

在本文寫作期間，我曾向母親打聽向、戴兩家的舊事，母親當時一愣，神情緊張地反問：「又要清查歷史了嗎？」向來處變不驚的母親，眼神裡的驚駭和恐慌是我從未見過的。一個經歷過八十多年人生際遇的老人，對自己的家事仍如此諱莫如深，對所處時代的風向竟如此反應過敏，我的心一下被銳器深深扎傷，至今隱痛未去。

我擔心母親受到驚嚇，便讓她看了尚未寫完的文稿。讀完後母親一邊揉眼睛，一邊連連說：「燒了吧！還是燒了吧！」

上半年父親重病，被送到長沙住院，母親則留在津市大妹家裡。父親病癒回家，母親竟撲上來，一把抱著父親號啕大哭：「你死不得呵！死不得呵！我一世都不能離開你！」

一家人面面相覷。這是我們第一次聽到母親的哭泣！那種沒有掩飾、沒有顧忌、聲嘶力竭、縱情任性的哭泣！

那哭聲粉碎了我對母親人生的所有判斷與框定，讓我對生命生出一種駭然敬畏！

母親叛逆過一種制度，卻未能被自己嚮往的另一種制度所包容；母親叛逆過一個時代，卻未能被自己投身的另一個時代所接納；母親叛逆過一類生活，卻未能被自己追求的另一類生活所成就。母親背負著沉重的理想生活，也背負著沉重的生活理想，在理想與生活的衝撞中妥協，在生活與理想的媾和中堅守，因拒絕妥協而妥協，因放棄堅守而堅守。生活是母親理想的異物，生活又是母親理想的歸宿！

也許吧，世上原本所有的朝聖皆為自聖！無論朝覲的聖地路途是否遙遠，最終能否抵達，而真的聖者，一定是在朝聖路上衣衫襤褸的人群中。

我曾和好些同齡人說起母親的往事，聽完，他們每每會說：

我母親便是這樣！

我母親也是這樣！

…………

我家三嬸

一

三嬸嫁到老屋場，是八抬大轎抬進門的。

那時我還小，四五歲的樣子，跟著迎親的隊伍跑前跑後，圍著花轎打轉轉。轎夫故意將轎子顛來晃去，罩在轎子上的紅色轎裙隨之一閃一閃，後生們趁機湊過來看新娘子，媒婆攔在轎前，點燃鞭炮往擁上來的人堆裡扔，炸得哎喲哎喲一片叫喊。

我感興趣的倒不是藏在花轎裡低聲哭嫁的新娘，而是那忽閃忽閃的轎裙。大紅的洋布上，繡滿了模樣相似的男童，還有蓮蓬和荷葉，當時就是覺得好看，也不知道那是「百年好合」和「五子登科」的意思。這一生實打實看人坐花轎，還真就三嬸出嫁這一回。

從三嬸娘家到三嬸婆家，也就是我家老屋場，只三四里。轎夫們在田間小路上繞來繞去，直到晌午才拜天地入洞房。我跟著一群一夥的後生擠來擠去搶鞭炮，竟忘了去看三嬸長成啥樣。

二

迎娶三嬸是祖父的臨時決定，三叔和三嬸完全蒙在鼓裡。也就是這個不容商議的「父母之命」，決定了三叔三嬸後來的遭際和命數。

那年冬季政府募兵，三叔背著祖父去報了名，一驗，便被招兵的連長看上了。三叔那年二十歲，一米八高的個子，國字臉，關公眉，正所謂少年英俊，是十里八鄉有名的乖致仔，連長一眼就相中了。三叔知道祖父秉持著「好鐵不打釘，好男不當兵」的觀念，不會同意他去，便把連長帶到家裡做工作。

祖父兄弟三個，他排行老二，一九四九年前每回抽丁，家裡都是讓他去。去上一兩個月，祖父便開小差偷跑回來。最後一回逃回來，他提著一把殺豬刀直接去了保長家，嚇得保長尿了褲子，之後便再沒有人來抽祖父的丁了。祖父種田是把好手，再差的田在他手上種幾年，也會變成一等一的好田土。祖父一生好種田，認為種田才是發家致富的正途。在這一點上，祖父與所有羨慕當年湘軍發家的湖南農民不一樣。連長進門說了一籮筐當兵光榮的大道理，最後祖父只問了一句：「德鳳咋辦？」德鳳便是三叔當時的對象，後來的三嬸。「她支持，她支持呀！」三叔撈了根稻草似的連連說。「成了婚再走吧！」祖父說得斬釘截鐵，不容任何人商量。

三嬸去世後，我在三嬸墳頭獨自待了好一陣，想起當年祖父那麼堅決地讓三叔成婚，究竟是怕三叔戰死疆場斷了子嗣，還是怕三叔去了大城市不再認三嬸這門親事？或許兩層意思都有，更重要的應該還是後者。祖父一生重然諾、好面子，生怕鄉里鄉親指脊梁骨。「丟頭牛可以再養，丟了面子金子也買不回來。」我長大後祖父常跟我叨念這句話。

三嬸的父親是相鄰大隊的書記，在這一大片鄉土上很有人望。鄉里鄉親尊重他，倒不是

後生們趁機湊過來看新娘子，媒婆攔在轎前，點燃鞭炮往擁上來的人堆裡扔，炸得哎喲哎喲一片叫喊。

因為他當書記的權威，而是因為他年輕時幫人做事的口碑。一九四九年前，書記是靠幫人打短工餬口的，人品好，捨得做，主人家有人沒人一樣死命幹，近邊七八里人家家裡有活了，都願找他。祖父農忙幹不過來了，也會請他幫忙。後來三嬸的父親願意將三嬸嫁給三叔，還真不是因為三叔人見人愛，而是因為祖父為人正直、勤勞苦做。三嬸的父親一九四九年前就常跟人說，我的祖父對幫工客氣，不僅好酒好菜地招待，幹起農活也比幫工在行和拚命。

三嬸的父親因為厚道和勤勞，後來被一個家境富裕的人家看上，收去當了上門女婿。一九四九年他家已有了田土和房屋，但鄉鄰們還當他赤貧一個，不約而同地推舉他當了書記。三嬸的父親也從來不當自己是品官，還把那些選他的人當作當年的主家敬著，要是誰家有起屋造房之類的事，他照樣跑過來鞋一脫褲一挽，不是擔磚便是和泥。三嬸嫁給三叔，按當時的說法是下嫁，一個書記的千金嫁給一個富裕中農的兒子，真有些門不當戶不對，但三嬸的父親卻逢人便說：「是我們高攀了，德鳳嫁了好人家！」

三

我第一次見三嬸，是在她嫁到老屋場兩年後。那時三嬸已做了媽媽，一個小黃毛丫頭坐在身邊牙牙學語。三嬸背對大門坐著，一邊給病中的祖母洗腳，一邊教女兒老家一帶流傳的兒歌：「黃毛丫頭，睏到飯熟，聽見碗響，爬起來亂搶，一搶一個缺碗，一吃一百碗……」

時已黃昏，老屋神龕上點著的油燈，根本照不見三嬸的臉，只聽見三嬸慢悠悠的聲音，清亮得像山溪裡淙淙的泉水。我衝著黑暗處叫了聲祖母，便聽見三嬸說：「呀，曙光回來了呵！」清亮的聲音裡聽得出驚喜。三嬸從未見過我，怎麼能從一聲叫聲中知道是我回了老家？這份小小的驚奇讓我莫名地對三嬸萌生了好感。何況三嬸叫的是我的學名，而不是像老家其他長輩「毛子毛子」地呼我小名。剛剛發蒙讀書的我，覺得自己已經長大了，誰叫小名心中老大不快。三嬸怎麼不叫我小名而直呼學名？這又是一份好奇。

三嬸端了油燈來看我，燈光正好照在她的臉上：一頭齊肩的短髮，圓潤的臉頰紅得透亮，眼睛長而大，笑起來微微瞇縫著，親善而迷人。看上去，三嬸不像是個做了母親的農婦，卻像個還沒出嫁的村姑。那時張瑞芳演的電影很多，眼前這個端著燈盞打量我的三嬸，還真就是張瑞芳飾演村姑的樣子。

不知是因為熱絡還是因為好看，一見面便對三嬸油然而生了親近感。之後我但凡回老家，第一個想見的便是三嬸，想吃的也是三嬸家的飯菜。三叔離家入伍前，祖父便找來三叔三嬸說：「樹大分杈，人大分家。老三，你離家之前把家分了吧。」祖父給他們分了一間廂房、一套農具，還有一本人情帳。第二天，三嬸便單獨生火做飯了。三叔走後，三嬸要出工掙工分，要懷孕生孩子，還要照顧公婆，其實日子過得既緊巴也勞累，只是她依然笑哈哈的，並不抱怨什麼。三嬸家也沒有什麼好吃的，肉魚雞鴨不過年過節是沒有的，就菜園裡摘來的那點小菜，被她一炒鹹死人了，但我還是喜歡去她家吃。有時我跟三嬸說：「打死鹽販子了呢！」三嬸立馬說下次淡些一定淡些，但下次炒出的菜還是鹹得麻口。這改不了的重口味，後來到底要了三嬸的命。

我家老屋場，是祖父三兄弟分家後新闢的，依山傍水，風水大抵找人看過。那山雖橫不成脈豎不成峰，但延綿不絕的丘陵鬱鬱蔥蔥，倒是一派興旺氣象。祖父將老屋靠山而建，屋前有一口大水塘，再往前便是鋪排百十里的澧陽平原。祖父分家時分得的三四畝田，就在這平原的邊緣上。勤奮勞作的祖父，硬是靠自己種田的好手藝，把自己種成了一個富裕中農。如果不是祖父人品正、人緣好，差點就成了富農。老家那地方田土金貴，沒有什麼土豪地主，祖父後來的那十幾畝田土，那一棟前後兩進、左右兩廂兩耳的板壁房，在鄉鄰心裡，已經是豪門望族了。

老屋的後面是一個大大的竹園，長滿了桂竹、楠竹和多種多樣的喬木，野栗樹、雜檀樹，都有六七丈高，夏季蒼翠蔥鬱。園裡棲滿白鶴、蒼鷺、灰鸛等各種候鳥，少說也有上千隻，園裡的樹枝竹杈上，築滿了或簡陋或精緻的鳥巢。每日黎明，白鶴圍繞著園子上下飛翔，歡悅的鳴叫吵醒沉睡的村落和田野。直到朝陽噴薄而出，才四散飛去遠處覓食。黃昏時分，覓食的鳥兒歸來，又是一輪翩飛歡唱，多聲部的合唱直到太陽落山才會止息。

有一回，我和三嬸在田野上打豬草，無意間回望半山坡上的老屋場，看見一輪碩大的夕陽懸在山頂，漫天彤紅的晚霞熊熊燃燒，千百隻白鶴精靈般飛鳴著，每一隻鳥兒都是一道閃亮的白光，飛速地彼此纏繞，編織成一幅巨大無比而又瞬息萬變的生命之錦，狂野而華麗！每一聲鳴叫都是一枚戰慄的音符，撕裂著彼此共鳴、協奏成一場旋律奔放而又主題深潛的生命之樂，歡愉而悲愴！這是一次怎樣自由而激越的生命裸奔！一場怎樣壯麗而溫情的生命聚會！當時，我和三嬸被驚呆了。長大後，我在天安門廣場見過多種情緒下的百萬人群大聚會，其震撼遠不及那個傍晚我目睹白鶴群飛的場景！

白鶴有一種不可思議的靈性，鳥群選擇了誰家的園子築巢，便不會有任何一隻去鄰家，哪怕兩個園子之間只有一道若有若無的竹籬，鳥兒也不會弄錯。更神奇的是白鶴北遷之後，次年回來不僅能輕而易舉地找回原來的園子，而且能準確無誤地找到自己的舊巢，彼此弄錯或侵占的事兒絕少發生。大約正是因為這種靈性，老家人都把白鶴視為吉祥之鳥，誰家園子棲了白鶴，風水準定好。

三嬸把白鶴看得很重，絕不許鄰家的孩子和大人鑽進園子掏鳥蛋、抓雛鳥。有一回，鄰村一個二流子鑽進園子掏鳥蛋，三嬸拿了一根晾衣的竹篙，撲撲撲幾篙將其打下樹來，摔在地上兩三個月還跛著腳。還有一回，我從樹上的鳥巢裡抓了三隻雛鳥，用個竹簍養著，抓了好些泥鰍和小魚餵養。三嬸見了，硬逼著我一隻一隻還回去，那不容商量的神情，絕少在三嬸臉上見到。

三嬸終究沒能守住白鶴。好像是兩三年後，白鶴遷徙之後便沒有再回來。是環境變化讓這靈性的鳥兒感到了危險，還是這個龐大的家族在漫漫的遷徙途中遭遇了不測？沒人說得清究竟是什麼原因。周邊的鄰居私下議論，龔家老屋場要出事了，語氣中有些幸災樂禍。祖父聽了一聲不吭，鐵青著臉，樣子威嚴得像春節貼在大門上的門神。

四

沒多久，老屋場果然出事了。

出事的是三嬸。

三叔在廣西當兵，三四年沒有回家省親，三嬸竟懷上了孩子。肚子一天天大起來，實在遮掩不住了，三嬸只好跑回娘家。三嬸的父親氣得拖了根木棍便打，被三嬸娘攔住了：「兩條人命呢，你都打死呵？」三嬸父親扔了木棍自己用頭撞牆，差點沒把自己撞死。三嬸父親是死要面子的人，哪裡丟得起這個人呵！夜晚他獨自跑到我家老屋場，進門便要下跪，被我祖父拉住了。「造孽呵，造孽呵，我們趙家對不住龔家呵！休了她！你們休了她吧！」

祖父弄清怎麼回事，半晌沒說一句話。三嬸懷上的孩子，是祖父生產隊隊長的。那是祖父的仇人。那人一九四九年前遊手好閒、偷雞摸狗，祖父自然看不上。一九四九年後，一貧如洗的他，便被土改工作隊拉來當了隊長。工作隊一走，他便提出把祖父的成分改為富農，鄉鄰們都不同意。事沒做成，覺得丟了面子，更是記恨祖父。三嬸究竟是自願還是被脅迫上了他的床，三嬸死活沒說。

三嬸的父親說：「德鳳是軍婚，告那狗日的破壞軍婚，讓他去坐牢！然後離了婚你們龔家再娶個好人家女兒，趙家不能拖累了龔家！」祖父泥塑似的坐在那裡，一直沒有作聲，等到遠近的公雞此起彼伏地鳴叫起來，祖父才說了四個字：「不告！不離！」

祖父寫信讓三叔復員回家。那時三叔給師長當警衛，突然提出退伍，師長以為三叔不願跟他了，就說你小子想當官了吧，給你提個排長去幹吧。三叔也不知道祖父為何一定讓他退伍，只猜想是祖父身體不好，執意要離開部隊。師長見勸說不通，便簽字同意三叔離開部隊轉業到成都的一家兵工廠。

三叔回家得知真相，也只說了一個字：「離！」

祖父早就料到會是這樣，便把三叔拉在祖宗牌位前跪下，「你跟祖宗說，我們龔家丟得起這個人不？我們祖宗從江西遷來這裡兩三百年，都是清清白白的名聲，你現在要離婚，把這等醜事張揚出去，你有什麼臉面？我有什麼臉面？祖宗有什麼臉面？人活一張皮，一張比紙還薄的臉皮呢！」祖父不僅沒讓三叔離婚，也沒讓三叔去成都的兵工廠，霸蠻將三叔按在了鄉里。因為三叔是復員軍人，回來便當了大隊的民兵連長。

三嬸在娘家坐完月子，三嬸的父親便將孩子送給了湖北一對沒有生育的夫婦。祖父讓三叔去把三嬸接回來，三叔不吭聲也不去，每天吃住在大隊部，連老屋場也很少回。祖父知道三叔心裡有氣，也不強迫，暫時讓三嬸住在娘家休養。

還真是福無雙至，禍不單行。大約是返鄉半年後，三叔在大隊部代銷點的床上被人捉了姦，床上竟睡了兩個售貨員。那時節代銷點賣貨的，是全大隊選出來長得最好看的女孩子。三叔竟一床把兩個同時睡了，自然是犯了眾怒，大隊書記不要說，就連那些平時話都沒說上一句的農民，也覺得三叔是占了他們的女人，睡一個也便罷了，竟一床睡了兩個，兩個都如花似玉，是可忍孰不可忍！於是群情激憤撤了三叔的民兵連長。三叔這三四年兵算是白當了，打了一個圈又當回了地地道道的農民。

三嬸聽說這事，心裡倒是高興，她知道用不了多久，三叔便會來接她回家了。她把在娘家這些日子做的布鞋、打的毛衣，一雙一件清得整整齊齊，等著三叔上門接她。

三叔出事丟了飯碗，祖父倒沒一句責怪。在祖父看來，那民兵連長跟二流子差不多，不如回家老老實實種田。祖父從夢溪鎮砍了一塊肉，提了兩瓶酒回來，往三叔面前一扔，沒說一句話，三叔竟心領神會地去了岳父家。次日傍晚，三叔和三嬸回到老屋場，小倆口有說有笑彷彿什麼事都未曾發生。三嬸走到祖父祖母屋裡，放了兩包點心在桌上，說了句「我回來了」，三嬸的女兒便從祖母懷裡掙脫出來，撲到三嬸面前，媽媽媽媽地哭叫，說不清是傷心還是撒嬌。

五

老屋場的日子恢復了老樣子，只是飛走的白鶴仍舊沒有回來。三嬸還是那副紅撲撲健碩快樂的樣子，因為三叔在家，笑聲似乎更爽朗輕快。

三叔睡過的兩個售貨員嫁去了外地。其中一個是奉子成婚，嫁過去六個月便生了一個七斤重的女兒。三嬸聽說了，還背著三叔託人送了些雞蛋紅糖去。沒多久，三嬸自己又生了一個兒子，虎頭虎腦，模樣和神情酷似三叔。三叔每天出工回來，一雙泥巴手抱起兒子，又是用嘴親，又是扎鬍子，逗得兒子咯咯地笑，祖父在隔壁屋聞聽見了，歎了口氣對祖母說：「哎，這才像個家！」

後來四叔、五叔相繼娶親成家，老屋場的房子住不下來，祖父便說拆了老屋吧，各家便用老屋拆下來的木料起了新屋。拆屋那天，祖父天不亮便起床了，圍著老屋一圈一圈轉。只有我父親知道，祖父是捨不得拆這棟老屋。當年修建老屋時，正好過日軍，國軍在附近阻擊，為了修工事，周圍好點的房子都拆了。祖父的房子正好上梁，好些木料堆在地上，當兵的自然就便搬走。祖父本想攔著，那是他大半輩子的心血，可當兵的哪裡管這些，搬起便跑。父親忽然靈機一動，拿起木匠用的墨斗，在自家的木料上都寫上祖父的名字。國軍仗打完了，祖父到工事上把寫了名字的木料搬回來，鄰居沒說一句囉唆話，其他人便扯來扯去扯不清，好些人家還因木料動了手，傷了鄰里和氣。

老屋的木柱和壁板拆下來，還真的都有祖父的名字。幾十年的日曬雨淋、煙熏火燎，祖父的名字仍依稀可辨。前來幫忙拆屋的老輩人還記得當年的情形，感歎人生的短暫和無常。當年幫著起屋的老輩人中，只有一個該來卻沒有來的人，那便是三嬸的父親。自打三嬸出事他來老屋向親家賠罪後，就再也沒有來過老屋場。他覺得一張老臉丟盡了，做不起人，乾脆去了遠處的知青場，逢年過節也不回家。直到去世，三嬸的父親都沒從丟掉臉面的打擊中走出來。

三叔三嬸的新屋搬離了老屋場，建在不遠的一處山坡上。三間正屋，外加灶房和豬欄，雖然不及老屋場的高大寬敞、氣宇軒昂，但在一九四九年後新起的房屋中，算是有模有樣的。房子的旁邊有一口很大的水塘，一年四季清波蕩漾。每年學校放假回鄉下，我總愛住在三嬸家，一是因為跟三嬸三叔親近，二是因為屋旁的那口水塘。暑假好游泳，寒假好打魚。水池於我，真是少年時最大的樂趣。

直到我上大學參加工作後，還時常惦記三嬸家那鹹得有點麻口的飯菜、那一年四季趣味無窮的水塘。

我衝著黑暗處叫了聲祖母，便聽見三嬸說：「呀，曙光回來了呵！」清亮的聲音裡聽得出驚喜。

六

接到三嬸病重的消息，我正在給大學生上課。三叔讓人告訴我，三嬸病得重，只怕過不去。病中三嬸還念叨我，希望我趕回去送送她。我當即租車往老家趕，卻還是沒能趕上。三嬸得的是腦溢血，患病不久便昏迷了。此時我才明白，因為三嬸吃得鹹，導致了家族病比別人發得早，她走時才四十歲多一點。

前來弔喪的人中，我看到了一個孤單的年輕人，悲戚而又心神不寧的樣子，似乎沒有人認識，也不知道該站在哪裡，眼淚無聲地掛在臉上，遠遠地望著躺在棺木裡的三嬸。後來三叔告訴我，三嬸病重時，他只通知了我和那個陌生的青年，就是三嬸與外人生的那個孩子，現在他是武漢一所著名大學的學生。三叔一邊用粗糙的大手抹淚，一邊哽咽著說：「我知道你三嬸最疼愛的是你、最掛念的是他，雖然嘴上從來不說，但畢竟是她身上掉下的肉。我打聽了好久才找到他，想讓她能見上一面，可她還是沒等到，也就一天時間，她到底沒撐住。你三嬸的命真是苦呵，活著只想到做事，沒享過一天福，臨死了，兩個最想見的人也沒見上！」說完，三叔便號啕大哭起來，那哭聲像受傷的野獸一樣從胸膛裡發出來，在漆黑的夜空裡迴盪，那是我一生中聽到的錐心到恐怖的哭聲，幾乎不是哭而是吼，是嚎，是整個生命的痙攣！

送葬的隊伍很長，鄉鄰們是自發趕來的。我跟在棺木後面，看著抬棺木的八人龍槓，看著棺木周圍紙紮的白色儀仗，聽著一路上劈劈啪啪的鞭炮，我竟想到了三嬸出嫁時的情形。一樣走在田間的送行的親朋，一樣不歇氣的鼓樂吹打，一樣在陽光下招搖的儀仗，一樣炸不斷線的鞭炮，一樣八人抬著晃著的龍槓……

從八人抬進喧鬧的洞房，到八人抬進死寂的墓穴，三嬸的生命彷彿只做了一個短暫的停頓。老屋場上的那些歡悅和悲愴，似乎只是抬轎人在途中放下抬槓歇了歇肩，等到抬轎人喘口氣、喝口水、抽支菸，又吆喝一聲繼續上路。

半坡旌旛，滿山哭號。看著三嬸被放入墓穴，一鏟一鏟的黃土埋下去。恍惚中我看見一隻白鶴飛上天去，那是三嬸的靈魂嗎？

我不確定人是否真有靈魂，但我確定真的人生是埋不掉的，哪怕像三嬸那樣普通得如油菜花、紫雲英一般的農婦，只要有愛有恨、有血有肉地生活過，生命便埋不掉。夕陽熱烈而冷漠地懸在山頭，忽地我又記起了那個傍晚和三嬸看到的鶴舞夕陽的圖景、那場令我震撼的生命聚會！鶴因何而聚，又因何而散，沒人說得清；人因何而聚，又因何而散，也沒人說得清！生命只要聚集著，無論那鳴叫是歡愉還是悲愴，那舞蹈是輕靈還是沉重，便自有一份尊重、壯麗和溫情！

七

白鶴遷走了，老屋場失去了原來的祥瑞；三嬸離去了，三叔失去了原來的風采。這位往日的翩翩少年，如今已頭髮稀疏，滿臉褐斑。只是腰板依然挺直，步伐依然勁健，看得出是有一種力量支撐著，固執地和年歲抗爭。三叔時常從新屋場走回老屋場，獨自坐在曬坪的老石碾上，守著園子裡尚存的那幾株高大喬木，看飛走的白鶴是不是又飛了回來。

「老屋這邊說人死了，就說駕鶴去了。三叔說三嬸走時年輕，應該還可以駕著那群飛去的白鶴飛回來。」

老屋場上的晚輩告訴我。

走不出的小鎮

夢溪不是一條水，是因水而生的一個小鎮。

攤開分省地圖，依稀可從湘鄂毗鄰的區域，找到兩條標示河流的細線，一稱蛟河，一曰涔水，各自在山野丘陵盤桓百餘里，於澧陽平原北端交匯。然後不急不緩，流淌過數十里沃野，經津市注入洞庭。坐落在兩水交匯點上的那個小鎮，便是夢溪。大約民國初年，政府設鄉公所於此，後來鄉區的名字，也便冠了「夢溪」。

第一次見到小鎮，是在祖父的籮筐裡。二十世紀六〇年代初，父母響應政府號召，從澧縣二中下到鄉鎮，選擇的便是父親的故鄉夢溪。祖父一擔籮筐將我和妹妹挑回了祖籍。祖父從濃蔭的桑陌爬上堤岸，登上一條舊得有些發黑的渡船。艄公粗粗地吼了一聲，大約是乘客站穩的意思，便竹篙往堤上一撐，將船朝對岸划去。我從籮筐裡站起來，望見對岸高高的大碼頭。大抵正值枯水季節，渡船行走在低低的河心，從水面一級一級看上去，碼頭似乎高到了雲端。碼頭邊聳立著的木房子，清一色懸在岸邊，與高大敦實的碼頭一襯，飄飄浮浮顯得輕靈。

船抵碼頭，我興沖沖跳上岸去，沿著碼頭一級級往上爬，一口氣爬到頂端。站在光溜溜的青石街頭，回首望去，兩條清悠悠的河水，一寬一窄，T字形交匯在碼頭邊。窄的河上跨一座三拱石橋，連通北岸南岸，寬的河面上由渡船往來。河岸邊遠遠近近泊著木排，還有晾著花花綠綠衣衫的烏篷船。碼頭邊則靠著好些搖搖晃晃的漁划子，漁婦們坐在自家的船頭上，一面說笑一面補網。河對岸是一眼望不到邊際的桑樹林，蒼蒼翠翠地蔭在明晃晃的陽光裡，似乎藏了好些祕密與樂趣……

我的童年與少年，就這樣由祖父一籮筐擔到了這個陌生的小鎮。

一

小鎮橫跨涔水西岸、蛟河北堤，由西向東一條獨街，因大堤西折東曲而蜿蜒，長兩三里，居兩三百戶人家。兩廂房屋相向而構，中間夾一條青石街。石板已被踩光磨平，下雨天照得見行人的身影。沒有一兩百年的人氣與煙火，斷然薰染不出石街這頤和溫潤的成色。

街道雖不長，卻也分了好些街市。往西走的一段叫西堤，朝東去的一截叫河街，其間還有一步街等等，都只一袋菸的行程。居民的營生，大多相類而聚。正街上多百貨匹頭、五金日雜的店鋪；河街則打魚行船、挑水扛貨，吃水上飯的居多；西堤上也有些理髮修腳、磨刀補鍋的鋪子，多數卻是在街邊上擺攤炸油貨、蒸米糕的攤販。無論住在哪段街上，居民大體各幹各的，並不因眼紅他人而改換行當，即便是祖上傳下的生意與人重了，亦不會刻意地壓價競爭，誰家是誰家的熟客，彼此都守個界限。街市上就這一些居民，只養得活這些商家，大家圖個安安穩穩居家過日子，並無發財成賈的夢想。除卻年節，平素的生意不興隆亦不清淡，一日一日長流水的樣子。

祖父一擔籮筐將我和妹妹挑回了祖籍。祖父從濃蔭的桑陌爬上堤岸，登上一條舊得有些發黑的渡船……

鎮子熱絡的是大碼頭。上游下來的木材、桐油、山貨，下游上來的布匹、洋油、海味，都在碼頭上搬上搬下。本地出產的稻米、菜油、棉花，也有運往上游下游的，亦在碼頭上裝裝卸卸。除了這些轉運的生意，清晨打魚上岸的漁民、擔水送柴的腳夫、搗衣浣紗的婦人，把個碼頭弄得熙熙攘攘。黃昏時辰，碼頭則是孩子的天堂。放學未及回家，書包衣褲往碼頭上一扔，便一頭扎進清澈的河水裡，比誰的猛子扎得遠，比誰的仰游時間長，比誰的狗爬速度快。如遇木排上哪個孟浪的排客脫光身子洗澡，逗惹得滿河的孩子起鬨吆喝，若不是家長責罵呼喚，沒人記得起回家吃飯……

二

河水東逝，依地理，小鎮的龍頭應在西堤，恰好西堤最西端，又是青磚青瓦的區公所。高高的白粉圍牆，圈著磚木結構的三層小樓，典型的民國風範。圍牆上疏疏落落爬些野藤，小樓綠苔侵階，斑駁中透著莊肅。因為經年，院牆內喬木拱矣，夏日濃蔭沁人。樓前有兩架葡萄，籽小汁濃，輕輕一吮甜到心尖，是暑期我與夥伴們最惦記的地方。看見偷摘葡萄的孩子，過往的幹部也會喊一兩聲，卻並不真的跑來驅趕，也就是嚇唬嚇唬。偷葡萄的也不真的懼怕，不緊不慢褪下衣衫，兜了偷摘的葡萄，一溜煙奔過大堤，撲通撲通跳進緩緩流淌的河水，邊吃葡萄邊打水仗，直到精疲力竭，才一步三搖地爬上開滿野花的河岸。

區公所再往西，便是平坦的田疇。四時的農事，皆有農戶耕作，田野的景致，亦因四季作物更替而變幻。春季是油菜和紫雲英，早春碧綠碧綠一如遼闊的草場，低矮的農舍雜陳其間，無序而妥貼，看上去天生如此的樣子。待到仲春，紫雲英小小的花朵怒放，在田野上拉出一道一道紫紅的色帶。稍後成片的油菜花開，金黃的花畦在碧綠奼紫的田野上鮮亮得晃眼。藍天白雲的蒼穹很高很高，奼紫金黃的田野很遠很遠，天地間寂寥得只剩下嗡嗡的蜜蜂飛來飛去。各種花朵的香味混在一起，甜甜的濃得黏稠。偶有布穀鳥從空中飛過，喚醒田野上微醺的農人。時至今日，我仍覺得那才是春天的色彩與氣息。

進入盛夏，無論豐年歉年，田野一派忙碌。搶收搶插加上抗旱，農民自當披星戴月，鎮上的幹部、教師、學生和居民，一例也會扛著旗幟到田頭支農。打稻機的轟鳴混著犁田老農的吆喝，車水男人粗糙的夜歌和著插秧農婦放浪的調笑，收穫的歡愉與勞作的亢奮，充斥田野和小鎮。每年打下的第一批稻穀，照例會早早地整成新米送往鎮裡的米肆，於是家家戶戶涮鍋換盅，烹煮當年的新米。

收過秋稻，乾爽的田疇上高高地壘起無數草堆。白日裡除了趕著鴨群的牧鴨人，見不到其他人影。鴨子吃飽了散漫地臥在田裡歇息，牧鴨人也斜躺在稻草堆上睡了。涼涼的秋風掠過，田野慵懶而靜謐。

冬天平原上風烈，一宿嗚嗚的北風，早晨開門必是漫天皆白。遠處的農舍被埋成小小的雪堆，近邊的綠樹也被積雪壓得枝幹彎曲。大人自然蜷在火爐邊不肯出門，孩子們則不約而同地跑到白雪皚皚的田野上，堆雪人，打雪仗，一雙小手凍得通紅，回家火上一烤，夜裡便生出無數凍瘡。

三

小鎮的尾梢是家油坊，鎮上人習慣叫油榨。小鎮周邊十里八鄉的菜籽、棉籽都被送到這裡。榨坊裡有大小三四副榨床，大的長兩三丈，用兩三人合抱的木頭挖空而成，外面釘著粗粗的鐵箍。菜籽棉籽要先炒熟，然後上榨床榨油，因此一年四季，油坊裡熱氣騰騰，即使是數九寒天，榨油佬也只穿一條油漬漬的短褲。榨油的木槌高懸在屋梁上，榨油時須兩個壯漢將榨槌合力往後推，直至高過頭頂，然後鬆手閃人，木槌重重地撞在榨床上，榨床上的油餅便汩汩地滲出油來。新榨的油香，從榨坊飄出去，東北風一吹，滿鎮都浸在油香裡。

油坊往東，便不再有街舍，只剩下一條寬寬的土堤伴河而下。大堤外側河道甚寬，生長著大片大片的蘆葦。就因了蘆葦蕩望不著邊際，小鎮人不稱蘆蕩而稱蘆山。蘆葦春天發芽，幾場春雨便綠蔥蔥地長成青紗帳。蘆山裡溝港縱橫，春水一發，河裡的鯽魚、鱖魚、鯰魚逆水而上，游進蘆山的溝港淺水處甩子產卵，小鎮人操柄魚叉，在水邊守上一晨，便能叉得滿簍滿簍的鯰魚、鯉魚，運氣好了，一條便能上十斤。秋至霜降，蘆葉黃葦花白，豔陽下的蘆山似乎獨占了滿世界的秋意。趕在小鎮周邊的農民尚未進山砍伐蘆葦，鎮上的孩童便不分男女，一隊一夥地鑽進密匝匝的蘆葦叢裡，尋鳥蛋，捕雛鳥，追野兔，再不濟也能在未及乾涸的溝港裡捉些小蟹小蝦。

大堤的內側，是一湖一湖的蓮藕，夏天蓮花盛開，白的紅的豔得濃烈，遠看如印象派大師的油畫，濃得化不開，近觀卻又婷婷嫋嫋，不依不傍，各自風姿獨領，其韻致非國畫寫意難以言狀。蓮湖之於小鎮少年，更難抵禦的誘惑，還是褪盡了花瓣的嫩蓮蓬。如能找到湖邊的小船，自然是邊採邊吃，直到肚子脹得滿滿。如若找不到小船，便衣褲一脫，赤條條地下水。蓮湖裡除了蓮蓬，還有嫩生生的新藕和菱角。等到將這些採齊上岸，身上已被荷稈和水草劃出一道道血痕。

四

碼頭對岸的桑園，區劃不屬小鎮，但對小鎮的孩童與少年，卻是割捨不去的一片樂土。因了這片桑園，鎮上差不多每個孩子的書包裡，都會藏一個小盒子，裡面裝著蠶寶寶和嫩嫩的桑葉。課堂上不論老師多麼嚴苛，學生都會偷偷地打開盒子，看蠶寶寶吃沒吃桑葉，有沒有拉稀。課間則各自捧出盒子攀比，誰的蠶寶寶多，誰的蠶寶寶大，爭著吵著，急了也會動手動腳，推搡中誰失手打翻誰的盒子，弄死了蠶寶寶，便會鬧到老師那裡。老師便將另一個孩子的蠶寶寶一分為二，算是作個了結。

父母擔心誤了讀書，對孩子養蠶並不支持，待到蠶寶寶一天天長大，便也覺得很可憐愛。於是偷偷摸摸變成名正言順，蠶寶寶也由盒子藏著變為簸箕養著。春夏兩季，好些人家的門口，都擺著一兩個養蠶的簸箕，初來乍到的外鄉人，還以為養蠶是小鎮的產業。蠶老結繭，孩子們並不拿去換錢，只是擺在那裡等待破繭成蛾，產卵孵化新的蠶寶寶。一年兩季，年復一年，孩子也便在這成蠶成繭的輪迴中，不知不覺長成了少年。

桑園藏著的另一份惦記，是蜜甜的桑葚。初夏季節，翠綠肥大的桑葉裡，星星點點的桑葚結出來，由青而紅，由紅而紫。騎在粗壯的枝杈上，一邊採葉一邊吃葚，濃稠的汁液染紫了嘴唇，也染紫了雙手和臉頰。

碼頭的西側，是橫跨小河的石拱橋。橋的另一頭，是叮叮噹當的船廠。每至盛夏，便有一條條木船從河裡拖上岸來，反扣在烈日下補漏塞縫上桐油。拱橋是麻石築構的，工藝甚精細，民國以降的石匠難有這般手藝。以此考據，年代當在清中晚期，大抵也是小鎮存世最老的建築。石橋兩端各踞一對石獅，神態頗肖，傳說月圓的夜晚，會跑到對岸的麥田偷吃青青的麥草。故事編得牛頭不對馬嘴，連孩子也不信，然故事卻照例一代一代往下傳，這大概正是民間文學的可愛處。

街道北面的駝背堰，形若橄欖，長約二里。街市北廂的幾十戶人家，外加大戲園、肉食站等處所，皆在堰塘邊上。堰很深，四季水位不變，傳說水底有天坑暗河之類，故鎮上再頑劣的男童亦不敢下堰游泳。

南河北堰，兩水相夾，其間的街市便犯了風水。故小鎮百十年裡，既出不了權豪勢要，也出不了富商巨賈。老輩人講得多的，也就是誰家出過一名上校團長，但那時國軍敗局已定，頂個空銜，並未真的統領一彪人馬。

五

相比風物，小鎮的有趣更在人事。

小鎮自是沒有驚世駭俗的人物，也無驚天動地的事件。江山改姓，皇城易幟，小鎮依舊是白晝開門迎客、夜晚閉門教子。民國以來隔三岔五的社會變革，大多治標不治本、換湯不換藥，到頭來既壯不了小鎮的體，也醫不了小鎮的病。真的能讓小鎮的日子起些動靜、生些變故的，反倒是小鎮居民的來去生死。小學裡多了一位讀過私塾的老師，衛生院裡走了一個會推拿的醫生，都是小鎮人繞不過的大事，茶館酒肆，乃至夫妻床頭，會是好長一段日子的談資。故小鎮的所謂有趣，無非是養家餬口上營生不循常規、待人接物上脾性不入流俗。起初相處難免訝異，彼此熟了也便相容相契，幾日若是沒能碰著，便會有一種隱隱的缺失，甚至掛記是否出了事由。天長日久，這些人反倒成了鎮上最被關注和惦記的人物。

正街上的戲院裡，住著一個值更的老人，姓高，名諱不詳，人稱「高伯啦」。在小鎮上，「伯」後面加上「啦」，便於親昵中帶了些許戲謔之意。高伯啦有多老，鎮上似乎沒人知曉，反正小鎮上住著的人，記事起便聽著他打更的噹噹鑼聲。戲院年久失修，慢慢不再有演藝事宜。高伯啦孤老一個，白天睡在戲院的舞台上，夜晚則一手提著一盞昏暗的馬燈，一手提著一柄敲得鋥亮的銅鑼，從街頭敲到街尾。家家戶戶的燈光，從木板房子的縫隙裡瀉出來，在石板上泛著青光，細雨濕街，行人如魂。「各家各戶，小心火燭呵。」——噹！只有值更老人蒼老的喊聲和沉悶的鑼聲，醒裡夢裡夜夜守護著小鎮。鎮上的孩子，習慣了夢中隱約的銅鑼聲，大人則聽著高伯啦的提醒查看燈火，然後脫衣上床。哪天沒有鑼聲，必是高伯啦病了，街上好些人家定會誤了上床睡覺的時辰。後來，接連好些天沒聽到高伯啦的銅鑼聲，才知道老人已經過世。鎮上人埋葬時，找不到一件像樣的物件陪葬，便找來那柄銅鑼，一併葬在了大堤上。至此，小鎮沒了值更老人，沒了噹噹的銅鑼聲，也沒了夜半三更聽得見的那一份安妥與祥和……

六

與值更老人年齡相若的，是住在橋拱下的叫花子。叫花子雲遊四方，鎮上人並不在意從何而來，以為也就是遊鄉串街三五日。直到他在石橋拱下安營紮寨，沒有再走他鄉的意思，便默認鎮上又多了一位居民。

叫花子既不打喜道賀，也不沿街行乞，每日傍晚從鄉下歸來，自己生火燒飯。叫花子起得早，公雞打鳴便背一根帶木柄的鐵鉤、挎一個發黑的竹簍出鎮，在十里八里的河岸下田坎邊摳烏龜、捉王八、釣黑魚、踩黃鱔，只要是水裡游的魚鱉蝦蟹，沒有他抓捕不到的。好多個週六週日的早晨，我跟著叫花子串鄉，見識他抓鱉捕魚的各種奇技：熹微的晨光裡，他能從田坎邊一行淺淺的腳印，判斷是龜還是鱉，在洞裡還是出洞覓食了，然後輕而易舉地找到洞穴，將鐵鉤伸進去一掏，便有龜或鱉倉皇出洞，大的捉來丟進竹簍，小的任其逃走。我要去抓，他會攔著說：「小的也抓了，明年吃什麼？做什麼事都不可以絕代！」晌午走到湖邊，叫花子用鉤子撥開一叢水草，看見水面上有若隱若現的油花，便認定是黑魚孵卵的窩子，於是掏出一枚麻繩繫著的釣鉤，抓一隻小青蛙鉤上，在水面上輕輕擺動，不一會兒，便有一條黑魚撲上來咬住青蛙，叫花子用勁一提，黑魚便被釣上岸來。每個窩裡都有公母兩條黑魚，叫花子從來只釣一條，說如果兩條都釣了，剛孵出的小黑魚沒大魚護著，會被青蛙或別的大魚吃掉。

那時節小鎮人還不吃龜鱉，一是因為龜鱉乃靈性之物，吃了損德折壽，二是因為其味腥臊，如同狗肉上不了正席。小鎮人甚至連鯰魚、黃辣丁一類的無鱗魚都不吃，覺得既為游魚，無鱗當屬異類。叫花子捉回的龜鱉之類，大多賣給了食品站，運往大城市出口。食品站打下來的，便背回家自食。回到橋拱下，叫花子三下兩下將龜鱉內臟收拾乾淨，拿出一個黑乎乎的砂罐，在河裡舀一罐清水，將龜或鱉放進去，架在石頭堆壘的灶上慢燉。不一會兒便香氣撲鼻，彌漫一道河岸。孩子們聞著嘴饞，眼睛直勾勾地盯著叫花子，叫花子便說：「這東西吃了損陰德呢！」孩子們仍是不肯散去。時間久了，叫花子便由了孩子們你一口我一口地喝湯吃肉，自己站在一旁嘿嘿地笑。

父親擔心我「跟狐狸學妖精」，長大了立志當個叫花子，狠狠地揍了我一頓，甚至扔給我一床被子一個碗，讓我跟叫花子過去。我背了被子往外走，三天沒回家。父親見激將不起作用，便跑到橋洞裡找了叫花子。不知父親和叫花子說了什麼，反正他們由此成了朋友。叫花子不僅把我送回了家，還隔三岔五往我家送烏龜。叫花子每回只到校門外，將烏龜交給我，似乎是害怕別人看不起，或許是怕別人笑話我們家。父親按叫花子教授的方法，將那些三兩重的公烏龜從兩側敲開，扔掉腸肚，然後填塞作料，和血用荷葉一層一層包裹，再將草紙浸濕包上三層，最後用稻草糊泥巴，裹成一個大泥球，放在木柴火上烤乾，再在火灰裡埋上一天一晚。待到敲開泥巴剝去荷葉，便是又香又嫩、熱氣騰騰的絕世美味。一年半載，常年生病的父親竟硬朗起來。父親是小鎮上的名師，他的現身說法，不經意使叫花子成了鎮上的傳奇。叫花子卻並不為之改變，依舊早起晚歸，依舊摳龜捉鱉，不同的是每晚回來時，會有好些人等在碼頭或橋頭邊，買他的烏龜或老鱉回家。

叫花子起得早，公雞打鳴便背一根帶木柄的鐵鉤、挎一個發黑的竹簍出鎮，在十里八里的河岸下田坎邊摳烏龜、捉王八。

叫花子後來還是離開了小鎮，何時何故，仍舊無人說得清。上完大學回家，我曾向父親問起，父親半是回答半是感歎：「雲遊天下的人，應天之約，席地為家啊！」

七

小鎮上另一個忘不去的人是青敏。

青敏是下江人，隨夫嫁到小鎮，住在河街的吊腳樓裡。其夫畢業於陸軍大學，是駐紮南京某王牌師的一個連長，與在女校讀書的青敏因聯誼相識，不久便定親完婚。鎮上上年紀的女人，說起青敏當年乘船回小鎮的情形，無不繪聲繪色。青敏夫婦從木船登上碼頭，男的一身筆挺的美式軍裝，眉目清朗，英氣勃勃。身邊攙著的夫人，一襲湖藍的短旗袍，一把粉紅的油紙傘，明眸皓齒，微顰時一對淺淺的酒窩。臉上的稚氣尚未褪盡，身材卻凹凸有致，豐腴妖嬈。小鎮女人只在洋片上見過都市女人的時髦，如今卻見青敏顧盼生輝、婷婷款款地從身邊走過，差點沒豔羨得跌下眼珠來。

軍人度完假便乘船走了，說是前方戰事吃緊。青敏送到碼頭，望著木船遠去的下游，呆呆地坐到值更的鑼聲響起。之後每天傍晚，無論晴雨，青敏都會站在碼頭上，看千帆過盡，數三更五更。再後來聽說年輕的軍官來過一封信，大意是部隊即將撤往台灣，囑青敏返回下江另覓人家。青敏捧著那封信，大約半月未出家門。待到再從吊腳樓裡走出，青敏一臉濃妝，嘴裡哼著小鎮人聽不懂的下江俚曲，直徑徑地走到碼頭邊，對著河水一遍一遍地洗頭髮。鄰居叫她，只是嘿嘿一笑，然後不再理睬。小鎮人不禁歎息：作孽啊，青敏瘋了！

年長的女人一起商議，青敏是犯了花癡，只要再找個男人，病便好了，於是張羅著給青敏作媒。青敏長得好看，願意娶她的成群結隊，只是每回保媒的和青敏說起，青敏便嘿嘿一笑，堅定地直搖頭，神情十分清醒。青敏不允，做媒的事便不再有人提及。只是家中做了什麼好菜，女人們會盛上一小碗，讓孩子們送到吊腳樓去。假期孩子們無聊，看見青敏化了濃妝去碼頭，便跟在後面「瘋子瘋子」地喊，誰家女人聽見，必定拉開木門將起鬨的孩子趕開。「文革」開始那年，縣裡來的紅衛兵將青敏捆綁了，掛上破鞋拉去遊街，河街的幾個女人看見，一邊死拉硬拽將青敏搶出來，一邊破口大罵：「她是瘋子呢！你們作踐瘋子，缺德呢！作孽呢！要絕代的呢！」

八

若論鎮上有權勢稱得上人物的，只有韓麻子。「文革」中後期，韓麻子是公社的書記。韓麻子出身甚苦，兒時犯天花家貧失治，落下一臉豆大的麻子。一九四九年幹部找到他，是在東家的牛棚裡。韓麻子大字不識一個，參加革命後，在掃盲班待了三個月，還是連自己的名字也寫不全，後來當了領導簽字，多是公社的文書代勞。那時節不識字的南下幹部多，官也比他大，因而只要工作拿得下，並不遭人嫌棄。韓麻子記性奇好，領導的報告聽一遍，回來傳達幾乎一字不漏。韓麻子能說會道，上頭的精神他能用方言俗語說得神采飛揚，聽的人也津津有味。他讓下面的人工作各自負責，便說「這點卵事不要推三搡四呵，狗子舔雞巴，各舔各」，弄得大家哄堂大笑。韓麻子不肯待在辦公室，赤腳一打便到鄉下轉，車水便車水，插禾便插禾，冬季擔土築堤，韓麻子挑得比民工還多。紅衛兵跑到鎮裡鬧革命，他叫上民兵一頓驅趕：「抓革命抓革命抓你娘的雞巴，老子只促生產不抓革命。」韓麻子根太正苗太紅，這話傳到上頭終究沒人將他怎樣。

韓麻子最起勁的是冬修水利，農閒的三四個月，吃住幾乎都在堤上。他執政的幾年，大堤一層層墊高，一遍遍夯實。誰要偷工減料被他發現，便是一頓臭罵：「狗日的懶東西，現在持奸把滑磨洋工，明年大水來，把你的狗窩沖個精卵光！」

小鎮地處洞庭湖沖積平原，原本十年九澇，決堤潰垸是家常便飯。打韓麻子築堤之後，小鎮近邊的大堤，真就再未潰決。也有水大的年分，洪水從涔水蛟河漫過小鎮的街道，大堤卻巋然不動。鎮上最恨韓麻子的石伯啦和吳伯啦私下也說：「狗操的麻子罵死人，但這堤要不是他個哈卵，只怕還是年年修年年垮！」

九

石伯啦和吳伯啦，祖上都是開雜貨鋪的，公私合營後都到供銷社賣貨。有祖上傳下的生意經，把個門市部打理得光鮮順當。憑票供應的糖菸酒，他們總能勻出些分額給自己看重的人家。每回我去買菸或糖，不管他們誰在，總會多賣一些給我，並囑咐吃完了再來。韓麻子菸癮大，菸抽完了，想找他們開點後門，這兩老頭偏不給面子，因為每年冬季修水利時，大家都要上堤，石伯啦和吳伯啦想開後門溜個號，總被韓麻子罵個半死。

石伯啦又瘦又矮，一臉的尖酸刻薄，待人卻和氣熱絡；吳伯啦胖胖墩墩，臉上一團和氣，舉止卻甚是謹慎，說話有一句沒二句。兩人脾性雖殊，相處倒也融洽，各自往來多的，還是當年自己開店時的熟客，誰給自己的熟客多一點糖菸，另一個裝作沒有看見，彼此心照不宣。他們間唯一的競爭，便是比誰家孩子生得多，你一個我一個，誰也不讓誰，最後每家都生了十來個，而且兒女花胎，終究沒個輸贏。

鎮上的人家將生育這事看得重，只要沒被抓去紮了，躲躲藏藏也要生出一窩來。生得少的只有食品站的范麻子，還有魚行裡鑲金牙的謝伯。范麻子也是一臉麻子，只是顆粒比韓麻子小，成婚沒多久，老公便跑了，生了個女兒卻如花似玉，公認的小鎮一枝花。饒舌的婦人們湊在一起，總說這女兒不像范麻子的，應該是河街上青敏的。

謝伯骨骼粗壯，聲音也嘹亮，誰家的魚賣了幾斤幾兩，他在碼頭邊的魚行唱報，河街西堤都聽得到。魚行裡的夥計駝背，被他呼來喚去的如使家奴。謝伯也只生了一個女兒，是我小學的同桌。她家就在魚行背後，買魚時常去她家玩，從未見過家裡的男人，班上同學便訕笑駝背是她爸。謝伯知道了，跑到學校破口大罵，金牙在陽光下一閃一閃，到頭來還是沒說明白孩子她爹究竟是誰。

十

初到小鎮的外鄉人，但凡沾點文墨的，都會問及夢溪地名的由來，以為與沈括的《夢溪筆談》能扯上點關係。鎮上知道沈括的人原本不多，說得清地名由來的當然更少，即使老輩人，也只知道小鎮原名夢溪寺，大約此地有過一座頗有名氣的寺廟，只是誰也沒見過寺廟的半磚片瓦，寺廟的遺址在哪裡，亦不可確定，究竟古寺因小鎮而名，還是小鎮因古寺而名，更是無人考究。

小鎮人之不關注歷史，一如其不關心未來。有點文化的說「一代人有一代人的活法」，沒文化的說「麻繩打草鞋，一代（帶）管一代（帶）」。鎮上人家能生多少生多少，生下來後怎麼生活、如何發達，其實沒人操那麼遠的心。「日子不都是這麼過呵」，小鎮人永遠活在當下。沈從文「使人樂生而各遂其生」的社會理想，於小鎮確乎是一種原生的生存意願和混沌的生活信仰。

洞庭湖沖積而成的澧陽平原上，如夢溪一般的鄉村小鎮何止一個兩個，保河堤、曾家河、如東鋪……在平坦的田野上，任意朝哪個方向走上二三十里，都能遇上一個依水而築、竹木蔥蘢的小市鎮。單單的一條石板街，百十棟前店後院的木板房，母雞帶著雛雞在街上覓食，肥豬在屋後的稻田裡滾了一身泥巴，大搖大擺地從青石板上走回家。聚居的街市與散落的農家隔田相望，雞犬之聲相聞，童叟皆有往來。得田土物產而市，因官商行旅而驛，居街市而近村落，行商賈而憂豐歉。在農耕中國的結構中，小鎮是天然的經濟運行單元；在權力中國的體制裡，小鎮是厚實的政治緩衝墊層；在科舉中國的傳承下，小鎮是豐富的人才資源儲備。星羅棋布的鄉下小鎮，是中華大地上最本色的審美元素、最自主的經濟細胞、最恆定而溫情的社會微生態。

在常與變角力的社會演進中，小鎮是守常的力量。春秋代序，守四時農事之常；甲子輪迴，守生老病死之常。不以豐盈而恣樂，不因虧歉而頹唐。人生的酸甜苦辣，被小鎮人在鄉野的日曬雨淋中釀成了一缸醬，無論天順地利，還是天災地荒，年景雖異，生活卻一例是簡樸平淡的味道。春茶再苦亦回甘，臘酒再淡也醉年，添丁添喜亦添憂，逝老是悲也是福。以物喜亦以己喜，以物悲亦以己悲，喧囂世事淡漠看，無常人生守常過。一天一天，一年一年，一代一代，說迷糊小鎮的日子是真迷糊，說清白小鎮的日子也是真清白。

有多少人的童年與少年，如我一般在小鎮上度過，感受著絢爛而質樸的農事之美，浸淫著混沌而質樸的生存之真，無拘無束地一天天長大。人愈大小鎮便愈小，人大到可以奔走世界，小鎮便小得逸出了世界。當我們將世界幾乎走遍，才發現這一輩子的奔走，仍沒能走出那個童年和少年的小鎮。

再回夢溪，歲月已往，小鎮已往。

世事變遷，滄海桑田本屬天道，只是僅數十年光陰，延綿千百年的鄉村小鎮便物不是、人已非，仍不禁令人惶恐與悲憫。小鎮之於耕讀傳家的國人，是審美的生命記憶，是生存的文化基因。夢溪小鎮的消殞，於我是一種童年與少年生活的傷逝，是個體生命的不絕隱痛，而千萬個夢溪似的小鎮的消殞，於後代則是一個人種生命基因的缺損、一個民族文化血脈的斷裂，是蒼茫鄉土之殤，是芸芸眾生之殤。

我當然也知道，不僅鄉村與小鎮，這世界到處都在變，變得與記憶不同。我所希望的只是，這不同是更加有趣和美好！

夢溪不是一條水，是我生命中以往的一段童年和少年；夢溪不是因水而生的一個小鎮，是大地上千萬個小鎮已往的一個縮影和宿命……

大姑

一

祖母嫁進龔家，一口氣生了九胎，月子裡丟了兩個，養活下來的有五男兩女。老家人說孩子病亡，不忍用「死」與「亡」之類的詞，只說是帶丟了。

大姑排行老五，是家裡頭一個女兒。前面齊紮紮排了四個兒子，祖父祖母中年得女，理應格外寶貝。或許那時家中人丁已多，俗話說「添口如添刀」，添男添女對祖父來說都是添的負擔；或許那時祖母生產已多，俗話說「兒多母苦」，生兒生女對祖母來說都是磨難，總歸大姑在家裡，並未得到該有的恩寵和偏愛。

大姑出生後，祖母三天兩頭生病，時常在床上一躺十天半個月。小姑和么叔生下來，除了二嬸能給祖母搭把手，洗尿片、餵飯食、搖搖籃都是大姑的事。大姑發蒙上學沒幾天，家裡的事纏著走不開，便扔下書包輟了學。父親曾和祖父商量，讓大姑復學讀書，祖父兩手一攤：「老六老七誰來帶呵？」父親想了想，也沒有找到好辦法。祖母躺在床上暗自落淚，說這丫頭命苦！大姑見父親為難，便扯著衣袖寬慰父親：「哥，我喜歡在家帶弟妹，不喜歡讀書，我一讀書就腦殼疼。」

早上，四叔和鄰居家的孩子背著書包上學，大姑站在老屋的禾場上，一手牽著小姑，一手拉著么叔，呆呆地望上好一陣子。有時會情不自禁地跟著走出好遠，直到祖母呼喊，才牽著弟妹若有所失地往家走。

等到小姑和幺叔也長大發蒙，背上書包加入上學的隊伍，大姑已過了上小學讀書的年齡。

二

大姑的長相從祖母，身板薄，顴骨高，眼窩深，頭髮細軟稀疏，看上去病懨懨的樣子。如果將纏在祖母頭上的青紗巾摘掉，大姑是祖母脫的一個殼。好在大姑瘦歸瘦，倒並不怎麼生病，洗衣、做飯、砍柴、餵豬的家務再多，也沒見大姑倒過床。父親回老家，見大姑屋裡屋外忙得一身大汗，便拉著她歇會兒再忙，大姑總是一邊擦汗一邊笑笑說：「哥，我是筋骨人，熬得起！」

我與大姑親近，是因為大姑於我有一份特殊的恩德。

小時候，我有脫肛的毛病，託了好多郎中找偏方：煨刺蝟、蒸白鼠，什麼亂七八糟的單子都試過，就是不見好。每回蹲在禾場上拉屎，一坨粉紅色的肉脫出來，公雞母雞圍上來，你一嘴我一嘴，啄得血淋淋的。大姑見了，拖根竹篙便打，打瘸了好幾條雞腿。大姑把我摟起來，讓我平臥在她懷裡，拿塊乾淨布片墊在脫出的肛門上，用手掌輕輕地揉，慢慢地將脫出的肛門揉進去。我在老家的幾個月，大姑每天要揉三四次。待我離開老家回夢溪小鎮時，脫肛的毛病竟被大姑揉好了。

父親好多次對我說：「你這輩子，誰的恩都可以不記，大姑的恩你要記得！」

三

大姑的婚事定得早，說的是肖河橋一戶彭姓的人家。從夢溪回老屋，肖河橋是必經之路。肖河其實是條溪溝，寬不過三四十米。因為上游有個浩大的趙家峪水庫，雨季洩洪水急量大，河床越沖越深，河坎到水面竟有二三十米高差。肖河橋便架在這高高的河坎上。橋的跨度雖不寬，木結構的橋面和護欄也還結實，但橋面到水面的距離太高，河床裡的流水湍急奔湧，行走在橋面往下看，還真有幾分駭人。橋的東西兩端，分別聚了二三十戶人家，青瓦木屋，梭板門臉，各自做些日雜南貨、鞭炮肉食的小營生。彭家就建在橋東的河坎上，房子和門臉在幾十戶人家中是最闊氣的，算得上肖河橋的大戶。

彭家倒也是本分人家，生意做得和氣，街鄰相處親善。老闆娘早逝，老闆也沒有再續，自己帶個獨生子打理門面。和大姑訂婚的，就是這個獨生子。

祖父和鄉鄰覺得這是一樁好姻緣，父親卻不贊同。父親十二三歲到縣城上中學，走的都是肖河橋這條路，沒少到彭家的店鋪喝口水、買點吃的，彭家的獨子父親打小就認識。父親說彭家獨子從小嬌生慣養，好吃懶做，膽小怕事，大姑嫁過去會遭一輩子孽。祖父覺得彭家家底殷實，人口簡單，人老實點對大姑還好些。大姑的婚事當然是祖父說了算，彭家一頂花轎，吹吹打打，將大姑熱熱鬧鬧地抬到了肖河橋頭。

對祖父一向恭順的父親，在大姑的婚事上較了真。大姑出嫁，父親應該作為上親送妹妹去彭家，不管祖父怎麼罵、祖母怎麼勸、大姑怎麼求，父親硬是強著沒去。此後父親從小鎮回老家，路過大姑的家門也不歇腳喝口水。有一回正巧大姑在門口，看見父親便扯父親進家門，父親站在街邊上就是不挪步。最後是大姑的兒子一面大舅大舅地喊，一面拉著父親的褲腿不鬆手，父親才坐在大門外喝了一碗茶。

那時大姑有了兩個孩子，大毛三歲，二姐一歲，都長得標緻伶俐。尤其是大毛，用老家的話講長得手長腳長，頭齊尾齊。大毛皮膚白得像剛剝殼的蛋清，一雙眼睛圓圓大大，明淨得如同一潭深水，既清澈鑑人，又深不見底，撲閃撲閃的，望上一眼，你便會不由自主地往那眼神的深幽處探看，彷彿被攝走了魂魄。大毛走路早，說話也早，一歲半多一點便什麼乖巧的話都能說，見誰黏誰，不怯場不認生，見過的人都說這孩子怕是一顆天上的星子託生。一年過年，大姑一家回老家拜年，來了一位打喜的叫花子，大毛不聲不響跑進屋裡，抓了一把炒米糖、兩個鹽茶蛋塞在叫花子的袋子裡。叫花子一邊撫摸大毛黝黑的頭髮，一邊低聲地對祖母說：「這孩子太伶俐太乖致了，要看好！要看牢！」

四叔和鄰居家的孩子背著書包上學，大姑站在老屋的禾場上，一手牽著小姑，一手拉著么叔，呆呆地望上好一陣子。

四

那年臘月，彭家起了大火。火是鄰居家燒起的，正好風往彭家吹，將彭家前後三進的板壁瓦房燒得乾乾淨淨。大姑亂急中搶了大毛搶二姐，再回去找公公時，屋梁燒塌了，公公埋在了燒紅半邊夜空的火海裡……

父親聽說後，挑了被褥、棉衣和滿滿的一擔年貨到彭家，只見了一堆瓦礫和餘燼。大姑穿著一身白色的孝服，在餘燼中翻找燒剩的木料。「哥！你到底進了彭家的門了！而今門是沒了，但哥你來了就好！來了就好！」父親摟著寒風中瑟瑟發抖的大毛和二姐，望著大姑從廢墟中把漆黑的木頭一根一根往外拉。欲雪的黃昏，天黃得像一張病人的臉，嗚嗚的北風將大姑的散髮吹起，彷彿要一根根扯走。

雪花疏疏落落地飄下來，緊接著便大了密了，像棉絮一樣在空中捲著滾著，只一會兒，大姑和父親便被風雪裹成了雪人。父親給大姑披上一件新買的棉衣：「帶著孩子回家吧！」大姑用手掇掇頭髮，望著夜空中漫天的大雪說：「哥！日子總是要過的！」

大姑和叔叔們在彭家老屋場上搭起了三間茅屋，門臉沒有了，南貨日雜的小生意也沒有了。大姑帶著彭家姑父每天出工掙工分。彭家姑父打小沒幹過農活，只能大姑帶著，你幹什麼他幹什麼，沒幹好的大姑回頭返工。父親每次回家，都給大姑帶點米或肉，走時在枕頭下壓點錢。大姑發現了，扯著父親說：「哥！日子過得去呢！」

五

大毛五歲便上了學。起初老師嫌小，堅決不收，大姑讓老師考一考試一試。老師一考果真每問必答，比好多適齡生還強。大毛見老師猶豫，便拉著老師的手說：「老師，我會用心讀書的！」老師見大毛實在乖巧，便收下了。

暑期放假的第一天，大姑讓大毛在家帶二姐和剛滿一歲的三毛。中午大姑回家，三毛睡著了，二姐在家哭，大毛卻沒有看見人影。二姐說大毛在河坎上幫她折柳枝，滾到河裡被水沖走了。大姑上游下游邊喊邊找，黃昏時在下游十多里的河灘上找到了。看到泡在河水裡的大毛，大姑撲上去便暈倒了。

「我知道大毛帶不大的！太乖巧太標緻了！我的命受不起這麼好的兒子的！大毛就是來逗我念想的！天底下哪能有這麼聰明的兒子？他是天上的星子！是來惹我想他的……」大毛死後，只要有人來勸大姑，大姑不等人開口，便是這番話。「你不要勸我，我早就知道大毛遲早要走的！這是我自己的命，我想得通！」大姑摟著二姐和三毛，越說摟得越緊，彷彿害怕有人來搶。

彭家姑父燒屋喪父後，有好幾個月夜遊似的，冷不丁地叫上一聲：「爸爸吃飯。」大毛告訴他爺爺死了，他搖搖頭似明白似不明白。大毛這個坎彭家姑父終究沒過得去。一個多月後，彭家姑父的屍體也浮在了屋旁邊的肖河裡。有人說是他自己投的河，有人說是他糊裡糊塗摔下去的，只有大姑說：「是大毛把他邀走的！大毛乖巧，一邀就把他爸邀走了！大毛夜裡也來邀我，我不能走！我還有二姐和三毛！大毛不是我的崽，他是天上的星子！二姐和三毛才是我的崽！」

許多年後，我曾問大姑，是不是祖母把叫花子的話告訴過她？大姑說沒有：「大毛一生下來，我就覺得他不像我家的人。小時候抱在懷裡，看上去像個洋娃娃，不像個真人。我知道他就是個孽障，來逗我欠我的。」

六

有一年父親生病住院，大約住了半年。一個鄉下的老師來看他，說前幾天看見了大姑，帶著兩個孩子在另外一個公社討米。父親找來四叔，四叔說他也聽說了，到大姑家去過幾次，都沒有找到大姑。

從來沒有對兄弟發過脾氣的父親，摔了吊著的藥瓶，把床頭櫃上的搪瓷碗也砸到了四叔頭上。一家人連夜出動，終於在一個生產隊的隊棚裡，找到了大姑一家三口。

父親問大姑過不下去了怎麼不告訴家裡人，大姑回答得出奇地平靜：「哥！我也是一家人！我的日子再難，也得我自己熬，總不能你們幫我過日子。再說你們管得了我一輩子，能管得了二姐和三毛一輩子？他們從小吃點苦，或許長大會有點出息呢！他爹從小沒吃苦，長大沒有一點用呵。」父親要大姑把二姐和三毛留下來，讓他們在鎮上讀書，大姑死活沒有答應。

七

我讀大二那年，大姑找了一個外鄉的男人。那人在當地也是出了名的老實人，人家打上臉來，也不敢喘一口大氣。大姑遷到新家後，在自家的菜園紮園子，鄰居家的主婦衝出來，不僅拔了大姑的竹圍子，還把大姑推到了地上。四叔聽說後，覺得這事娘家人得出頭撐腰，否則大姑在新家待不下去。在老家，嫁出去的姑娘在婆家或當地受了委屈，是要娘家人出頭的，娘家人有權勢或者男人多打得贏，姑娘才能在那裡待下來。

那夜我正好在老家，便跟著幾位叔叔一起到了大姑家，找到那個欺侮大姑的主婦。那人不僅沒有服軟道歉，揚言還要揍大姑，說著又一掌將大姑推倒在地。我一時怒火填膺，衝上去就是一拳，將主婦擊倒在地，一腳踩在她的右手上，問她還敢不敢動手。誰知大姑從地上爬起來，死命拉住我：「曙光，你不能動手！你是大學生！大學生是講道理的，不能靠打架過日子！」當晚那主婦喝了農藥，被送到公社的衛生院。我知道她喝農藥只是為了撒潑，絕不會毒死自己，便懶得理會。大姑拉著我說：「她喝藥是為了掙個面子。她在地方上逞強慣了，現在被你打了沒面子。我們去道個歉吧！」我被大姑拉到衛生院，大姑送了一籃雞蛋，還偷偷地結了藥費。主婦出院後，沒有再找大姑的麻煩。有一年，我去給大姑拜年碰上了，她還客客氣氣地和我打招呼：「大學生來了！」

大姑和兩個孩子是外來戶，生產隊沒有分配田土，大姑只得把房屋周圍的茅草山一鋤一鋤地開墾出來，種上油菜、棉花和果樹。大姑找的男人沒兩年也得病死了，只留下大姑和兩個孩子在那片新墾的土地上，母雞似的刨一爪吃一嘴，過一天算一天。四叔常去給大姑幫忙，望著大姑墾出的那片紅色的山地，說沒有十年八年，這塊新土是種不熟的。

八

研究生畢業那年秋天，我專程去看大姑。大姑的草屋變成了紅磚房，滿坡的柑橘和柚子果實累累。正在棉田裡採棉花的大姑見我來了，摘了橘子又摘柚子，殺了母雞又在門前的山塘裡打魚，還把嫁到附近鎮上的二姐叫了回來。大姑一邊給我剝橘子，一邊告訴我：「二姐嫁了人，是鎮上郵局的。二姐在鎮上開了個日雜鞭炮店，繼承了他們彭家的飯碗。三毛到汕頭學廚師，在機場做配餐，一個月有三四千塊錢呢。找的老婆是津市人，做美容也滿賺錢的。」

大姑的幸福是堆在臉上的，讓我覺得像被一團火烤著那麼溫暖和真實。既往的苦難，似乎都不曾有過，或者只是一場夢。而我作夢也沒有想到，生就一副苦相的大姑，竟然笑得每一條皺紋都那麼舒展，每一絲表情都那麼暢快，舒展和暢快成了一朵花！

上個月我回津市看父母，碰上大姑也來看他們。父親提到大毛，說大毛要是還在也要當爺爺了。我在一旁想，父親真是老了，總提這些不該提起的舊事讓大姑傷心。大姑反倒平靜，還是說「大毛不是我的崽，是天上的星子，我的命留不住他」。父親說好孬這些事情都過去了，你總算把日子過好了。

大姑拉著母親的手，轉過臉來對父親說：「哥！我從小就知道我的命不好。知道命不好慢慢熬，也就熬過來了！知道自己命好的人，哪裡能熬得過來呵……」

二〇一七年六月十日於抱樸廬

屬貓的父親

父親屬貓，這是祖父說的。老家人相信，貓有九條命。祖父認定，父親也有九條命。

一

一生下來，父親就是棵病秧子。

父親窩在祖母懷裡，瘦小得就是隻剛出生的貓崽，兩片薄薄的嘴唇，喵呀喵呀地哭泣，聲音細得像一根游絲，聽上去隨時都會綳斷，卻不知怎的將斷未斷又續上來了，如同一架鄉下的老紡車，沒日沒夜地紡了好幾天。

父親之前，祖母生過一個男孩，生下來不吃不喝，月子裡便夭折了。祖父見父親又是一副病懨懨的樣子，急得像隻熱鍋上的螞蟻，遠遠近近地找郎中。郎中找來三四個，都是望上一眼便搖搖頭，沒一個提筆開藥方。最後一個老郎中，總算開了口：「取個賤點的名字試試吧！」好孬算是開了個方子。

給剛出生的孩子取個賤名，以求日後好養好帶，這在老家是舊俗。家中孩子看得愈金貴，名字便取得愈賤性。好些大戶人家，少爺小姐一大幫，不是叫貓便是叫狗，走進去像是進了一家牲畜館。老家人都信奉，閻王爺拿本簿冊到人間，走村串巷地索拿人命，就是照著名字貴賤取捨的，貓兒狗兒之類的賤名字，入不了閻王爺的法眼。

祖父照了老郎中的吩咐，把父親的小名往賤裡想，想來想去想到了「撿狗」二字，意即父親不僅命賤如狗，而且是一條野地裡撿回來的喪家之犬。命賤至此，也算到了極限。

說來也怪，祖父「撿狗、撿狗」叫上一陣，父親竟斷了游絲般的哭聲，瞇縫著兩隻小眼破涕為笑，鑽進祖母懷裡找奶吃。

父親身坯子太單薄，即使取了賤名字，還是難養難帶。一年二十四節氣，至少有十八九個節氣，父親在病裡滾。天熱了上火，天冷了傷風，不冷不熱吹一點風照樣感冒。父親一病便發燒，一發燒便痙攣，一痙攣便兩眼翻白、手腳僵硬，一口氣憋住便只有進氣沒了出氣。

有一回，父親高燒痙攣，身體抽搐幾下便沒了呼吸和脈搏。祖父從祖母手中接過僵硬的父親，裝進箢箕提上了山。依照老家的習俗，沒有長大的孩子死了，必須當晚由家人送上山。祖父正用鋤頭挖著坑，父親突然「哇」的一聲大哭，幾乎將黑漆漆的夜空撕破了一道口。祖父把父親抱下山，對著躺在床上哭啞了聲音的祖母說：「撿狗不是一條狗呢，他是一隻貓！一生九條命，死了都會活過來。」

祖父一語成讖。沒人說得清，父親這一生究竟死過多少回，反正他已病病歪歪活到了八十五歲。好些熟悉父親的醫生，看著父親住進病房，常常一兩天不上藥，弟弟妹妹急了催問，醫生總是笑嘻嘻地說：「他老人家的病，不是靠藥治的，是靠命。」

祖父把父親抱下山，對著躺在床上哭啞了聲音的祖母說：「撿狗不是一條狗呢，他是一隻貓！一生九條命，死了都會活過來。」

二

老家過日軍那年，父親八歲。正好祖父鬮屋場造新房，柱子剛立起，板壁還堆在地上沒拼裝。聽說日軍從湖北三鬥坪那邊打過來了，幫著祖父起屋的左右鄰居，撒腿跑得乾乾淨淨。祖父被抓過幾回壯丁，在戰場上見過砲火和死人，因而顯得鎮定。祖父將祖母和三個兒子藏進山裡，自己又跑回屋場上，他怎麼都放心不下堆在地上的那堆木料。祖父藉著月光清理工地，一回頭看到了悄悄跟著下山的父親。再送父親上山已來不及，祖父只好讓父親留下來。

夜半，國軍找木料修工事，就近拆了好些民房。一隊人馬找到祖父的屋場上，搬起地上的柱子椽子便走。祖父上前阻攔，被一掌推倒在地上。父親不知在哪裡找到一個木匠畫線用的墨斗，拿起竹筆便在木料上號名字。

日軍砲火果然凶猛，小山砲架在半山腰一陣亂轟。其中一顆飛過來，落在屋場前的堰塘裡，差點炸到了在塘坎上栽種梨樹的祖父。祖父嚇得扔下鋤頭，往鄰居屋後的竹林裡跑，忘了還守在屋場上的父親。

國軍沒放幾槍幾砲，不待天黑便撤了。兩個日本兵摸進村子，入東家進西家，像是找吃的。父親躲在鄰居家的柴火堆裡，很快被日本兵發現了。日本兵扯著父親比畫，並沒有動槍動刀的意思。父親似乎明白了日本兵要幹什麼，將兩人帶到灶屋裡，揭開一個瓦壇蓋子，掏出一團黃糊糊的大麥醬往口裡送。日本兵也跟著掏麥醬，笑哈哈地糊得滿臉都是。然後兩人抬著罎子走出了門，將父親扔在了灶屋裡。祖父從鄰居家的後門縫裡，看著灶屋裡的父親和日本兵，嚇得大氣都不敢出。等到日本人走開，祖父衝進灶屋，拉著父親便往山裡跑。

一年春節，全家人圍著火坑守歲。屋外的爆竹炸得驚天動地，祖父便講起了這樁舊事。看多了《地道戰》、《地雷戰》之類片子的我驚詫於父親沒被日本人殺掉。父親說，日本兵中有一個會說中國話，估計是在滿洲招的中國兵。祖父一邊拿著火鉗往火坑裡添柴，一邊望著父親說：「到底是屬貓的，命大！那一路日軍殺了好多沒跑脫的老人和伢兒。」

被拆了房子的村民跑回來，到工事上找木料，爭來奪去動了手。只有祖父屋場上搬來的，上面都號有名字，沒有一戶人家來爭搶。很多年後，叔叔們大了，祖父分家拆老屋，執意要分一份給父親。父親說，他已在鎮上工作了，老屋就不要分給他。祖父怎麼都不同意，說那年若不是父親拿筆號名字，木料早被搶光了，老屋根本起不起來。而今老屋要拆了，怎麼能不分一份呢，那是撿狗用命換來的。

三

祖母對父親吃喝上的偏心，從未藏著掖著，一來因為父親是家中長子，二來因為父親體弱多病。即便如此，父親還是瘦得像根乾豆角。

一個農民的兒子，下田使不了牛，上坎擔不得禾，日後靠什麼活命，靠什麼養家？祖父看著病病懨懨的父親，一直在心裡犯愁。祖父認定父親吃不了憑力氣種田這碗飯，便想讓父親學門手藝，靠技藝去吃百家飯。但木匠瓦匠都是使力氣的活，父親看上去肩不能挑手不能提，沒一個師傅想收他。祖父提上菸酒找郎中，說看病行醫不拚力氣，撿狗幹這行能行。郎中一看以為父親是來看病的，心裡暗忖：誰知道這孩子熬不熬得到學徒出師。思來想去，只剩了上學讀書一條路，祖父一咬牙，將父親送進私塾發了蒙。

其實，祖父也不知道，作為一個農家子弟，父親讀了書將來又能做什麼。澧陽平原所謂「耕讀傳家」的傳統，說的還是殷實富足的人家。家中吃穿不愁，子弟才能讀書求取功名，讀到老考到老，即使中不了三甲當個朝廷命官，也能混個員外做鄉紳，但父親沒有生在這種衣食無憂的人家。再說父親發蒙時，大清已垮，科舉已廢，私塾正被公學取代。新式學堂要想讀出來謀個差、混碗飯，得花十好幾年的大成本。祖父悶在家裡想了三天，最後又一咬牙，將父親從私塾帶進了新式學堂。

父親屬那種長心不長肉的人，雖然三天兩頭生病，背著一副藥罐子上學，書倒是讀得一路順暢，進私塾，上完小，後來考取九澧聯中，一點沒讓祖父的錢白花。父親在學校不勞動也不運動，同學在操場上動腿子，父親在教室裡動腦子；別人信奉生命在於運動，父親信奉生命在於不動。偶有同學訕笑，父親反唇相譏：兔子撒腿天天跑，最多能活十幾年，烏龜縮在殼裡一動不動，卻能活上千百歲。

父親平素不愛站，也不愛坐，愛兩臂抱胸，蜷縮著身子，蹲在地上，即使是吃飯喝酒，也是杯碗一端，自己蹲在一邊。如今八十多歲了，父親依然有蹲在地上歇息的習慣。父親將瘦弱的身體縮緊成一團，盡可能躲避外力的傷害。同學們在操場上奔跑跳躍，父親抱胸蹲在操場邊上，一動不動，就像一隻孤零零的灰鸛，將頭頸埋在翅膀裡，似睡似醒地縮在自己的世界。

這不僅僅是一個生命弱者對弱肉強食的本能防禦，而且是一個社會弱者對弱肉強食的本能防禦。一個命定要當農民，靠使氣力流汗水掙飯吃的人，卻命定當不了農民，這種難以言說的悲哀，一直山一樣壓在父親心裡。靠不了體力，父親只能靠心力吃飯。父親縮著身子蹲在地上，那不僅僅是在體能上示弱，而且是對心力的蓄養。父親將身體的能耗降到最低，讓一切意志和力量向內，去供養深藏不露的心智和心性，用綿密的算計和堅韌的意志蓄聚出自己的力量。

首先是在學業上，父親幾乎過目成誦，國文課程花不了什麼精力。算術是父親的強項，珠算心算，父親總是第一個報數，尤其是雞鴨同籠之類的題目，立馬就能報出答案。後來父親當老師，教的是語文，但我覺得，如果教數學，父親應該更得心應手。父親的數學稟賦，沒有用在教書上，全部用到了生活中。父親花錢，遠慮近憂，輕重緩急，划算得清清白白，手頭再拮据，吃飯就醫的錢總是留在那裡；父親做人，時勢審度，進退取捨，思慮得仔仔細細，情勢再緊急，遠禍避災的退路總是留在那裡。看上去，父親遇事性子躁脾氣大，實際上口煩心不煩，事情過了回頭想，父親的處置還真是妥妥當當。一方面是農民應對生計的本分狡黠，一方面是讀書人講求事理的本能清醒，再加上精於計算、工於邏輯的數學天賦，讓瘦瘦精精的父親看上去像個羽扇綸巾的小諸葛。

上九澧聯中那年，三青團看上了父親，希望父親帶頭靠攏組織。訓導長親自把申請表遞給父親。父親接了，卻並沒有交上去。過幾天，父親請假回了老屋場，說是祖母病了。過一段，父親又搭了一張請假條到學校，說是自己胸口長了一個大膿皰，說不清多久才能治好。訓導長跑到老屋場，看見父親躺在一塊門板上，胸窩裡真的長了碗大一個膿皰，整個胸口腫得透亮。訓導長沒提入團的事，吃完祖母煮的一碗紅糖雞蛋回了縣城。家裡人看著父親病成這個樣子，個個心急火燎，只有父親不急不躁，雖然每日疼痛難忍，卻硬是躺在門板上，等膿皰長熟破皮，膿水血水流乾淨，生肌長肉傷口復原，才緩緩悠悠返回學校。那時候該入團的都宣了誓，父親沒趕上，這事也便沒人提及了。大約過了一年，湖南和平解放，父親入了共青團。入了三青團的同學，不僅後來被逐出了學校，而且回到鄉下被看管。父親有位堂兄，就在那次入了三青團，一輩子頂著這頂黑帽子，運動一來，便被拉上台去挨批鬥，幾十年沒有消停過。

父親抱胸蹲在操場邊上，一動不動，就像一隻孤零零的灰鸛，將頭頸埋在翅膀裡，似睡似醒地縮在自己的世界。

四

父親長相從母，刀削臉，高顴骨，深眼窩，細長的脖子費勁地頂著腦袋，看上去隨時都可能折斷。身子薄得像塊壁板，長過膿皰的胸口陷成一個窩，放個包子進去掉不下來。父親初中畢業那年，個子長到了一米七，體重卻只有八十斤。之後幾十年，父親的體重都在八十斤上下浮動。過年走親戚，長輩們見了都以異樣的眼光打量，彷彿在看一隻三條腿的豬，弄得父親心裡好煩躁。稍大一點，父親乾脆拒絕走親訪友。祖父祖母帶著弟弟妹妹走完姨親走堂親，父親一個人留在家中守屋子。

每年春節，父親只走一遠一近兩戶人家。一戶是遠在湖北公安的姨婆家，清早出發，傍晚才能到。如果逢上下雪的天氣，兩隻腳走到姨婆家凍成兩坨冰。天再寒，路再遠，父親天天叫著喊著要去，如果過了初三，祖父還沒說起去湖北的事，父親便一個人跑去姨婆家。姨婆見了父親，一把摟在懷裡，從頭到腳摸個遍，嘴裡「姨的乖仔乖兒」叫不停。姨婆讓姨爹將給父親留著的蠶豆、瓜子、芝麻糖、花生糖搬出來，把父親的衣褲口袋塞得鼓鼓囊囊。姨婆是那種心熱乎、嘴熱鬧的人，父親依偎在姨婆懷裡，一動不動地在火坑邊烤火，安閒得像隻小貓。

另一家是近得只有一袋菸工夫的姑婆家，如果扯著嗓子喊，兩家幾乎可以應答。每回去姑婆家，都是祖父逼的，祖父橫眉瞪眼罵上好幾回，父親才在正月尾上挑個晚上去拜個年。父親將祖父準備的禮品往桌上一擱，屁股沒沾上板凳，扯腿便往回跑，生怕被姑婆扣下似的。姑婆端坐在堂屋裡，不苟言笑地望著父親，看著父親坐不住，一邊問父親：「板凳上有刺呵？」一邊從棉襖裡掏出幾枚焐熱了的銀圓，不由分說地塞到父親手裡。姑婆的那份威嚴，容不得父親客套推託。兒時，我也跟祖父去過姑婆家，姑婆癟嘴坐在一把很高的椅子裡，臉上沒有一絲笑意，一副人家欠她一擔八斗米的樣子。祖父走上去，畢恭畢敬地叫了一聲「大姊」，便僵在那裡沒了話語。後來再有人叫我去姑婆家，我也死活不去。三叔見我那麼決絕，便告訴我，姑婆是那種心裡熱乎、嘴上冰冷的人，父親之所以怕姑婆，是因為有一年過年，大家議論父親那麼瘦弱，日後怕不僅找不到飯吃，而且老婆也娶不到。姑婆板著一張臉，說撿狗如果找不到老婆，我把丫頭嫁給他。丫頭是姑婆的二女兒，比父親小一歲。那時候，姑表姨表結親是常事，而且每每就是家中長輩一句半真半假的話，走去走來便訂了終身。祖父雖沒有接姑婆的話茬，但姑婆在家中向來語言金貴，不說便罷，說了一言九鼎。父親躲在角落裡，聽到這句話，倒抽了一口冷氣。原本父親就不親近這位姑姑，如今還要娶她的丫頭做她的女婿，父親越想越害怕。三叔說，其實家中的長輩，只有姑婆是真看好父親的，姨婆有三個女兒，個個相貌標緻，卻沒有許一個給父親。

五

父親果然如姑婆所言，初中一畢業便參加了土改工作隊，跟著一幫部隊下來的官兵，到鄉下幫農民分田分地，挎了一枝槍清匪反霸。我印象中，父親下鄉的地方，在太青界嶺那片山區，也就是母親老家那一帶，外祖父當年率兵攻打的鄉公所，也都在那片山裡。父親所在的工作隊，是否與外祖父的隊伍交過火，沒人可以確考。父親說，他們的工作隊打過仗，只是他參加的好像是打土匪，一顆子彈擦左耳呼嘯而過，偏一點便把腦袋鑽一個洞。祖父說父親命大，這是又一次證明。

父親與母親的故事，是後來在縣城才開始的，但父親在太青界嶺一帶的革命經歷，似乎又是冥冥之中的某種機緣。假如父親那次交火的土匪，就是外祖父率領的潛伏軍；假如射向父親的那顆子彈，就發自外祖父的槍膛；假如後來生擒外祖父，將他交由政府正法的，就是父親所在的工作隊。這是不是就有點像小說和電影了呢？所以說歷史是最偉大的編劇家，因為作家編排的是故事，歷史編排的是人生。

從工作隊歸來，父親直接留在了澧縣二中，就是父親之前就讀的九澧聯中。一個初中畢業生，被留在一所縣裡最好的完全中學做學生工作，即使在人才奇缺的一九五〇年前後，也算是一種破例的安排。畢竟，父親不是南征北戰的革命戰士，也沒有在白色恐怖下出生入死。

據說，組織上曾徵求父親的工作意向，在留在鄉區政府和回到學校之間選擇。父親之所以選擇回學校，還是出於對身體的考慮，雖然那時父親青春年少，還是應付不了鄉區政府對體能的要求。留在鄉區政府的政治前途是擺在眼前的，換了其他人，即使身體差一點，也會先去搏一搏，不行日後再換，但父親信奉的是看菜吃飯、量體裁衣，萬事先算清楚，不博意外之喜。

六

父親不是那種鉛刀貴一割，追求快意人生的人，在父親的理念中，活著便是過日子。過日子就靠兩樣東西，一是健康，一是錢財，而恰恰這兩樣東西父親都匱乏，這便注定了他一輩子要比別人過得艱難。因為缺乏健康，父親信仰好死不如賴活著，留著性命多過幾天日子；因為缺乏錢財，父親信仰吃不窮、穿不窮，沒有盤算一世窮。這樣的人生信念，不高貴，不偉大，甚至有些猥瑣，然而世上所有卑微的生命，不都是如此活著的嗎？是他們用自己的平庸襯托了另一類人的偉大，用自己的猥瑣襯托了另一類人的高貴，沒有理由逼迫他們去為這種偉大和高貴犧牲！每一條生命都只能活過一次，如果他們只能選擇活著，只想選擇活著，任何人也沒有權利來指責和嘲笑。

父親的長相和體質不像祖父，在對生命的理解和生活的信念上，卻與祖父一脈相承。祖父珍惜生命，幾次被抓壯丁拉上戰場，又幾次逃跑回來，祖父並不理會每場戰爭的偉大意義，也不在乎戰場逃兵在世俗觀念中的羞恥，他必須自己為自己爭取活著的機會；祖父珍惜錢財，節衣縮食，精打細算，靠勤勞掙一份家當，靠划算守一份家業；祖父珍惜信譽，日子再艱難，不偷不搶不騙不賴，所謂「毒人的不吃犯法的不為」，靠自己刨一爪吃一口，但求心安理得。小時候，我見過祖父一部記錄人情的帳本，人家來了多少，自己去了多少，總是去的要比來的略多。臨終前一年，祖父意識到自己來日不多，便拖出帳本，將尚未還清的人情，一筆一筆分給了五個兒子；祖父信仰忍耐，不管遇到天災還是人禍，祖父相信天無絕人之路，再強大的災難，祖父相信忍耐是最有力和最有效的抵抗。只要生命還在，日子就要過下去，就能過下去。當年跑日軍，好些有錢人家棄產拋業地逃命，祖父卻在砲火中造房子種果樹，堅信日子還長久。

父親受過三民主義教育，也受過共產主義教育，這些教育都影響了父親的人生，但真正深入骨髓、刻在心底的，還是一個農民家庭世代承襲、融入血脈的家傳。這是一個家庭的傳統，也是中國所有正統農民家庭的傳統。這便是中國的民間，中國民間的精神力量。在各種叱吒風雲的權豪勢要你方唱罷我登場之後，在各種冠冕堂皇的社會理想城頭變換大王旗之後，中華民族依然故我，依然前行，正是依託於這個無比堅實的民間，這種無比堅定的過日子精神。

日子是過好的。只要日子還過著，便有好的希望。

二十世紀五〇年代初期，民眾對學校和教師，沿襲了民國時代那種由衷的尊重，那時的先生對學生，亦沿襲了民國時代那份真誠的呵護和絕不苟且的責任心。父親作為學生幹事，雖然年紀比好多學生還小，但關照學生卻無微不至。清晨叫早，晚上查鋪，幾乎和學生朝夕相處。學生生了病，父親會上醫院陪護。有一位趙姓的學生需要輸血，父親挽起袖子便讓護士抽，護士看著父親瘦骨伶仃的樣子，針頭怎麼都不忍扎進脈管，父親板臉催逼，硬是讓護士抽了四百毫升。後來這個學生當了兵，每次回家探親，都要來我家探望，見面就說一句話：「我這條命是龔老師救下來的。」有的學生輟了學，父親會三番五次上門勸學，直至學生返校。有一位湯姓的學生，因家貧輟學，父親跑到他遠在湖北邊上的家中，動員學生回校。學生家中弟弟妹妹一大幫，實在拿不出錢來供養一個中學生，父親便自己拿錢替學生交了學費和伙食費。後來，我的一位朋友，娶了這位學生的女兒。朋友每回見我，都會說起老岳父如何在家叨念龔老爺子。在錢財上，父親不是個大方人，即使是對家中弟妹和後來的我們，也絕非有求必應。父親常說的一句話：「鋼要用在刀刃上，錢要用在救急處。」然而，父親的好些學生，都曾說起父親借錢給他們的事，可見那時的先生，教書育人是以道德為支點的。一位先生站在講台上，要麼學問高，要麼德行好，否則是待不下去的。父親說不上學問有多高，那時的澧縣二中，民國時留下的老先生一大幫，說學問父親還插不上嘴，但講到為師之德，不僅學生，就是那幫老先生，也豎大拇指直點頭。

後來，我考研究生，因為英語差三分，我後來的導師田沖濟先生，竟以校長之尊、八十之齡，自己跑到教育廳，為我爭取破格的名額。先生向廳長陳詞：「我並不認識這位湖南考生，也沒人託我說情，我只是看他專業好，將來會是一個人才。我知道，廳裡的破格名額都是為關係戶準備的，我今天為錄取一個人才要一個，應該不算過分！」不知廳長是懾於先生的學術地位，還是有感於先生的惜才之心，當場批准了我的破格。我和父親說起這事，父親感慨地說：「舊時過來的先生，都把惜才育才視為本分。人生在世，做事吃飯過日子，各守各的本分。為人若不守本分，日子遲早過不下去的。」

七

父親和母親的戀情，就發生在那個時間。母親從桃江二中調來，在學校引起了不小的轟動，一些人關注母親的年輕美麗和能歌善舞，一些人關注母親的小姐出身和母親的父親作為國民黨將軍被處決。對於好些未曾媒娶的男老師，母親是一朵名副其實的帶刺玫瑰，見了想伸手，伸手怕被刺。校園裡日漸增多的政工幹部和日漸增多的各種會議，讓生性敏感的年輕人多了一份寤寐思服的糾結，少了一份君子好逑的率性。

直到父親和母親的戀情正式公開，這種欲摘不敢欲罷不甘的糾纏才算了結，一部分人轉為懊惱不已，責怪自己怎麼就沒有這麼一份膽氣；一部分人轉為幸災樂禍，慶幸自己又少了一個政治進取的競爭對手。這樁無論是從長相，還是從政治上，怎麼看都不般配的婚姻，究竟是如何締結的，我至今都沒有弄清。小時候，我隱約覺得，有一位孟姓的女教工是他們的介紹人。我出生後，這位自己沒有生產的女性，幾乎每天跑來把我抱在懷裡，「毛子、毛子」地邊喊邊親，那份疼愛到心裡的感覺，似乎比母親還強烈。我一直叫她孟媽媽，我的小名毛子，就是孟媽媽每天叫出來的。

我曾亦莊亦諧地問過母親，當年怎麼會愛上父親，母親的回答出奇地簡單：「他追求進步。」我相信，母親當年選擇父親的理由，真的如此簡單。從舊式大家庭裡衝出家門的母親，進步是她唯一的追求。這件事，我一直沒有問過父親，我想像不出假如我發問，父親會如何回答。不管父親如何回答，我相信都不會像母親一樣那麼簡單。因為以父親的精明，他不會不權衡母親的出身，對自己政治通路的影響，也不會不考慮母親一心撲在工作上的人生態度，對未來家庭的影響。還有姑婆許下的那個半真半假、亦假亦真的婚約，也是父親不得不面對的。擅長在各種複雜關係中進行計算的父親，是否算出了一個最佳方案，我至今無從知曉。但父親娶了一位善良美麗的妻子，退掉了鄉下的婚約；父親有了一個城裡的家庭，蛻去了世代相傳的農民身分；父親有了一種書樂相伴的安定生活，免去了白天學校上課、晚上鄉下種田的半邊戶的奔波勞頓……這些應該都是父親想要得到，也必須得到的，因為父親的身體，承受不起另外一種家庭和生活。只是母親最想得到的，卻反而失去了。父母一結婚，父親就入了另冊，入黨的事沒人再提及，提拔升職更變得遙不可及。在學校大部分人眼中，追求進步的父親做了一個最不進步的選擇。

父親似乎胸有成竹，先是買了好些禮物，將母親帶到姑婆面前，輕聲地貼著姑婆的耳朵說：「大姑，我把老婆帶回來了。」姑婆依舊板著臉，隨手脫下一隻銀鐲子，套在母親手上，隻字未提婚約的事。等到六〇年代初，政府倡導下放，父親率先提出申請，下到老家所在的夢溪鎮，在鎮上的完全小學改行當了老師，沒兩年便在鎮上有了名氣，母親的音樂，父親的語文，成了學校的兩張王牌。除了上課，父親每天躺在一張發黑的布躺椅上閉目養神，兩耳不聞窗外事，一心只睡神仙覺。「文革」前的那幾年，縣裡二中鬧得雞犬不寧，父親在夢溪，卻過著被人尊重的安寧日子。

遺憾的是，父親身體依然很糟，胃上的毛病讓父親吃不了東西，勉強塞一點下去，立馬吐得昏天黑地，直到連膽汁都吐出來。好幾次還大口大口地吐血，送到醫院說是嘔吐得太厲害，把咽喉吐裂了口子，血是從咽喉流出來的。父親的呼吸道原本不好，咽炎、支氣管炎，不停地吐出一團一團白色的涎液，父親的躺椅旁、床頭邊，永遠都擺著一只搪瓷的痰盂，半天就得倒一次。病重的時候，上課的講台邊都得放上痰盂。班上的學生都願意聽父親上課，卻害怕輪上值日倒痰盂。慢慢地，便形成了一個規矩，要是課堂上父親批評了誰的作文或作業，或者誰沒有回答好課堂提問，下課了不要人提醒，便自覺地將痰盂端出去倒了，在塘邊刷洗乾淨了拿回來，放在教室角落，下次父親上課再端出來放在講台邊。如果這節課父親沒有批評誰，也沒人答不上提問，那就還得這個人繼續倒。如果誰一個星期都倒痰盂，便成了班上嘲笑的對象。父親還有頭暈的毛病，兩眼一黑，身子一歪，便倒在了講台上，好幾次把學生嚇個半死。鎮上縣上的醫生查不出原因，便診斷是進食太少造成的低血糖。躺在醫院裡，吊兩天葡萄糖，然後又站回講台上。老家有句話，「人又生得醜，病又來得陡」，彷彿說的就是父親。一口飯菜吃進嘴裡，冷熱、鹹淡、氣味稍有不對，哇地一口吐出來，不管席上多少人，捂都捂不住。醫生說，父親患的是胃神經官能症，到今天我都沒鬧明白這是個什麼病。低血糖更是說倒便倒，父親在課堂上抬出去，誰都不覺得新鮮。鎮上隔一年半載，便傳說父親死了，甚至有兩次朋友把花圈扛到了家裡。

父親一年到頭泡在藥裡，灶上熬著湯藥，桌上放著丸子，父親每天吃進嘴裡的藥，遠遠多於吃進去的飯菜、飲進去的茶水。父親說，他吃藥只是一種安慰，不是安慰自己，而是安慰母親和日漸長大的我們。父親是想讓家裡人相信，他的病還有藥可治。或許因為無奈，父親似乎相信了自己屬貓，多大的病也死不了。父親病得再厲害，也沒聽見父親哼一聲。醫院下了病危通知，母親坐在病床邊抹眼淚：「怎麼吃了這麼多藥都不見效呢？」父親反倒安慰母親：「小時候，郎中就說過，能治我的病的不是藥，是命！父親找算命先生算了，我命大。

我天生異相，是典型的命大之人。」來探病的人，聽了醫生的醫囑，都擔心父親脫了鞋上床，卻沒有再穿鞋下床的機會，然而熬上十天個把月，父親還真的又穿鞋下了床。回到學校往講台前一站，依然是一堂精采的語文課。

八

「文革」開始的時候，父親還在縣醫院住院，等到父親回到學校，貼滿學校的大字報、大標語上，父親的名字已被打上大大的紅叉。父親以為甩脫了政工的帽子，拿起粉筆講課便逃離了政治，沒想到反倒弄了頂反動學術權威的帽子扣上。加上父親對學生一向要求嚴厲，批評人刀劈斧砍一樣不留情面，也有學生記恨在心的。

父親在學校轉了一圈，感覺氣氛不對，立馬和母親商量，回老家躲一躲。正好已經從學校逃出去的好友厤大伯又跑回來，催促父親趕快走，父親便帶著一家老小從後門逃出來。我記得那一晚下著細雨，天色黑漆漆的看不清腳下的道路，一家人深一腳淺一腳往老家趕，恐懼得不敢用任何光亮。不多久，便看見有手電筒和火把在後面追趕，先是呼喊和吼叫，接下來便是槍聲。父親站在老屋場的堰塘邊，臨時決定隻身逃往湖北姨婆家，讓母親和我們躲進了姑婆的院子。第二天，造反派找到了母親，拉回學校批鬥了一回。造反派逼問父親的去向，母親只說中途分了手，不知道父親去了哪裡。母親在學校向來做人謹慎，待人和氣，連螞蟻也不敢踏死一隻。造反派見母親嚇得渾身篩糠似的發抖，便把母親放了。之後，不同派系的造反派要學唱革命歌曲，排演文藝節目，不約而同地找到母親。母親有請必去，今天教這一撥，明天教那一夥，誰都沒有為難的意思。母親留在暴風眼裡，反倒日子過得安靜。

姨婆的家孤零零地立在一個叫牛奶湖的大湖邊上，靠山面湖，竹木蔥蘢，平素沒有外人，連村上的鄰居都很少串門，父親躲在那裡，一直沒人知道。父親算定，出身不好的母親在學校必定挨整，想溜回去將母親接出來，姨婆扯著生死不放手，最後只得派姨爹潛去學校。姨爹將母親的狀況告訴父親，父親怎麼都不信，姨婆又派大兒子去學校打探，所說的情況和姨爹一樣，父親站在湖邊大歎一聲：「人算不如天定呵！再亂的時局，天亦有道，人亦有情哪！」父親待在姨婆家大半年，直到學校復課，母親捎信讓回，父親才悄悄地溜回學校。

九

對於我們兄妹四人，父親似乎從未生過成龍成鳳的妄念，他寄望於我們的，就是做一個自食其力的普通人。我和弟弟要打藕煤、種菜園、擔水，兩個妹妹也要打藕煤、種菜園、擔水；兩個妹妹要洗衣裳、打毛衣、縫針線，我和弟弟也要洗衣裳、打毛衣、縫針線。兄妹四人都是六七歲便開始學做飯，先從炒飯下麵開始，直到每人都能單獨做出一桌可口的飯菜。父親自己廚藝不錯，無奈他一嗆油煙便咳嗽不止；母親忙於工作，沒空待在家裡，因而家裡如果不在學校伙房打飯菜，便是我們兄弟輪著做。父親坐在躺椅上，時不時指點一下，即使我們把飯燒焦、湯燉鹹了，父親都會點頭說好吃。生活中一向嚴厲的父親，在學做家務上卻從來沒有責罵過我們。長大後，我慢慢體會到，父親不僅是培訓我們的手藝，而且培養我們的興趣。如今，週末閒了，我會圍上圍裙自己動手燒菜，不是為了顯擺廚藝，而是為了調劑生活，享一份居家過日子的情趣。

上完小學三年級，父親把我叫到病床邊，說下學期你轉學吧，去蒯家湖小學讀書。那是一所離鎮上五六里地遠的鄉間小學，七八個老師，五六個班，師資和規模遠不及鎮上的完小。沒有人理解父親的這一決定，放著身邊的好學校不讀，跑去一所鄉下的爛學校，連一向維護父親威嚴的母親也反對。父親沒有聽從任何人的勸阻，開學時還是將我領到了那所小學。整整兩年四個學期，我五點半起床，自己打開煤火炒飯吃，然後走五六里路到校。鎮上到蒯家湖要走四五里河堤，雨雪天氣堤上風大，雨傘根本打不住，每次淋得一身透濕。有幾次，我被大風連人帶傘颳到河堤下，滾到河水裡，凍得渾身發抖。回家母親見了，心疼得兩眼發紅，請求父親讓我轉學回完小，躺在躺椅上的父親板著臉，一聲不吭。

後來，父親又讓我學武術，帶我到鎮上衛生所拜了治跌打損傷的胡伯啦為師。父親交代胡伯啦：「主要是練練筋骨。」除了大妹妹，我們兄妹三個身體都不好，我瘦得一把捏得住，活像父親脫的一個殼。弟弟寄養在保母家，又患了腎盂腎炎，一年到頭身上浮腫。小妹則動不動便拉肚子，吃啥拉啥，土方洋方都止不了瀉。父親一方面籌錢給我們治病，一方面逼迫我們鍛鍊身體和意志。父親對我說：「真有病的人，再好的藥也治不了。能讓你戰勝病痛的，只有你的意志！」父親讓我轉學和練武，目的都是為了鍛鍊我的意志。父親與人談教育，他的理念是健康和意志，遠比知識和學問重要。

或許因為疾病，父親性情暴躁，只要聽說我上課不認真，或者和同學打了架，不問青紅皂白一頓暴打，常常一根茶杯粗細的青竹棍，被打得開裂成好幾片。在夢溪鎮，父親打孩子凶狠是有名的，我禁得住暴打死不認錯也是有名的。每每剛被父親揍過，眼角的淚水還沒有乾，我轉身又去惹是生非了。母親以為父親又會一頓暴打，父親卻反倒說：「這孩子意志堅強，將來或許有點出息。」學校的同事戲謔父親，說他是斯巴達教育家。父親不以為意，依然堅持自己的理念。父親八十歲那天，我在心裡總結父親教育子女的思想，其一是「先做人再成才，做個普通人比做個人才重要」；其二是「健康重於學業，意志重於健康」，意志是人生最根本的力量；其三是「驕兒不孝，驕狗上灶」，孩子越打越親，越驕越遠，「棍棒出好人」；其四是「藝多不養身，多幾門手藝不如精一門手藝」；其五是「吃不窮，穿不窮，沒有盤算一世窮，少花錢不如會花錢」……

父親教了一輩子書，說得上桃李滿園，但說不上有什麼獨特思想，倒是在四個孩子的養育上，父親踐行了自己的教育理念，我們兄妹，都被培養成了有意志應對艱難時局、有能力應付瑣碎生活、自食其力的普通人。

十

一九七九年春節回家，進屋冷冷清清，全然沒有一點過年的氣氛。往年過年，再困難的年景，父親都會臘魚臘肉、醃雞醃鴨、糍粑粉皮、敲糖攬糖準備得齊齊備備。父親說，勞累一年過年得像個過年的樣子。向鄰居打聽，才知道父親在縣醫院住院，已經一個多月了，母親放假後也去了醫院。我跑進病房，父親斜躺在床上，側臉望著門口，似乎是在等我。

父親說：「我倆去照相館照張相吧！」說完，便下床去衛生間洗臉、梳頭、刮鬍子，然後又換了身藍色的中山裝，那是父親出客的衣服，平常不捨得穿。母親和醫生攔阻，說等出了院再去照吧，現在天冷怕凍了影響病情。父親沒說什麼，徑直出了病房門。走到照相館，父親喘了好一陣，憋得脖子都成了紫紅色。照相師傅將父親扶在椅子上，讓我站在父親身後，照了一張四吋的黑白照。幾天後，照片洗出來，我取回來給父親看，他拿在手上端詳半天，微微一笑遞給我，彷彿是完成了一樁巨大心願：「好好收著，別弄丟了！」這照片至今保存在我的相冊裡，顏色雖已泛黃，形象依然清晰。去年，我請一位攝影的朋友翻拍和放大，將放大的照片裝了框子帶給父親。父親捧在手裡看了好半天，好像是第一次看到。父親把相框擺在書桌上，回頭對我說：「那次，我擔心自己熬不過去了，想到如果死了都沒給你留張合影，便撐著身子去照了。沒想到今天我還沒死，看來我是有點多情了！」聽著父親的話，忍不住的眼淚，斷了線似的滾下來。其實，當年我就明白，父親擔心自己來日不多，以這種方式告訴我，一家之主的責任，我該擔起來了。到今天，我和父親兩人的合影，就只有這一張。雖然，其間有好多次機會可以再照，我沒有提議，父親也沒有提議。或許，我們都覺得，我們父子要表達的感情，要傳遞的責任，已經全部在那張照片裡了。對我一向嚴厲的父親，竟以如此溫情的方式向我道別，這意外的舉動讓我感動了幾十年。我一直堅信，父親和我的道別，永遠只有這一次。

其實，這之後仍是父親在操持這個家。弟妹複讀，四姊妹成家，還有老家的人情往來，一樁樁一筆筆，都是父親用他和母親微薄的工資打理得妥妥當當。即使是應急，母親出面借了別人的錢，也是父親東拼西湊變魔術似的給人還掉。我問過父親，弟妹複讀高三時為啥不同意，還激著母親去借錢？父親說，母親人緣好，經常借錢給別人，出面借錢人家不會駁她面子，同時也想用這事告訴母親，自己家裡也很拮据，借錢幫別人也要量入為出。還有一點父親沒說，我明白他是讓弟妹有借錢讀書的壓力，發憤苦讀考個好學校。母親把錢借回來，送弟妹上學的第二天，父親就悄悄地把母親借的帳還清了。

大妹妹結婚，父親只給了兩百塊錢，而且就此定下來規矩，無論哪個孩子結婚，家裡都只給兩百塊錢。津市嫁女，有娘家陪嫁的習俗，母親覺得大妹出嫁沒嫁妝，會被人笑話。父親死活沒多給一分錢，說孩子長大了，愛面子得自己掙。父母對孩子只負有限責任，如果負了無限責任，就會害了孩子一輩子。進到我們家的，不管是女婿還是媳婦，這個規矩都得守。孩子成了家，就是一家之主，就得擔起這個家。父親說到做到，我們哪個成家，都只給了兩百塊錢。這事如今說起來，「八〇後」、「九〇後」大多不信，甚至有人反問：「那你們難道不恨家裡？」我知道，即使我說不恨，他們也會認定我說謊。在這代人的家教辭典裡，沒有「自食其力」這個詞。

對於我們的孝敬，父親僅限於保健品，他說這東西有用沒用，都是個安慰。我多撐一天不進醫院，你們就少一天操心分神，要真躺在醫院裡了，又得折磨你們。其實，父親每年在醫院的日子並不少，每回進醫院前，父親都交代母親和大妹，不准告訴外地的我們。為這事，我跟父親紅過一回臉，我說您年紀這麼大了，生病不告訴我們，萬一挺不住，連個終也送不上！父親笑嘻嘻地說，他心裡有數，還沒到那一天。你爺爺早說過，我屬貓命大，再大的病熬幾天又緩過來了。你看和我一起讀書、一道工作的，還有幾個活著？我的學生都死了一大半了。早年給我治病的醫生，身體比我好，年紀比我輕，不也都走得差不多了？我這八十幾年在病中滾過來，就悟出了一個道理：真病治不好，真命死不了！

十一

父親在湘雅住了一個星期，醫生便通知出院。我知道，醫院抓病床周轉率，病人稍有好轉便往外攆。我急忙跑去醫院，父親依舊躺在床上，臉上戴著霧化面罩，不時摘下來咳嗽吐痰。找到科主任，是我很熟悉的一位名醫，他兩手一攤，說也就這樣了，病源查不出，咳嗽斷不了，如果病情嚴重了，再住進來吧。

父親出院的第一晚，在弟弟家咳嗽得徹夜未眠。我拿起電話，要給醫院打電話，父親邊咳嗽邊說：「等等看！或許今天會好些。我的病，一輩子了，沒有哪個神醫拈得掉的，熬一熬又過來了。」父親這次生病，我心中藏著一份很重的心思。俗話說「七十三，八十四，閻王不請自己去」，父親八十四歲的生日雖然過了，但舊曆年還剩二十來天，只要這年沒跨過，這道坎便堵在心裡。我是想，只要父親同意，鑽山打洞也要讓父親住到醫院去，過了年三十再接回來。

過了一天，我再去看他，咳嗽緩了些，氣色也好了點，吃飯時又說起過完年就回津市的事，說還有工資沒領，還有兩筆到期的定期存款要轉存，不然損失了好多利息……

聽著父親算帳，我心中倒是寬慰了許多。父親有心思算帳了，說明他的身體和心情都有了好轉。一輩子沒掙過大錢、沒管過大錢的父親，卻在心裡算了一輩子帳。算帳是父親的喜好，也是他在這個世界上安身立命的特殊武器，他是靠了盤算把自己的生命延續下來，也是靠了盤算把這個家庭支撐下來的。我相信，只要父親還在盤算，他的生命就有未來。

近日大雪，我擔心這種極寒天氣於父親病情不利，心情又憂鬱起來。因為住在山上，下山的道路冰凍行不了車，人便困在了山裡，除了打電話問問安，便是走出院子在雪上散步。鋪滿積雪的山地，白皚皚一片，純潔得像一道光，照得人心裡透明敞亮。只有背風處裸露的石頭，黝黑而嶙峋，兀自立在雪地上傷眼。我試圖繞過這一些石頭，找一片純淨的雪原，卻始終沒有找到。有積雪的山地，便有嶙峋的石頭，或許這也是一種宿命。

由此，我想到父親和母親。母親這一生，勤奮好學，忘我無私而又與人為善，一輩子沒有和人紅臉，一輩子沒有競爭對手，敞亮純潔得就像這皚皚的白雪；父親體弱惜命，過分算計而又待人嚴苛，一輩子把身體蹲在角落，一輩子把力量用在心裡，黝黑而嶙峋，恰如這雪地裡的岩石，沒人覺得中看，沒人覺得可愛，可他就那麼固執而堅韌地立在那裡，構成了雪原的一部分。純潔亮麗的白雪，黝黑嶙峋的岩石，是母親和父親的隱喻嗎？或許，這原本就是他們的天數。

十二

屬貓的父親，一生共有九條命。雖然活過了八十多歲，生生死死折騰過好多來回，但在我的心裡，父親的命，應該還剩著好幾條。

二〇一八年一月二十八日於抱樸盧

楝師傅

在老家，說到受人敬重，一是靠學問吃飯的先生，二是靠醫道吃飯的郎中，三是靠手藝吃飯的匠人。

但凡身上有點功夫的手藝人，在老家都不會被直呼其名，也不會被叫某某木匠、某某裁縫，通常會叫某師傅，就是把名字的最後一個字綴上師傅的尊稱。比如路上遇到劉傳棟，不論老少都會恭恭敬敬地叫他棟師傅。

棟師傅的手藝是做裁縫。

認得棟師傅，是在老屋場上。大姑要出嫁，請了棟師傅和兩個徒弟來趕嫁妝。徒弟抬了一塊包著絨布的大案板走在前面，棟師傅夾了個藍布包袱跟在後頭。師徒三人急匆匆地走在結滿霜花的田埂上，嘴裡呼出的熱氣飄在空中，站在老屋場老遠都看得到。棟師傅爬上禾場，俯下身子喘了好一陣。徒弟放下案板，接過棟師傅的藍布包袱，輕輕地捶打師傅弓著的背。待到喘息平順，棟師傅直起腰來，往上扯扯袖套，往下拽拽衣襬，兩手一拱：「恭喜恭喜！」

祖母迎在堂屋門口：「棟師傅堂屋升坐！」

棟師傅在堂屋坐下，從衣袋裡掏出一根旱菸袋，慢慢地裝菸末。祖母遞上紅桔牌菸捲，棟師傅擺擺手，示意他只抽自己的旱菸。棟師傅裝菸點菸弄了好一陣，卻只抽了四五口，然後將菸鍋在鞋底上敲了敲，將菸鍋裡的菸灰倒出來。

兩個徒弟已把案板擺好，祖母把要做衣服的面料搬出來，告訴棟師傅哪樣做幾套，棟師傅拿塊粉色的畫餅，在每塊布料上快速地畫畫寫寫，看不懂是數字還是符號。

「只怕要勞煩楝師傅打兩個夜工呵！日子定得急，要做的衣服也多。男家是體面人家，我們女家也就不能太寒磣，踮起腳了做人呢。」祖母站在案板前，話說得婉轉客氣，神情卻有些焦急。

「自然的！自然的！趕喜趕喜，哪有不打夜工趕活的？再說龔家嫁女這麼大的喜事，請我是給面子，趕工不加工錢的。」楝師傅說著已戴上眼鏡，抖開布料在案板上忙碌起來。

楝師傅給大姑量身，並沒有拿根皮尺在背上腰上拉來拉去，只是前前後後轉了一陣，便領口多少、胸圍多少、衣袖多少、褲腳多少地報給徒弟。如果不是徒弟訓練有素，換個人絕對一口氣記不下那些數字。

後來我聽說，楝師傅的兩個徒弟都帶了十多年，按行規早該出師自立門戶了，楝師傅怎麼勸他們也不出師單飛。楝師傅只好不再另收徒弟，把工錢也分他們一份。老家方圓上十里，有好多家木匠、瓦匠、漆匠，裁縫卻只有楝師傅一家。照說徒弟自立門戶，生意是不會清淡的。有人問起緣由，徒弟私下說：「大樹底下不長草呢！師傅手藝好人緣好，你會請別人啵？等都要等著師傅來做呢！」

楝師傅的手藝是跟父親學的，在老家這叫門邸師。鄉下人很看重這種家傳的手藝，所謂肥水不流外人田，絕活不傳外姓人。楝師傅的父親豫師傅不僅聞名鄉里，早年津市、澧州城裡的大戶，也首選豫師傅做皮襖。傳說棟師傅的祖父是收皮貨的，因為幾十張極品紫貂皮被人調了包，當晚便懸了梁。祖母立下規矩，劉家子弟不得再沾皮貨生意，豫師傅只好跟了父親的好友拜師學裁縫。因為自幼跟父親搗弄皮子，豫師傅不僅識得皮子的優劣，而且懂得不同皮子如何鞣得柔軟順滑，即使是一張普通的狗皮，豫師傅也能鞣得軟如緞、滑如綢。裁縫師傅見他有這等手藝，便細心教他如何做皮襖。幾年下來，豫師傅便因做皮襖而名滿津灃。

豫師傅出師後，娶妻成家，在津市自立了門戶。有一回客人送來兩件皮子：一件上好的水獺皮，一件純正的長白山紫貂，做一男一女兩件皮襖。不知是走了消息，還是原本就是人家做的局，當晚兩個蒙面人進了豫師傅的家裡，拿刀頂住他的喉嚨，把兩件皮子拖走了。豫師傅傾家蕩產賠了皮子，夾個包袱回了鄉下，賭咒不再做皮襖，發誓不再進城做手藝，安心安意待在鄉下，做了個走村串戶的上門裁縫。

豫師傅在劉家是根獨苗，棟師傅這一輩，還是一根獨苗。豫師傅怕兒子丟在家裡有個閃失，便天天帶在身邊。豫師傅見兒子閒得無事，便教他絞絞扣襻、縫縫褲腿，天長日久便慢慢上了手。豫師傅見兒子是一塊做裁縫的料，便謝絕了絡繹不絕的拜師後生，專心只帶棟師傅一個徒弟。

豫師傅雖不再進城接活，也不再接皮襖皮褲，做衣服卻依舊講究。鄉下人沒有幾家扯得起城裡的洋布，做衣多用自家織的土布。豫師傅嫌土布染得不好，穿上老掉顏色，便讓兒子學了染布；豫師傅嫌鄉下的皮棉彈得不好，縫上去板結得像塊石板，又讓兒子去學彈棉花。幾年下來，棟師傅不僅染得一手吊灰、靛藍的好布，而且彈得一手又鬆又軟的棉花。父子倆做出的衣服，夏裝不掉色，冬衣不板結。名聲一出去，生意自然應接不暇，好些人家做衣服，得從春天約到秋天。棟師傅見父親一年到頭沒個歇息，便勸說父親：「農家農戶穿的衣服，結實耐穿就好，何必這麼講究！」豫師傅拿起竹尺打了兒子一板：「手藝人靠手藝吃飯，糟踐了手藝吃什麼？人家叫你一聲師傅，敬的是你的手藝！尊的是你的名聲！」

豫師傅四十多歲便去了。棟師傅說父親是累死的，郎中說豫師傅得的是肺癆。那晚做工回來，豫師傅進門便咳得喘不過氣來，一口殷紅的血噴出來，衣服上包袱上到處都是。棟師傅扶著父親躺到床上，沒等到天亮豫師傅便斷了氣。

豫師傅的頭七剛過，陸續便有人來請棟師傅上門。棟師傅搖搖頭，抱著父親的靈牌，在家裡守了足足七七四十九天。等到棟師傅夾著父親的藍布包袱重新行走在田野上，看上去人瘦了一圈，樣子也老了十歲。父親的早逝，給棟師傅的生命罩上了濃重的陰影，他隱隱地意識到過早奪去父親性命的肺癆，似乎也是他的宿命。

肺癆是裁縫的職業病。舊時的裁縫，沒幾個人能躲過咯血而死的命運。父親在世時，棟師傅常忍著咳嗽，不想讓病入膏肓的父親擔心和傷心。其實父親心裡也明白，自己的手藝傳給了兒子，肺癆也傳給了兒子。

祖母把要做衣服的面料搬出來，告訴棟師傅哪樣做幾套，棟師傅拿塊粉色的畫餅，在每塊布料上快速地畫畫寫寫……

棟師傅下決心不讓兒子家梁再端裁縫這個飯碗，寧可廢了劉家這遠近聞名的手藝，也要保全劉家這一脈香火。劉家已經兩代單傳了，到兒子這一輩也還只有家梁這根獨苗，說不準劉家到頭還真是三世單傳。所以家梁這根苗，他一定要為劉家守好。

家梁五歲剛滿，棟師傅便把他送進了小學。校長彭興海覺得太小了沒法教，讓棟師傅等一年再送來。棟師傅說：「學不學到東西沒關係，關在學校裡不讓他跟著我跑就行。他要跟我跑兩年，長大了又是個裁縫！」棟師傅把話說到這個分兒上，彭校長只好硬著頭皮收了家梁。

家梁生性聰慧，學東西比大他一兩歲的還快，課文讀兩遍，就能順溜倒背。惱火的是家梁是個尖屁股，在座位上坐不到五分鐘，就起身往教室外面跑，老師怎麼喊都沒用。彭校長上門找棟師傅告狀，棟師傅一面給校長煮荷包蛋，一面說：「由了他！由了他！只要他不跟我學裁縫，玩大了他幹什麼都可以！」彭校長說，我們這樣的學校教不出什麼人才的，不如讓家梁跟你學裁縫，接了你的手藝，日後又是一個名師傅，吃香喝辣受人尊敬不說，也造福一方桑梓呵。棟師傅把頭搖得像個撥浪鼓：「彭校長你千萬別跟家梁這麼說，劉家人就是去討米，也不能再吃裁縫這碗飯！」彭校長不明白棟師傅怎麼會對裁縫這麼深惡痛絕，也不好深究其中的理由，心想自己話說明白了，責任也就盡到了。

家梁十歲那年，村裡的機耕道上來了一台手扶拖拉機。手扶拖拉機突突突地在路上跑，惹得學校裡一群學生跟在後面追，追上了的便爬進拖斗對沒追上的招手。家梁一條腿爬進了拖斗，一條腿還拖在路上，拖拉機突然一加速，家梁一聲慘叫，從拖斗裡跌下來。追上來的人一看，家梁褲襠扯開了，兩腿都是血。送到鎮上的衛生院，醫生清理完血汗一看，家梁兩腿之間撕了一條大口，陰囊也從中撕開了，一粒睪丸掉了出來，裹滿了泥土和血汗。

棟師傅趕到醫院，一頭跪在醫生面前：「醫生你怎麼都要保住他的卵子！他要沒了生育，劉家就絕了代呵！」老家人把睪丸叫卵子。醫生說掉出來的那一粒是保不住了，另外的一粒保不保得住，要看傷口發不發炎，發了炎也保不住。棟師傅氣喘吁吁跑回家，又心急火燎地趕到衛生院，喘得一臉通紅，說不出半句話來，示意徒弟把腋下的藍布包袱打開，竟是滿滿的一包錢。

家梁變成了遠近聞名的獨卵子，棟師傅不知道剩下的這粒卵子還中不中用，晚上常常等兒子睡了，把兒子的陰囊摸來摸去，一個人呆呆地坐到天明。有人說雞公的卵子能補人卵，棟師傅便找了好幾個劁雞佬，讓他們把劁雞摳出的雞卵子都送到劉家；有人說龜莖能補人卵，棟師傅又滿世界託人買公烏龜。沒人說得清這兩樣東西是否補了家梁的卵子，但肯定補了家梁的身子，三年兩年，家梁長得比村裡的同齡孩子都高，壯壯實實的，打架也厲害得很。

鎮上的裁縫都提了工錢，只有棟師傅反倒降了，除了收點針頭線腦的成本錢，手藝基本白送。鄉里鄉親的過意不去，棟師傅便寬慰說：「劉家要是絕了後，攢下的錢有什麼用呢？

你們成全我積點德，興許家粱剩下的那粒卵子還能做點用。」

每年除夕和清明，棟師傅會獨自在父親的墳頭待上半宿，除了燃燭燒香，便是跪在地上喃喃懺悔：「要是曉得會遭這個孽，不如我把他帶在身邊學裁縫呢！當裁縫就算老了得個肺癆，也不至於斷子絕孫呵！這都是我造的孽，也是我們劉家的命呵！您看劉家這一代一代，沒哪一代人順過。但再怎麼不順，也沒有像我這一輩這麼悖呵，丟了家傳的手藝不算，還斷了劉家的香火……」

家粱十七歲那年，棟師傅病已很重，三天兩頭咯血，有一回吐了大半臉盆。棟師傅把兩個徒弟叫到床前，一邊喘息一邊斷斷續續地說：「給家粱找個媳婦吧，我要看他成了親才能閉眼。」徒弟很犯難，周圍人家都知道家粱只剩一粒卵子，還不知道中不中用，誰願意把姑娘嫁過來呢？再說那時節計畫生育抓得緊，動不動就抓人拆屋，十七歲結婚犯法呵！棟師傅說我都土埋半截子的人了，還怕犯法？再說我劉家三代單傳，生個崽傳個香火，能犯多大個法。要拆也拆我的屋，你們只管找去！兩個徒弟東找西尋，到底在湖北公安找了戶死了老公的人家，女兒十八歲，願意嫁到劉家來。棟師傅聽了，高興得從床上爬起來，搬出壓在箱底多少年的布料，親手給媳婦縫嫁衣。「文革」後期花轎找不到了，棟師傅請了兩班鑼鼓響器，一路吹吹打打好生喜氣。新娘拜完堂給公公婆婆敬茶，棟師傅竟捧出那個藍布包袱，把那一包袱在醫院沒有花掉的錢，做茶錢給了新媳婦。來看熱鬧的大姑娘，一個個看得眼饞，後悔當時沒應了這門婚事，讓湖北丫頭撿了個大便宜。鬧完洞房，客人走的走睡的睡，只有棟師傅兩口子瞪著眼睛躺在床上，側著耳朵聽洞房裡的動靜。棟師傅還是不放心，兒子剩下的那粒獨卵子，到底能不能給劉家繼上香火。

媳婦過門回來，棟師傅硬是按捺不住，把兒子叫到床前問：「還中用不？」兒子畢竟還小，有幾分害臊：「什麼中用不中用？放心！放心！」

棟師傅還沒把心徹底放下，便撒手西去了。十里八鄉的人都來送他上山，身上穿的大都是棟師傅一針一線縫的衣服。年長的人說，活了一輩子，沒見過那麼長的送葬隊伍，沒見過那麼熱鬧的紙紮儀仗。送葬的人一邊低聲叨念：「好人呵好人！」一邊扼腕感歎：「這麼好的人卻斷了子孫！」

鄉鄰們送走了老家最好的裁縫師傅，也送走了老家最後一位上門裁縫。棟師傅死後，老家再也沒人請裁縫上門做衣服了。鄉鎮上賣成衣的店子一家一家開出來，鄉下人也習慣了到店子裡買衣換季。

棟師傅的兩個徒弟沒能接住師傅留下的生意，只好離家去了廣東。那陣子珠江三角洲遍地都是加工成衣的工廠，一個香港小老闆，三五十個車衣工，便熱熱鬧鬧地倒騰起來。棟師傅的徒弟手藝好，人也老實肯做，很快便在不同的廠裡當了師傅。

家梁待在鄉下，既幹不了裁縫，又做不了農活，一天到晚閒得無聊。湖北媳婦怕他閒出病來，便讓他去廣東找父親的徒弟，看那裡能不能找個事情做：「雖然父親留下了一點家底，但坐吃山空總不是個日子。」

家梁先到父親大徒弟的廠子，大徒弟安排他學車衣，家梁搖搖頭：「我爹不讓我學裁縫。」後來去了二徒弟的廠子，二徒弟讓他跟著學打版，家梁還是搖搖頭：「我爹不許我做裁縫！」兩個徒弟知道師傅的遺願，也不好勉強家梁，由了他在東莞、中山遊來遊去。

一天，家梁把父親的兩個徒弟找到小欖鎮上的一個餐館，敬了一杯酒說：「師兄，我們開個製衣廠吧！本錢我出，當老闆。你倆當師傅，不出本錢。」大徒弟望著二徒弟，二徒弟望著大徒弟，半天沒有吱聲。想著師傅對他們恩重如山，至死沒有索取回報，幫幫師傅的兒子，成與不成，也算了了平生一大心願，於是便點了點頭。

家梁跑回家，把那包父親準備給他治卵子的錢背到東莞，開了家名叫「棟梁製衣」的小廠。父親的兩個徒弟也辭了工，各自帶了十個車衣工過來。家梁把工廠交給兩個徒弟，自己一天到晚滿世界跑，只負責接訂單。

我有十多年沒見過家梁。年節回老家，叔叔嬸嬸聊到棟師傅，連帶會說到他的兒子家梁在廣東發了，開了好幾家廠，除了湖北老婆，在廣東又找了兩三個老婆，生了七八個小孩子。原以為棟師傅會斷香火，沒想到比哪家都人丁興旺！獨卵子厲害呢！

前年清明，我開車回老家掃墓。鄉村公路修得窄，開一段要停在寬一點的路段錯車。我

後面等著的車不停按喇叭，家梁只好爬上車，朝我揚了揚手道別，然後絕塵而去。

把車停在路邊，等迎面開來的一輛荒原路華（Land Rover）過去。沒想到荒原路華開到我的車邊停下來，車窗裡探出一個頭來叫我的小名：「是毛子吧？」我一看是家梁。一身典型的城裡人行頭，車上還有兩個孩子、一個漂亮的年輕女人，不是我見過的那位湖北媳婦。

家梁走下車，遞給我一支香菸。我不知道說什麼，便問：「回來給棟師傅掃墓？」「是呵。在他墳前待了一陣，也不知道說什麼好。你知道我父親不想我做裁縫的，到頭來我偏做了這一行。」

「棟師傅還擔心你不生育，斷了劉家的香火，你現在這一大家子，他該多開心呵！」

家梁不好意思地嘿嘿兩聲：「鄉下人有了幾個錢，都這樣，不像你們有文化的。不過也算了了我老爹一個心願，劉家到底沒有斷後。」

「棟師傅要是還在，該享大福了呢！」

「我爹要是還在，他那一手做皮貨的手藝，不知道要賺多少錢呢！」後面等著的車不停按喇叭，家梁只好爬上車，朝我揚了揚手道別，然後絕塵而去。

掃完祖父祖母和三嬸的墓，我順道去了棟師傅的老屋。經年荒棄，土磚青瓦的房屋已經頹圮，房前屋後的竹木卻長得放肆，禾場邊的桃樹李樹，綴滿了青澀的果子。午後的陽光，四月的微風，暮春的果木與幾代人的老宅，將荒蕪與生機、肅殺與和煦糅合成一派濃濃春意。

老屋的四周，是一坦平川的田野，深紫的紫雲英、明黃的油菜花，在晃亮的陽光裡開得絢爛。春風徐來，鳥鳴婉轉，花香襲人，恍惚間又回到了童年。然而凝神一看，村頭上少了拿戒尺的彭先生，村道上少了背藥箱的趙郎中，田野上少了夾包袱在田埂上奔走、在寒冷的晨風裡哈著白白熱氣的棟師傅……沒了這些稔熟親切的身影，沒了這些悲喜交集的身世，鄉村便少了些定力和底氣，田野便少了些靈性和惆悵，即使是鮮花爛漫春意蕩漾的田野，也讓人覺出幾分空寂與疏離來。

二〇一七年七月七日於抱樸廬

少年農事

六歲那年，在鎮上完全小學教書的父母，決定將我送回老家的村辦學校讀書。這事放到擇校成風的當今，怎麼看都有幾分荒唐，但當時確實順理成章。我這一輩的城市少年，有好些是頂著城裡戶口生，啃著鄉下瓜菜長的，跟著老家的祖父母，在鄉村的泥水裡滾大。

聽說要回鄉下老家，我竟有幾分莫名的興奮。天不亮便起了床，理書包，掇衣服，催著父親快走快走。小鎮距老家，也就十多里地，天亮動身，不緊不慢走到老屋場，正好趕得上吃早飯。

仲春的田疇，是一塊鮮花的巨毯。一畦一畦的紫雲英，擠擠密密地一直綻放到天邊。開滿蠶豆花和野薔薇的田埂，隨意地將田野畫成一個一個形狀各異的大花環。一條蜿蜒的鄉村土路，將絢爛的花畦和明淨的河港連在一起，向朝霞浸潤的地平線延伸。早起的布穀鳥，翩然飛過天際，間或幾聲鳴叫，彷彿在喚醒籠在淡淡霧靄裡的田野。

遼遠空寂的田原，似乎真的被喚醒了，伴隨著遠近農舍吱呀吱呀的開門聲，田埂上有了背筦箕拾野糞的少年、挎竹簍打豬草的婦人、吆喝著耕牛走向田畦的老漢……一幅描摹了千百年的鄉野農耕圖，在淡藍的薄霧裡緩緩展開。沿著圖畫中那條彎彎曲曲的鄉村道路，我滿懷期待地走回老家，走回世代承襲的農耕歲月……

捉蟲

在老家，談論一位主婦是否賢慧能幹，公認有三條標準：縫得一手好針線，燒得一桌好茶飯，摸得一個好菜園。所謂摸，就是細細磨磨，精精緻緻地打理，彷彿一件愛物，握在手中摩挲把玩，時時不忍放下。鄉下女人比針線，比茶飯，更比菜園子。菜園子擺在屋場上，來個人都看得到，即使是過路的討杯水喝，也會根據菜園子打理得是否妥貼順眼，選擇進誰家的門。

菜園子是鄉下女人的臉面。

菜園子是不讓男人插手沾邊的。男人們粗手大腳，粗枝大葉，幹不了種菜理園的精細活。即使是挑水擔糞的重活，女人也不讓男人搭手，要麼妯娌，要麼婆媳，抬著尿桶悠悠晃晃地進菜園，那是一道風景。記得老家有首民歌，就是描繪這幅場景的：「咚呀咚咚呀咚，兩個姑兒抬尿桶，一抬抬到菜園中，又肥韭菜又肥蔥，肥了韭菜壯老公……」

女人嫁進婆家，除了出工和睡覺，有一半的時間耗在菜園裡。清晨進園子捉蟲摘菜，傍晚進園子鬆土上糞；天旱了一天澆兩道水，天澇了一天排兩回漬；春來栽茄子辣椒、黃瓜豆角，秋來種白菜蘿蔔、萵苣蕻菜。從早到晚，從春到秋，女人的世界便是菜園子。

忙不過來的時候，女人們也會找孩子搭把手，一來孩子閒著無事，二來孩子心靈手巧。

祖母栽茄子辣椒秧子，會讓我去山上摘些桐葉蓋上，免得太陽曝曬秧苗枯萎；祖母給黃瓜豆角搭棚，會讓我爬樹割些棕葉綁紮，棕葉禁得住日曬雨淋，免得瓜棚不到秋天便倒塌；祖母種白菜蘿蔔下種，會讓我提些發酵過的雞糞來，與火土灰拌在一起，免得燒死種子萌發的嫩芽。

在菜園裡，祖母吩咐幹這幹那，我最喜歡的還是捉蟲。捉蟲是件長線活，一年四季，一天到晚，什麼時候進園子，都有害蟲可以捉。有了這個理由，便可隨時跑進菜園摘條黃瓜，扯個蘿蔔，三下五下地吃了。捉蟲還是件技術活，要和各種各樣的蟲子鬥智鬥法。比如春天捉土蠶，土蠶白白胖胖的，白天躲在深深的泥土裡睡懶覺，夜裡才爬出來咬菜苗。土蠶愛吃秧苗的嫩莖，每每在挨近泥土的地方咬斷莖稈，死命地往洞穴裡拖。因為莖稈的上端長著葉子，怎麼也拖不進去。清晨進園子，看見葉子伏在地上，用小鏟往下一挖，兩條肥肥的土蠶便捉到了。早春時節，有時一早上能捉十幾二十條，用桐葉包來往雞群裡一扔，雞們搶著爭著啄，每每打鬥好一陣子。還有一種蛜子，愛貼在剛長出的嫩豆角上吸吮汁液。蛜子黑黑的，比平常在地上看的小黃蟻還小，一飛來便成千上萬，捉一輩子也捉不完。鄰居家抽葉子菸的老爺爺教我一個法子，把他竹菸筒裡的菸屎掏出來，用熱水溶了，涼後撒在豆角上，蛜子貼上去不一會兒，便一群一群掉下來，不知是醉了尼古丁，還是被毒死了。重複撒上兩三回，一個季節都不會有蛜子再飛回來。

有時一早上能捉十幾二十條，用桐葉包來往雞群裡一扔，雞們搶著爭著啄，每每打鬥好一陣子。

我喜歡捉蟲子的另一個原因，是菜園裡的蟲子大都十分漂亮，看上去一點害蟲的樣子都沒有。比方說黃婆娘，黃亮亮的甲殼上，長滿褐的紅的斑點，棲在翠綠的菜葉上，像一顆顆鑲嵌的寶石。還有一種紅婆娘，平素待在茅草山上，只有乾旱的年分茅草枯死了，才到菜園裡咬菜葉。紅婆娘體形比黃婆娘大，也沒有硬硬的甲殼，看上去更像一隻幼蟬。紅婆娘一身通紅，八片紅得透明的薄翅，飛在陽光下像一團火。翅膀鼓動空氣，發出昂揚而頓挫的聲響，聽上去像鼓點。後來看西班牙紅衣女郎跳《卡門》，我竟脫口而出：紅婆娘！

我一直沒有捨得把捉到的紅婆娘餵雞。每回捉了用玻璃瓶裝著，看上一陣便跑到山上，拔開瓶塞放飛了。數十隻紅婆娘拚命飛向天空，那種生命的激越與豔麗，讓什麼樣的人類舞蹈都黯然失色。

打豬草

舊戲文裡，常有年輕男女邊打豬草邊調情的唱段。其實在鄉下，打豬草通常是孩子的事。除非這戶人家沒有適齡的孩子，或者孩子出門了，女人才挎上竹籃走向田野。

鄉下餵豬是沒有糧食也捨不得用糧食的。我在鄉下那會兒，人還要忙時吃乾閒時吃稀，哪兒來糧食餵豬呢？除了家裡整米得到的一點穀糠，春天的蘿蔔，秋天的紅薯，便是最好的豬食了。一頭豬崽開春捉回來，養到臘月宰了過年，全靠孩子們上山下地打豬草。

第一次打豬草，我是被鄰居邀去的。一群挎著籃子的孩子，大的十來歲，小的五六歲，推推搡搡路過我家老屋場，見了我便招呼：「挑黃花菜去啵？」祖母從屋角找了一個竹簍、一把小鏟遞給我，讓我跟他們嘰嘰喳喳地走了。

那時節蘿蔔和油菜都開了花，只有田埂上、油菜地裡星星點點的黃花菜、地米菜還可以剁碎給豬吃。黃花菜莖稈很細，絳紅的顏色，頂著指頭寬窄的綠葉和黃燦燦的小花。大凡災荒的年月，短了口糧的人家，也會挑來充飢，因而被叫做苦菜花。春季是鄉下的荒月，人鬧糧荒，豬也鬧糧荒，就是這味道微苦的黃花菜，饑饉的年頭還人豬爭食。在老家，我就吃過黃花菜飯。祖母把洗淨的黃花菜剁碎，和上白米一起燜，熟了端上桌來，黑乎乎一碗分不出哪是菜哪是米。

黃花菜冬季便長出來了，只是沒有開花，紅莖綠葉地長在結滿霜花的田邊地頭，倒也有幾分傲寒。挖黃花菜先要用小鏟鏟進土裡，輕輕往上一挑，然後抓住黃花菜莖葉一抖，抖掉泥土往簍子裡一扔，老家人把這稱為挑黃花菜。我是第一次挑黃花菜，一手操鏟一手拖竹簍，笨手笨腳的，半天才挑到一棵。後來順手了，那一鏟一挑一抓一抖一扔連貫順暢的節奏，一點不讓鄉下的孩子。

大約是挑黃花菜的多了，田埂邊荒地上幾乎找不見黃花菜，只有油菜地的畦溝裡，還一窩窩長得茂盛。同伴每人伏在一條畦溝裡，暗自較勁看誰挑得快挑得多。那時節油菜的花季剛過，稈上結了滿滿的莢子，只有稈梢還開著些許黃花，蜜蜂在周邊飛來飛去，嗡嗡的，似乎不是為了採花，而是為了吟唱。

同伴們遠遠地挑到前面去了，我索性在畦溝裡躺下來，透過枝枝串串的莢子望天空。當午的太陽懸在頭頂，將油菜莖與莢的影子塗了一地，偶爾一陣微風拂來，拂動油菜，也拂動地上的影子皮影似的搖晃。春風和煦，即使是躺在有些陰涼的油菜溝裡，也能感受大地暖洋洋的春意。夥伴的嬉鬧已在遠處，陽雀子婉轉的鳴唱也在遠處。一群一群的長尾鳥，在雲影淡遠的天空翩翔，織錦般的羽翼舞在陽光裡，閃耀出一道道夢幻的光影……

春末的日子，豬草多了起來，地米菜、貓耳朵、牛舌頭和各種各樣的青蒿子，跑到山上半個時辰，就能扯到滿滿一簍。接下來便是躲在野墳堆裡裝神弄鬼，你嚇我我嚇你，嚇得膽小的女孩子哇哇叫。玩得累了餓了，便在小坡上造灶做飯。有的用小鏟挑一處陡坎挖灶，有的去松林裡耙松毛拾松果，有的去農家找瓦缽或破鐵鍋，有的則跑到遠處的蠶豆豌豆地裡偷豆莢。蠶豆豌豆是隊裡種的作物，只能跑到別的生產隊去偷，即使被發現，人家也不知道誰是誰家的孩子，家裡不會被扣工分，回家也不會挨罵挨揍。東西找齊全，便點燃松毛，然後把松果和乾樹枝塞進去，灶裡冒起一縷青煙，火也能熊地燃起來。再將找來的瓦缽或破鍋架上去，待到缽子或鍋子燒熱，倒進剝了莢的蠶豆或豌豆，拿根樹枝翻過來翻過去。燒火的在灶膛裡放多了柴火，火一旺豆子便劈劈啪啪地爆起來，蹦得滿地都是。燒火的慌手慌腳地往外退柴火，不是燙了手掌，便是燒了眉毛，最後弄得一臉烏漆墨黑，像戲台上的大花臉。一鍋豆子炒出來，剩在鍋裡的炒糊了，沒糊的全爆到了地上。不管鍋裡的地上的，大夥照例吃得津津有味。若是誰撿得多了，大家一哄而上，將其按倒在地，把袋裡手裡的豆子搶過來。誰要搶得多了，又會被沒搶到的追趕按倒，如此循環往復，直到一個個累得癱倒在山坡上。

遠近農舍的炊煙升起來，農婦們紮著圍裙站在禾場上，一邊喚雞回籠，喚狗回窩，一邊罵罵咧咧地喊孩子回家。夥伴們這才緩緩地從山坡上爬起來，挎上裝滿豬草的竹簍，一搖一晃地往家走。

弄魚

弄魚是我的拿手戲，也是我一年四季樂此不疲的農事。

在老家，弄魚是用各種手段捕魚的總稱。老家人會說某人會釣魚，某人會打魚，某人會捉魚，通常不會說某人會弄魚，而老家人說我是會弄魚。除了拿農藥毒魚、拿電打魚這種下三濫的手法我不屑於用，其他捕魚的手段，我無一不會，無一不精，老家十里八鄉，像我這樣全能的捕魚能手，估計找不出兩三個。在鄉下很少人叫我學名，見面都叫我「貓子」，意思是我弄魚的本領，就像一隻貓。

不止一個更深人靜的夜晚，我捫心自問有什麼稟賦，思來想去只有一項，便是弄魚。別人手上任何一種捕魚的奇技，我幾乎一眼就會。有些技術到我手上，或多或少都有創新。如果十二生肖中有一屬是貓，那我鐵定是屬貓的。

就說鄉下常見的伺魚，也因不同季節不同魚類而用不同的伺法，使用的簺也不一樣。老家人說的簺子，是一種用來捕魚的特製篾簍，在簍子的口子上織有倒刺，魚從口子進得去出不來。簺子裝在那裡，等著魚兒進來，故曰伺魚。簺是老家的發音，究竟是哪個字，我至今沒弄明白，《新華字典》上也查不出來，姑且借用一下「簺」字。

春天鯽魚、鯉魚要到淺水處產卵，哪裡有流水，便逆水往上游。簺裝在上水口，水從簺的口子流出來，成群結隊的鯽魚鯉魚便往簺裡鑽。上床時分裝簺，黎明時分來取，簺裡的魚倒出來，大抵都會有一小桶子。裝簺不能早，取魚不能晚，裝早了鄉鄰沒睡，簺子會被發現，說不定有人起個早床就把魚取走了；取晚了早起拾糞的看見了，也可能將簺子裡的魚收走。

夏季魚行下水，得裝在下水口。甩完子的鯰魚黃骨魚順水而下，糊裡糊塗跌進簺裡。伺下水的簺口要大，水口要陡，水聲越大，下水的魚兒越多。水聲大了，惦記的人也就多了，大家都知道這樣的水口好伺魚，自家沒占住水口，總會有別家裝了簺。睡到半夜，定會有人跑到水口轉一轉，看看有沒有順手牽羊的機會。這樣的夜晚便要整夜地守候。搬一張竹涼床，在菜園裡摘一個菜瓜或香瓜，點上一把半乾半濕的艾蒿。鄉村的夏夜蚊子多，靠一把蒲扇拍打是驅不走蚊蟲的，只有艾葉能將蚊子熏跑。

水從簍的口子流出來，成群結隊的鯽魚鯉魚便往簍裡鑽。上床時分裝簍，黎明時分來取，簍裡的魚倒出來，大抵都會有一小桶子。

伴著潺潺的水聲和唧唧的蟲鳴，躺在涼床上仰望天空，夏夜裡的星星明亮而密集，密集得幾乎可以聽見星星們低聲的吵鬧。流星一顆一顆滑落下去，光耀的尾巴似乎帶著長長的哨聲。掛在空中的圓月，朗朗地照著田野，在星星擠來擠去的蒼穹裡，倒顯孤寂寡歡。時過半夜，星星們累了倦了，一眨眼便隱得沒了蹤跡，只留下疏疏落落的幾顆星子，在瓦藍瓦藍的夜空裡，陪伴月亮踽踽西行。露水降臨得十分神祕。月光裡？夜風裡？花香裡？似乎都不見露水的蹤跡，然而用手在涼床上一抹，分明有一層薄薄的水氣，身上也覺出一種如水的沁涼……

收完簍子回家，祖父已經起床，開雞籠，餵豬食，把牛牽到塘邊喝水。我將桶子裡的魚提給祖父看，祖父接過來掂了掂說：「今天別伺了！」我明白，祖父是讓我把水口留給別的人家。

秋冬季節，魚躲在深水區不動，上水下水的簍都伺不了，只有放花籃。花籃是一種形如水桶、兩頭有口的簍，魚兒從哪頭口子鑽進來，都被倒刺擋住出不去。將青草或炒熟的米糠團子放進花籃，在花籃上連一根長長的繩子，用竹竿將籃子放到堰塘或河港的深水處，把繩子拴在一個隱密的木樁上。收取時，扯著繩子便把花籃拉了上來。

水魚在北方叫鱉或老鱉，在老家叫腳魚。水魚喜歡鑽泥巴，堰塘乾涸後，人們常常在泥巴裡踩著水魚，所以稱之為腳魚。除了踩腳魚，弄腳魚還有好多種方法：放、打、摸、撿、捉、釣等等。放腳魚的工具是一根中號縫衣針，用尼龍線穿上，連上一根半米長的竹棍。先將豬肝切成五釐米長的條，浸上菜籽油，然後穿到縫衣針上，用尼龍線捆綁牢實，扔到估計有腳魚的水域，把竹棍插在岸上。一般一次會放十幾根竹棍。因為不要像釣魚似的拿根釣竿守著，所以叫放腳魚。如果尼龍線被繃直了，說明有腳魚吃了豬肝，而且縫衣針已卡住腳魚的脖子，拽著尼龍線慢慢拉，腳魚便會被拉上來。倘若拉得太急，腳魚劇烈掙扎，也可能掙斷繩子逃脫。我曾放到一隻二三斤重的腳魚，脖子上竟卡了三根縫衣針，說明這隻腳魚逃脫了三次。

打腳魚要用一杆帶滑輪的槍，相當於現在釣魚的海竿。在尼龍線上裝上兩排掛鉤，再繫上一個鉛砣。腳魚潛水能力差，隔不多長時間便要浮出水面透氣，尤其是夏天，浮在水面將腦袋伸得高高，打腳魚的看見，一杆甩過去，然後用力左右擺動。腳魚受驚下潛，正好被擺動的掛鉤掛住。打腳魚一要眼睛尖，二要手法準，沒有訓練的人，弄不好會掛了自己的耳朵。

摸腳魚只能在夏天。腳魚聽覺靈敏，即使在幾米深的水下，也能聽得見岸上的聲音。夏天打雷，腳魚聽見就往泥裡鑽，水面上便鼓出一串串水泡來，看準冒水泡的位置潛下去，便會在泥巴裡摸到腳魚。腳魚出水會咬人，必須用拇指和食指掐住腳魚的後腿窩。沒有雷聲的天氣，站在水裡兩掌相向用力擊水，也會發出嘭嘭的聲響，腳魚以為打雷，照樣往泥巴裡鑽。冬天乾了水塘或河汊，大小的魚都捉盡了，只有腳魚藏在了深深的泥坑裡。到了晚上八九點鐘，腳魚憋不住氣，鑽出泥巴將頭昂得老高。這時候打個火把提個水桶，下到坑裡順手就撿。

看到有人來，腳魚自然會逃，但泥巴上留下兩行清清楚楚的腳印，順著腳印摸下去，手到擒來。有一年臘月村裡乾塘，我和弟弟竟然撿了滿滿兩桶子腳魚。么叔殺得腿發麻手發痠，剩下半桶送了鄰居。產卵的季節，腳魚晚上會偷偷爬上岸來，尋找沙土或腐殖質鬆厚的地方產卵。把準那個季節，在清朗的月光下守上幾個夜晚，只要手腳麻利，總會捉到幾隻腳魚。平素釣魚，即使不用豬肝做誘餌，用釣鯽魚草魚的蚯蚓，也會釣到腳魚的。一天清晨，我居然在一個平常釣鯽魚的窩子，釣了十九隻半斤大小的腳魚。提回家裡，祖父說太小了，吃了可惜，再養養吧，提到塘邊倒進了水裡。

撒網打魚，慣常是大人的事，一來濕水的漁網有三十來斤，力氣小了提不起；二來撒網有技術，弄不好網沒撒開，人卻掉進了水裡。十一歲那年，祖父外出修鐵路，我便偷了漁網學撒網，先在禾場上撒乾網，待到能把網撒開了撒圓了，便到塘裡去打魚。村裡防人偷魚，在塘裡沉了好些樹枝。一網下去，拉都拉不動，我以為打到了大魚，死命往上拽，最後把漁網扯出了兩個木盆大小的洞。幸好么叔會織網，花了好幾個晚上才補好。

撒網論技藝，要在河上湖上的小船上。扁舟一葉，一人船尾搖槳，一人船頭撒網，船進船退，網撒網收，協調竟如一人。月白風輕的夜晚，小船吱嘎吱嘎地從寬闊的湖面划過，漾起一道細碎的波光。遠近的漁火，在朦朧的水霧中明滅，似獨自划行，又似彼此照映。沒有想像中的漁歌互答，只有不時躥出的水鳥，嗖嗖地掠過湖面，消逝在蘆葦深處。大雁不知是被驚起，還是原本就在遷徙的旅途，噢噢地鳴叫著飛過夜空，在碩大瑩潔的圓月上剪影似的變換陣形……

偷柴火

老家的屋場，西朝平原東靠山，風景風水俱佳。因了這個緣故，村上的人家都選了這個朝向，幾十個屋場由南到北，一字形排在山梁與平原的皺褶上。平原上的水田產稻米油菜，山坡上的旱土產棉花紅薯，山上山下就是沒塊田土產柴火。老家人所說的柴火，是能煮飯燒水的柴草的統稱。由此可見，老家人眼中的柴草，與禾稻一樣的金貴。

田裡雖然一年收兩季稻子，但稻草要堆在那裡冬天餵牛；夏秋收了菜籽和棉花，莖稈扯來曬乾可作柴燒，但總共就那麼百十捆，分到每家每戶填不了兩天灶膛。老家人一年到頭燒的柴火，要到別人家的柴山上去砍。那時的柴山，不是公家禁了，就是每戶人家自己守著，找不到一畝一分天不管地不收的野山。老家人說上山砍柴火，其實就是去偷。一日三餐的飯菜，都是靠偷來的柴火燒熟的。

這事讓老家人與周邊一二十里柴山的關係十分緊張。有人偷便有人防，一來二去衝突多了，也有紅臉動手的時候。碰上看山的是部隊上復員的，還會將偷柴的綁了交到隊上。不管是誰家人偷柴被綁了，一吆喝家家戶戶都會聚攏來，帶上扁擔砍刀去要人。柴山裡的人也只

砍完頂著擔著繞到看山人待的山頭寮棚邊，一邊大呼小叫地喚同伴歸隊，一邊唱著〈打靶歸來〉雄赳赳氣昂昂地回家。

是想宣示一下主權，討回一個公道，群架終究是不會打的。大家心裡都明白，山邊上的人沒柴山，但飯總得燒熟了吃，山裡人守著大片的茅草山松樹林，總不能讓人家天天嚼生米。捉歸捉，放歸放，罵罵咧咧推推拉拉糾纏一陣子，人到底還是要放回去的。只是日子長了，三天兩頭被捉住，大人們覺得沒面子，慢慢地便支使孩子上山去，如果不是家裡開不了火，大人是不好意思上山偷柴火的。

少年農事中，偷柴火算是最苦最累的一樁。一捆茅草砍倒捆好，頂到頭上撒腿跑，生怕慢了被看山人抓到。從老屋場到周邊的柴山，近的五六里，遠的十好幾里，一路奔跑到家，茅草一扔便癱在了地上。頂在頭上的茅草捆子有四五十斤重，又硬又尖的茅草稈子一顛一跌將頭皮戳破，殷殷地滲出血來，流過額頭糊在眼睛上，模模糊糊的看什麼都有幾分血色。汗水早就流乾了，臉上身上結出一層鹽花，用手一抹，滿掌都是細碎的鹽粒子。碰上真被看山人盯上了，還得在柴山上繞來繞去，不能讓看山人找到家門。實在被追得急了，便扔下頭上的茅草亡命逃。跑回家裡覺得腳疼，一看腳上的布鞋剩了一隻，光著的腳上糊滿泥巴，好幾道口子在流血。褲腿被山上的荊棘掛成了布條，走起路來晃晃蕩蕩。

那時節已有了膠底布面的解放鞋，還有防水的橡膠靴，但那鞋一是賣得貴，二是砍柴不頂事。柴山上滿是砍了荊棘的樁子，斜斜的砍口曬乾後又硬又鋒利，一腳踩去膠底扎個透穿，還會在腳上扎個洞。再說膠鞋不吸水，奔跑中全身的汗水順著兩腿流進鞋裡，溜滑溜滑的摔死人。我唯一一次被看山人抓住，就是因為穿了膠底鞋，腳下滑滑的摔在一道陡坎上，怎麼也爬不上去。砍柴火最好的是千層底的布鞋，就是祖母和三嬸用舊布片納的那種，不僅吸汗水，而且再尖利的樹椿也刺不穿，奔跑中也不易跑掉。只是萬一背時跑丟了，腳板便會傷痕累累。老家那邊的孩子，從童年到少年，總會有幾回被人追掉鞋子的經歷。

苦也罷累也罷，老家的孩子終究是喜歡上山砍柴火的。一來上山滿世界跑，沒有大人拘束，頂著砍柴火的名分，幹盡調皮搗蛋的勾當：夏天在人家的南瓜肚臍上插根小木棍，冬天在人家的狗窩裡偷個小狗崽；二來偷柴火要冒被捉的風險，既緊張又刺激，久了也會和看山人捉迷藏。先派一兩個膽大的同伴裝成偷柴火的樣子，將看山人吸引到另一個山頭，留下的便大搖大擺進山砍柴。砍完頂著擔著繞到看山人待的山頭窩棚邊，一邊大呼小叫地喚同伴歸隊，一邊唱著〈打靶歸來〉雄赳赳氣昂昂地回家，等到看山人回過神來，氣急敗壞地站在山頂上罵娘……

更重要的還是覺得自己成了家中的勞動力，一家人吃生吃熟靠著自己，沒人再說是吃閒飯的。老家的孩子誰吃苦耐勞，誰聰明能幹，看看屋簷下摞了多少茅草、火坑裡碼了多少劈柴、灶屋裡堆了多少松毛，不聊不問，便心知肚明。

砍柴火是有季節的，什麼季節砍什麼柴，還真有些講究。茅草最好是晚秋時節砍，早了茅草還沒老，含的水分多，不禁燒，一擔茅草挑回家，把人壓個半死，抵不了半擔老茅草。

冬天砍茅草又太乾枯，砍起來傷刀也傷手，弄不好便一手血泡。春天茅草剛發芽，山上光禿禿的沒柴砍，只能慢慢尋找刺莵子挖。秋天砍茅草，連同山上的黃荊、狗骨、野薔薇一起砍了，留下這些灌木的樹莵子在土裡。春天草淺容易找，挖出來曬乾，燒起來火力比松枝還猛。砍松枝至少要等到夏天，要等到春天裡新發的松毛長齊長出油，燃出的火苗才不軟不硬。

松針在老家叫松毛，是一種用途特殊的柴火。臘月家家戶戶打豆腐、熬米糖、蒸陰米、攤綠豆皮，無一不要用松毛。乾了的松毛帶油性，火力比茅草硬，比劈柴軟，火勢易控制，正好適合熬糖攤豆皮。臘月裡誰家要是缺了松毛，熬的糖不是嫩了便是焦了，攤的豆皮不是厚了便是薄了，難得恰到好處。挨近臘月，家中老人便會催促：上山耙松毛吧，家裡等著熬糖攤豆皮呢！

不是經常上山偷柴火的人，是耙不到松毛的。哪一帶柴山有松林，哪一片松林松毛厚，哪塊山坡平坦松毛好耙，還有哪一座柴山看山人好說話，即使抓住了也不會沒收耙子和籮筐。籮筐是家裡的重要農具，一年四季擔紅薯挑油菜，送公糧賣餘糧，每天都缺不了。

通常我過了午夜才上山，那時候看山人在山上轉了大半夜，要是有人偷柴火便趕來趕去趕累了，要是沒人偷柴火便轉來轉去轉累了，怎麼也得回到搭在山頂的茅草棚裡喝口熱水，焐焐耳朵，搓搓手掌。臘月的山風拂過林子嗚嗚地叫，颳在臉上手上刀子似的，看山人縮進棚裡躺下，常常一睡便天亮了。臘月裡的滿月格外明亮，白晃晃地照著漫山黑壓壓的松林。

月光從樹冠的空隙瀉下來，在金黃的松毛地上銀光閃爍。松濤大海般起伏，月光水銀般流淌，金銀輝映中的山林霎時光輝燦爛！那漫無邊際的金山銀海，那巧奪天工的光影照映，即使奢華如西班牙皇宮，其堂皇與震撼亦不能及其萬一。我於是成了一個童話中的人物，這個在月光森林裡奔來奔去的少年，不再是一個偷兒，而是一個精靈，一個擁有日月風華、天地造化的精靈。

收野糞

「莊稼一枝花，全靠肥當家」，這條標語曾經刷滿村屋農舍的土牆。在化肥尚未肆虐成災的當年，一年農事的豐歉，還真是靠農肥當家。

積肥包括出家肥和收野糞。出家肥是將茅坑裡的人糞、雞籠裡的雞糞、豬欄裡的豬糞、牛棚裡的牛糞，定期淘出來送到田邊地頭去。收野糞是將人、狗、豬、牛、馬、驢、雞、鴨、鵝拉在野地裡的屎收回來，坑漚堆埋發酵後，再施到莊稼地裡去。出家肥是勞力們的事，一擔人糞或豬屎百把斤，婦女和少年們擔不起。收野糞則老少男女都有分。男勞力大多收牛屎馬屎，婦女們大多收雞屎鴨屎，少年們大多收狗屎人屎。收牛屎馬屎體積大分量重，是件體力活，所以男人們做；收雞屎鴨屎要走村串戶，是件人情活，所以婦女們做；收狗屎人屎要漫山遍野地竄，是件腿腳活，所以孩子們做。

百種莊稼百樣肥，各適其用。牛、馬、豬這些食草動物，拉出來的糞便多是植物纖維，要在水裡漚上一段時日才見肥力。牛馬糞便收回來，直接挑到田頭氹子裡。待到春耕整田時，用長柄糞瓢一瓢一瓢澆到田裡的每個角落。這是一年中至關重要的基肥，基肥漚得熟，澆得足，一年的收成便有了五成把握。雞鴨食青草、穀物、蟲子和小魚螺町，拉的屎是農家肥裡的精肥，多用於棉花、蔬菜育種。雞鴨糞收回來，先在室內堆放，讓其自然發酵一兩個月，然後趁六七月間太陽大，攤在禾場上翻曬，曬到乾得一搓便碎，再用石磙壓成粉末，裝在家裡的大瓦缸或大木桶裡，總之必須防潮。春來種茄子辣椒豆角黃瓜，先將火土灰用篩子篩過，再摻上雞鴨粉肥，反復用手拌和，然後均勻地撒在深耕細耙過的菜畦上，播上茄子辣椒豆角的種子，再一遍一遍地撒上粉肥覆蓋。為了保溫和防備鳥兒啄食種子，還要鋪上一層茅草。茅草要鋪得既厚實又蓬鬆，要讓太陽從縫隙裡照得進去，又要防備乍暖還寒時分的倒春寒凍傷種子和幼芽。其過程細緻到考究，有種莊重神聖的儀式感。

種棉花則要將這些拌勻的粉肥做成營養缽。農婦們先將浸濕的稻草繞成一個鳥巢似的草缽，然後填上粉肥和棉種。待棉種在缽裡長出幾片圓圓的葉子，遠遠看上去彷彿鳥巢裡的雛鳥探出的腦袋。幾萬只營養缽擺在向陽的山坡上，如同幾萬隻哺育雛鳥的鳥巢沐浴在春天柔軟的陽光裡，那雛嫩得讓人憐愛又蓬勃得讓人亢奮的生命景象，大抵是人類創造的最令人震撼又最令人著迷的生命奇觀！

野地裡拾回來的人糞狗糞，要直接倒進茅坑裡，等到漚成了糞水，用作作物的追肥。菜園裡的蔬菜或者旱地上的油菜、棉花，長到五六片葉子時，便用糞桶擔了糞水到地裡，兌上清水稀釋後，再一瓢一瓢細心地澆到栽種菜苗或棉苗的窩子裡。糞水不能澆到苗子上，陽光一曬，沾了糞水的秧苗便會枯死，因而鄉下澆糞，總會選在傍晚時分。

拾狗糞是鄉下少年不願幹卻又不得不幹的農活，一是臭，一筐狗屎提在手裡，臭得了大半里路，清早收糞回家人還沒到，祖父便遠遠地聞到了臭味，臭味越重，知道我拾得越多，臉上的皺紋笑成一朵金菊。如果哪天進了屋場還沒有聞到臭味，祖父便會說：「今天起遲了吧？」我也曾試圖分辯說：「不少呢，都倒在茅坑了。」祖父白我一眼不說什麼，我知道他一聞臭氣便知道我到底收了多少狗屎。二是要起早床，雞叫便要起床，背把釘耙拎個筦箕滿山跑。鄉下收狗屎，其實是狗出門人出門，跟著上山拉屎的狗屁股跑。如果貪睡起遲了，鄰家鄰村的孩子收走了，就只能拎著空空的筦箕回家。祖父上了年紀，睡得遲醒得早，雞叫頭遍便用腳蹬睡在另一頭的我：「毛子，雞都叫了，起去收狗屎！」如果磨磨蹭蹭，祖父便會一抬腿挑了我的被子，於是只好怨怨艾艾地爬起床去。

鄉村是相信有鬼的，鄉下孩子生得最多的病便是讓鬼摸了頭，被鬼把魂勾去了，或者是讓鬼打了，把魂嚇掉了，那便要一家人舉塊招魂的白布滿山滿水地喊孩子的名字。招魂都在黃昏時分，夕陽下霧靄裡，男聲女聲，老聲童聲，一聲聲撕心裂肺，此起彼伏地飄蕩在一派寂寥的村野裡，分外瘆人也分外溫情。如此叫上一回，大約孩子的魂都會被招回來，只有很少的依然病情不轉，那便只好交給郎中了。家裡大人一般是不讓孩子趕夜路的，那時候鬼也出來滿世界遊蕩。雞一叫，鬼便躲回去了，孩子出門大人都放得了心。

雖然鬼回去了，狗也出來了，但朦朦朧朧的村野裡依然靜寂得怕人。說不清怕什麼，但心裡總是惶惶的，嘎的一聲鳥叫，噗的一聲魚躍，總會嚇得心驚肉跳。鄉下少年早上出門，都會帶上自家的狗，一方面是作伴壯膽，另一方面是拾糞帶路，自家狗喜歡去的地方，別家狗也喜歡去，那地方狗屎一定多。

拾狗糞是不能邀伴的，再好的玩伴也只能各走各的路。太陽還沒有從東邊升上來，月亮還沒有從西邊落下去，鳥獸蘇醒了，村莊還睡著，走在沾滿露珠的草路上，懵懂地感覺著世界的不可探知：晨霧裡的天地那般混沌遼闊，晨光下的露珠那般晶瑩微小；樹林中的鳥兒那般喧騰飛躍，路邊上的小草那般靜謐安寧；太陽升上去，為何還要落下來？月亮落下來，為何又要升上去？鳥兒飛回來了，為何又要飛出去？狗子跑出去了，為何還要跑回來？花兒陽光下綻放了，為何露水裡還要閉回去？稻子露水裡挺直了，為何陽光下又要彎下來……

雪後的清晨，朝陽照耀一望無際的白雪，村莊隱沒了，樹木隱沒了，平原與河汊也隱沒了，朝霞的豔紅與雪原的潔白，變幻出一個晶瑩而遼闊、冷寂而溫暖的世界。不必擇路，不必避水，滿世界任你自由奔跑，一直奔跑到氣喘吁吁，大汗淋漓，一直奔跑到沒有一絲氣力挪動陷在白雪裡的雙腿，就勢往厚厚的積雪上一倒，在雪地上印出一個完整的人形。晨風凜冽，白雪卻出奇地溫暖，凍僵的雙手插進雪裡，竟緩緩地暖和自如起來。

水面上結了厚冰，陽光下瑩潔得耀眼。拾糞歸來的夥伴，不約而同跳到冰上，你推我一把，我推你一把，倒在冰上滑出老遠。然後各自爬上來，追著趕著將其他夥伴掀倒。追逼與求饒，謾罵與調笑，那恣意忘情的聲浪，恰如一堆熊熊燃燒的生命之火，消融著無垠的皚皚雪原，挑釁著無邊的颼颼寒風……

在老家的學校，我只待了兩年。上學九十點鐘去，兩三點鐘回，放學遲一點，便會扯著嗓子喊：「老鴰喊，肚子餓，彭興海，快放學！」老鴰是烏鴉，彭興海便是校長兼班主任。

和我一同扯著喉嚨喊的，還有兩個城裡孩子。一個姓吳，來自武漢，據說爸爸是個團長。團長有多大，我們弄不清楚，彷彿林副統帥之下，就是他爸爸了。武漢仔是個鼻涕牯，一天到晚鼻涕吊在嘴唇上，用衣袖一抹，滿臉皆是。衣袖糊成了一塊硬殼。冬天鼻涕糊在臉上，寒風一吹，裂出一道道口子。鼻涕牯好打架，誰叫他鼻涕牯或做個抹鼻涕的樣子，便會撲上去推人一掌。鼻涕牯個子小不禁打，三下兩下被人摔到了地下，只是他打死不求饒。上山偷柴火，鼻涕牯總會掉在後面好遠，同伴也懶得管他，每回鼻涕牯讓看山人抓住，都會被放回來。看山人也知道，他爸是團長。

另一個也姓龔，來自上海。爸爸是名留蘇的水利專家，後來好像當了一個研究所的所長。

送他回老家那會兒，極司菲爾路上紅色資本家洋樓裡長大的母親，怎麼也走不穩鄉下坑坑窪窪的泥土路，還沒走出半里遠，穿高跟鞋的腳便崴了，只好由公公用獨輪車推著回家。吱呀吱呀的獨輪車上，一邊坐著披大波浪頭髮的兒媳婦，一邊坐著留西式分頭的小孫子，這公公推兒媳的笑話，讓老家人說笑了好多年。獨輪車形如公雞，因而又叫雞公車，上海仔到學校報名報了什麼名字沒人知道，村上老老少少都叫他雞公車，就是彭與海上課，點名也叫這個名字。雞公車的偶像是我，只要我弄魚，腳跟腳，手跟手，寸步不離，不過他到底是不敢上船打魚。雞公車拾狗糞起得早，常常他收了滿滿一箢箕，我才搖搖晃晃地出門。

鼻涕牯和雞公車待在老家的日子比我長。鼻涕牯的父親因為林副統帥受了牽連，音信全無了好幾年；雞公車的父母是學術權威，雙雙下到了蘇北的「五七幹校」，幾年後才重返上海灘。

每個暑期和寒假，老師上午散學，我等不到吃午飯便回了鄉下，彷彿一個學期的念想，都是為了等待這返回鄉下的一刻。從小學到高中，我的每一個假期都待在老家，在這般那般忙不完的農事中度過。鼻涕牯和雞公車後來返回了都市，只有我候鳥似的，在小鎮與老家、城事與農事之間宿命般地遷來徙往。

長大後，我沒再見過鼻涕牯和雞公車，不知他們如今是否安好？也不知他們回憶起這些少年農事，會是一種怎樣的心境？只是我一直覺得，農事便是我的少年課業，是我一輩子做人的底氣。不僅是春播秋收的那些技能，更是農民對待生計那種平和而從容的態度，對待土地那種依賴而莊敬的情愫！還有在寒暑易節的代序中，對待大自然那種質樸、敏感而自在的審美感動……

二〇一七年五月十七日於抱樸廬

財先生

財先生是二叔的兒子，長我兩三歲，是我們兄弟輩中的老大。因為我的父親是家中長子，他便當不了長房長孫。照說在一個非帝非王的農民家庭，這種排序並無實在意義，所謂承繼香火，既無王位又無家產，長房二房實在沒有多大分別。但財先生一直為這事憤憤不平，覺得自打我出生，他便跌了價，他的母親二嬸也為此耿耿於懷。

或許在祖父祖母的言談裡，長房二房的差別多多少少是有的，這讓財先生越發計較家中長輩的態度。每回過年，祖母給孫輩分蠶豆、米糖等年貨，財先生總是盯著我手裡，看我是否分得更多；祖父發壓歲錢，財先生也會將我的一份拿去數了又數。如果祖父發我的是一毛的硬幣，他便會拿自己手中十個一分的硬幣換過去；假如發我的是十個一分的硬幣，他也會用自己手中一毛的硬幣換過來，反正把我手中的換去了，財先生便覺得沒吃虧。

二叔本分得磨子壓不出一個屁來，一輩子只認老老實實做事，從不和人計較。財先生這斤斤計較的習性，讓他很是惱火，常常操根竹棍把財先生打得鬼喊鬼叫。二嬸見了心疼，便護在財先生身上。祖父討厭家中女人護短，但也不好直接罵兒媳婦，便指著二叔一頓臭罵：「這麼寵兒子，不寵出個孽障來，你們把屎挑到我口裡來！」

二嬸也不敢當面頂撞公公，便跑到灶屋裡給財先生煮兩個荷包蛋，以示對抗。財先生覺得有了面子，端著荷包蛋走東家跑西家，半天還捨不得吃掉。兄弟姊妹不喜歡財先生小鼻子小眼，便湊在一起跳房子、玩洋片，懶得搭理他。財先生被冷落在一邊沒意思，將蛋碗遞給這個遞給那個，好孬換個入夥玩耍。財先生算術差，玩洋片算不清，不一會兒便把壓歲錢輸個精光。財先生倒也願賭服輸，沒事人似的端個空碗回去。晚上二嬸收壓歲錢，財先生拿不出，只得撒謊說丟了，於是二嬸又給他一頓飽打。二嬸心裡明白，財先生的錢不是丟了，拉開大門站在禾場上，一邊哭一邊罵：「誰騙了光財的壓歲錢，缺德呢！」

光財是財先生的學名。那時候我們不叫他光財，也不叫財先生，而是叫他「財將軍」。財將軍是祖父給他取的。財先生小時候個子長得高大，長手長腳，又喜歡舞棍弄棒，加上臉上長了幾個大疤子，看上去有幾分煞氣，喜歡看舊戲的祖父覺得他像戲台上的花臉武將，便叫他財將軍。我們兄弟中，真正身材魁梧、長得有幾分像祖父的只有財將軍。祖父兒時給自己取名「王子兵」，其實就是舊戲文裡將軍一類的角色。祖父叫他財將軍，還真是含了幾分憐愛，但二嬸聽著不舒服，覺得祖父是笑話財將軍臉上的疤子。一兩歲時，財將軍臉上長了幾個膿皰，二嬸折了根柚子刺，將膿皰一個個挑破，用手把膿血硬擠出來，結果皰是沒有了，臉上卻留下了幾個榨菜坨一樣的肉疤子。這事二嬸嘴上不說，心裡卻愧疚了一輩子。大抵也就因為這份內疚，二嬸對財將軍格外寵愛。

財將軍不愛讀書，上學總要二嬸拿根竹棍趕著出門。如果不是家裡人直接將他趕進校門，他便一個人背個書包東逛西逛，玩到日落才回家。財將軍先我兩年發蒙，待我回到村裡上小學，校長彭興海還是將他編到了我這一班。校長的意思是我能幫助他，結果是他把作業本朝我一扔，然後將二嬸給他的南瓜子或菜瓜香瓜分我一半，自己卻跑出去抓魚掏鳥。

二叔心裡明白，財將軍不是塊讀書的料。二嬸心裡也明白，卻就是心有不甘，怎麼也不肯認這個命。二叔想讓財將軍乾脆輟學，老老實實在家幹農活，日後種田務農也能養家餬口。二嬸死活不同意，混也要財將軍混到小學畢業。於是財將軍上學便三天打魚，兩天曬網，上學的事二叔不管，務農的事二嬸不問，一個小學混了八年，在校的時間加起來不滿三個學期。

財將軍不僅讀書上不了路，幹農活也搭不上腔調。二叔跟祖父一樣，是把種田的好手，不論年景豐歉，收成總比人家好上一兩成。財將軍只要跟著二叔幹，做個有模有樣的農民是板上釘釘的。可偏偏財將軍不喜歡農事，也看不上二叔的勤勞苦做：「一輩子摸泥巴，我才不像你呢！」二嬸也在一旁附和：「有幾個種田能發財的！」

財將軍也不知道自己該幹什麼，幹什麼能發財，只是堅信自己不是種田的命。有回上山放牛，看見一個打獵的，趕著兩條獵狗在樹林裡竄來竄去，瞄準松樹上的斑鳩，一銃打下兩隻來。據說一隻能賣兩毛五，財將軍覺得既好玩又發財，便把牛拴在松樹上，跟著獵人滿山跑。等到獵人打道回家，他再找到拴牛的山頭，牛已飢渴交加，趴在山坡哞哞地呻吟，怎麼也趕不起來。最後二叔叫上幾個勞力把牛抬回去，總算救了牛的命。

還有一回出門砍柴，碰上一個吹羊角號的劁豬佬，他又跟了上去。劁一頭豬五毛錢，劁一隻雞五分錢，一天輕輕鬆鬆賺兩三塊錢，既不流汗又不費力，財將軍覺得這是個好手藝，磕頭便要拜師，劁豬佬卻死活不收他：「收了你，我還哪有飯吃呢？」財將軍罵罵咧咧往回走，正碰上我們從山上砍柴回來，硬是把我們的柴火分了一小捆。二叔看見問他怎麼只砍這麼一點，他說肚子疼，差點沒死在山上。

我這一輩的兄弟姊妹有十多個，沒個固定飯碗一直漂著的，只有財將軍。堂妹中有兩個嫁了手藝人，一個木匠，一個瓦匠。財將軍先跟著瓦匠在工地上混，嫌太陽下挑灰桶太苦太累，便吵著學砌牆。財將軍怎麼砌也把牆砌不直，有一回牆倒下來，砸傷了財將軍自己的腿。後來又跟著木匠妹夫學木工，包工頭嫌他屎少屁多，坐在工地裡天南地北扯卵淡，自己不做事也就罷了，還東敬一支菸，西敬一支菸，弄得一群人湊在一起東拉西扯。起先包工頭讓妹夫退了財將軍，妹夫拉不下面子，便帶著他另尋工地。老闆換了一家又一家，財將軍依然是財將軍，做鋸木刨板的活沒人看得起，講賺錢發財經沒人搭得上。妹夫白眼看多了，只好硬著頭皮退了他：「財將軍，木匠這手藝太苦，你換個行當發財吧！」財將軍也不生氣，每人敬一支菸，握個手，說句「做木匠是發不了財」，便頭也不回地走出了工地。

下鄉當知青後，祖父母相繼去世，除了奔喪和踏青，我很少回老家，也很少見到財將軍。祖父去世時，按祖制該我騎棺，我說：「祖父跟你處得多，病中你也照顧得多，你去騎棺吧！」於是財將軍很高興，二嬸也很高興，只有二叔拉著我說：「要不得，要不得！」送祖父上山後回老屋場，一路上兩個妹夫跟我數落財將軍，說他不僅沒有照料病中的祖父，自己父親的農活也沒有搭過手，一天到晚去外面結朋友，卻沒有交到一個真心朋友，好幾次都被人騙了。好在除了他這個人，也沒什麼可騙的。我讓他們多帶帶他，妹夫搖搖頭，說了各自帶他學手藝的經歷。

大學畢業那年，我回老家過年。叔叔嬸嬸一大家子圍在老屋場的火塘邊，照祖父在世時的規矩，燒了一大盆樹蔸火，火上燉了一大缽肉湯煮白蘿蔔。如果祖父還在，這便是祖父講戲的時間。一年到頭，祖父很少說話，只有每年的除夕，祖父會一本戲一本戲地講戲文，大多是些忠孝節義、因果報應的故事。那時我還小，大人們又一年一年聽了好多遍，因而大家進進出出放鞭炮搶年貨，並不專心聽講。如今祖父不在了，火塘邊缺了這個說戲的人，大家都覺得老屋裡少了柱子，年節裡少了氣氛。如果說到家傳，祖父一年一度說戲，大約就是他的家傳吧。祖父沒讀多少書，四書五經的典籍他是不懂的，他所受的傳統文化教育，大抵也就是兒時在草台班子看到的這些舊戲，而做人要講信義、做事要靠勤奮，這些人生道理，祖父從戲文中得來，也在戲文中傳遞。過細想想，在中國的鄉土社會中，戲曲才是禮教傳承的正途，人生教化的經文……

長輩們沉默著，似乎不約而同地以靜默懷念祖父講戲文的那些除夕，感念祖父離世後我們才逐漸悟得的那些教化。

到底是財將軍打破了沉默，向我說起他趕寶的事情。他從口袋裡掏出一遝民國時代的花旗銀行的銀票，蔣委員長簽署的委任狀。說國民黨離開大陸時，白崇禧存了天文數字的珠寶美金在花旗銀行，白將這筆鉅款的監管權交給了桂林老家的一個老管家。這個管家一直躲在桂林的一個山洞裡，已經百把歲了，依然健在。這個管家只認自己的兄弟，才會啟動這筆款項。這個兄弟是當年白崇禧的副官，跟白去了香港、台灣，後來定居美國。現在只要湊足二十萬美金，把這個兄弟請回來，兄弟見面就可提取鉅款，所有趕寶的人便會視功勞分享這筆財寶。財將軍說得很亢奮，火坑裡熊熊的火苗照映在他長著疤子的臉上，似乎每一個疤子都在顫抖和擴張。叔輩們聽他說得多了，沒人吱聲，只有二叔輕輕地哼一下鼻子，表示不屑和鄙棄。我問財將軍趕了多少錢進去，他說一萬多，是和三叔四叔一起收豬鬃賺的。我說你還是收豬鬃吧，你的財運在豬鬃上。三叔和四叔笑了笑，說財先生哪裡看得起這個辛苦錢！

這時我才知道，自打趕寶開始，財將軍不再叫財將軍，已經江湖人稱財先生了。

趕寶的結果自然是不用打聽的。幾年後我再見財先生，他已在和三叔四叔一起收棉花和稻穀了。他沒有和我再提趕寶的事，是三叔告訴我，財先生把成婚修房子的錢趕進去了。婚倒是結了，房子卻沒修起來，至今還是土坯房，屋頂前簷蓋瓦，後簷蓋的是稻草。財先生請我們到家裡吃飯，我看到那只砌了一半的土牆屋，擔心日曬雨淋垮塌，便勸他跟著三叔四叔收稻穀棉花，賺點錢把屋修了。財先生端了一杯鄉下釀造的穀酒敬我：「哪能賺得幾個錢，在農村發不了財的！」鄰座的五叔用肩碰碰我，貼在耳邊悄悄說：「棉花稻穀也收不成了，

財先生跟在我後頭，拉著孫子也跪下去，爺孫倆恭恭敬敬地磕頭。祭祖的鞭炮劈劈啪啪炸起來，震耳欲聾的沖天炮嚇得小平的兒子哇哇大哭……

財先生在秤桿上做手腳，被人發現了，人家的棉花穀子不賣他了。」

好多年後，有一個陌生的電話找我，平素不熟的電話我是不接的，那天不知怎麼就接了，居然是財先生。他說幫兒子小平在武漢開粉館，生意好，旁邊的店子嫉妒，找街上的混混來吵事，雙方動手打了架，小平被派出所抓進去了。財先生問我武漢有沒有人，把兒子小平弄出來。在武漢我還真沒有什麼一言九鼎的朋友，但財先生我們兄弟一場，一輩子沒求過我，哪怕是在單位做個臨時工也沒有開過口。再說這事涉及人身自由，我便拐彎抹角找了好些人，才找到了當地派出所。原本小平也是遭人欺侮奮起自衛，派出所便賣了個順水人情將人放了。

小平出來打電話道謝，順便也說了說粉館的生意。老家的牛肉粉遠近聞名，只要衛生，生意是做得起來的。再說小平這孩子自小跟著父親混世界，膽子大，不怕事，又講義氣，正所謂寒門出義士。與財先生比，小平能吃苦，也務實，我覺得他能在城裡待下來，或許還能幹出點光景。春節前夕，小平又打來電話給我，說他關了粉店，在開發區開了超市，為開車的司機提供副食茶水，兼帶做點棋牌室生意，讓待貨休息的司機混個時間。小平說生意還不錯，打算明年再開一家，一家自己打理，一家讓財先生管著。我聽了由衷為之高興。財先生一直嫌棄農村，混來混去一輩子，老了終於在城裡立住了腳，有了一份靠譜的營生，雖然不一定真能發多大的財，但命運改變的希望卻是有的。

今年清明，我回老家踏青，在祖父祖母的墳頭，遇上了牽著小平兒子的財先生。財先生花白的頭髮稀疏蓬亂，背也有些彎，看上去比二叔二嬸年輕不了幾歲。見我點了點頭，平常見面說個不停的他，全然沒有說點什麼的意思。

我問小平怎麼沒回來，他說又出事了：有一天，派出所的人在棋牌室打牌，吃了飯起身便走，看店的小妹扯著買單，單是買了，第二天店被抄了，小平也被帶走了。我說不是還有一家嗎，你回來誰看管？他說本來準備這幾天開的，現在不開了，「等到小平出來，回農村算了，鄉下人在城裡，哪裡混得開呀，弄不好人都要搭進去！」

財先生望著西天的夕陽，話說得很平靜，聽不出憤激、抱怨和計較，只有心灰意冷後的認命。似乎活了六十年，折騰了一輩子，只有今天才悟透自己的生辰八字。

夕陽洩在綠草萋萋的墳塋上，新插的旌旛和花環在晚風中飄動，遠處掛青上墳的鞭炮聲時起時伏，雖然沒有斷魂的紛紛春雨，卻有一份淒淒的感傷。從祖父到小平的兒子，一晃已是五代人，每代人所處的時局不同，個性和追求也各異，然而他們的命數卻相似得令人驚詫和費解！經歷了一百年翻天覆地、驚世駭俗變局的中國鄉土，與微末如同土地的農民，其改變究竟在何處，在夢想還是在命運？

我點燃香燭，作為長房長子率先在祖父祖母墳前跪下，深深地叩了三個響頭，心中重複著一個祈願：「保佑小平平安出來，並在城裡待下去！」

財先生跟在我後頭，拉著孫子也跪下去，爺孫倆恭恭敬敬地磕頭。祭祖的鞭炮劈劈啪啪炸起來，震耳欲聾的沖天炮嚇得小平的兒子哇哇大哭。財先生紋絲不動，嘴裡念念有詞，似乎是誦經，又似乎是喃喃地向祖父祖母祈求什麼……

二〇一七年五月二十日於抱樸盧

李伯與金伯

論年紀，李伯和祖父相仿，我該叫他李嗲。學校裡老老少少叫他李伯，打小我便跟著李伯李伯地叫，長大了也沒改口。學校裡沒人喊金伯，都喊金瞎子或金眼鏡，起初我也跟著喊，父親聽到白了我一眼：「沒大沒小，喊金伯。」從此我便改了口。一個李伯，一個金伯，兩人隔了二十來歲。

金伯的眼睛近視得有點瞎，有的說五百度，有的說七百度，反正鏡片厚得像塊酒瓶底。有一天金伯睡午覺，我偷偷摘了架在他鼻梁上的眼鏡。金伯醒來伸著兩手東摸西摸，半天沒有摸著房門。

那年月近視眼少，我記得，學校裡戴眼鏡的只有金伯一個。金伯長得又瘦又高，像根晾衣的竹竿子，長長的馬臉上戴了一副近乎黑色的玳瑁眼鏡。金伯時常舉著一本書，湊在眼鏡前邊走邊讀。讀得入迷時，不是撞上走廊的廊柱，便是和迎面走來的撞個滿懷。一回撞上了胖胖墩墩的謝扒皮，眼鏡摔在地上斷了一條腿。高高瘦瘦的金伯扯著矮矮胖胖的謝扒皮賠眼鏡：「民國貨呢！看你到哪裡去配？」謝扒皮一副滿不在乎的樣子：「民國貨？卵國貨呢？一個伙夫戴副眼鏡裝斯文，老子告你私藏民國貨！」金伯氣得嘴唇發紫，卻也不肯示弱：「伙夫怎麼呢？伙夫也比你強！你要真有狠，校長會收了你的教鞭讓你管伙食？」

金伯真是學校的伙夫，幾十名教工的一日三餐，都靠金伯燒菜煮飯；謝扒皮也真是被轟下了講台，校長只好停了他的課，分派他管伙食。金伯素來看不上沒學問的先生，惱火校長派個被學生轟下講台的人來管伙房；謝扒皮丟了教鞭原本窩火，偏偏他管的這個伙夫還不服管，兩人你來我往死命掐，有時一天能掐兩三回。謝扒皮上課不行，吵架卻在行，主席語錄、鄉下民諺，加上市井痞話，謝扒皮糅合得水乳交融，罵起人來洪水滔滔。罵到刁鑽刻薄處，一張嘴巴能把對手剝下三層皮來。金伯雖然抵擋不住，但真被惹火了，便圍裙一扯，鍋鏟一扔，躺在伙房外的柳蔭下讀書去。謝扒皮再能罵，這時也急傻了眼，如果學校吃飯鈴一敲，飯菜還沒有熟，校長只會找他的囉唆。

謝扒皮先是狗臉一取人臉一掛，堆著笑臉給金伯賠不是，將先前罵金伯的話拾回來，一字不落地罵自己。金伯只當沒這個人，照舊頭也不抬讀他的書。謝扒皮轉身回到伙房，請坐在灶門口燒火的李伯說句話。李伯捧著旱菸袋，不緊不慢地往銅菸鍋裡裝菸末，將菸鍋伸到灶膛裡把菸點燃，有一口沒一口慢慢悠悠地抽，等到謝扒皮低三下四求到第三遍，便將菸鍋在灶台上磕一磕，站起身來走到柳蔭下，拿菸鍋敲敲金伯翹著的木馬腿：「吵歸吵，飯還是要做的。」金伯便合上手頭的書，一聲不吭地走回伙房將圍裙圍上。

二

金伯叫李伯師傅，李伯卻從來沒有應答。個中是否有故事，學校沒人說得清白。

李伯是一九四九年到的學校，同來的還有剛剛上任的史縣長。李伯個子瘦小，看上去一把捏住不見頭尾，加上臉上脖子上黑黝黝的，怎麼看都不像個授業解惑的先生。縣長一眼看透了校長的心事，半是玩笑半是認真地說：「上不了講台還煮不熟飯呵？」

李伯還當真上不了講台也煮不熟飯。勉強煮了幾頓飯，不是夾生便是燒焦了。飯菜雖是沒法吃，校長和老師卻不好說什麼，畢竟，李伯是縣長親自送來的。據說縣長當年幹地下黨，和李伯一起放排行船跑過碼頭。有兩回縣長被人認出，都是李伯救的命。還有人說別看李伯又瘦又矮，卻有一身好武藝，當年從洪江、浦市放排到漢口，一路碼頭打過來，沒人不識李老四……

沒過幾天，中午開飯的時間校長走進飯堂，竟是一桌噴香的菜肴，其形其色讓人直嘸口水，鍋裡的米飯也不糊不生軟硬適度。校長正在納悶，李伯推了一個戴眼鏡的白面書生到眼前。李伯沒說一句話，書生沒說一句話，校長也沒來得及說一句話，老師們已敲著碗筷圍著校長，你一言我一語地叫嚷：「留下來吧，要得！要得！」金伯就這樣當了學校的伙夫。沒人問金伯從哪裡來，也沒人問李伯從哪裡把金伯找來。

李伯被稱師傅，幹的卻是徒弟的活：擇菜、淘米、挑水、燒火，沒一樣是師傅該沾手的；金伯自稱徒弟，做的卻是師傅的事：發饅頭、蒸包子、炒青菜、燉魚肉，沒一樣是徒弟敢攬上手的。李伯看上去比金伯長了一輩，挑起水來卻健步如飛，比起金伯挑水時晃蕩晃蕩的樣子，李伯更像個青皮後生。起先老師們也看不慣，覺得金伯耍滑偷懶，後來看見金伯切菜時的麻利、炒菜時的講究，便認定師徒倆確實術業各有專攻，徒弟頂不了師傅的缺，師傅也幹不了徒弟的活。只是大家心裡不解，金伯拜李伯為師，究竟跟他學什麼呢？難不成是挑水燒火？

金伯炒的是大鍋菜，工藝卻比小鍋菜還過細考究。金伯做水煮青魚，先將青魚去鱗洗淨，然後開膛破肚，一把將內臟掏出來，橫著兩刀剔下脊骨，和血將魚肉剁成拇指頭大小的魚塊，順勢把魚塊往燒開的滾水裡一倒，用勺子順時針方向攪三轉，逆時針方向攪三轉，立馬用漏勺起鍋，浸在裝了涼水的缸缽裡。再將燙過魚塊的熱水倒掉，用冷水涮三次鍋，將鍋上沾的魚腥味完全洗掉，倒入冷水加火燒，燒到鍋裡冒出小氣泡，放少許海鹽、一勺豬油，然後從涼水裡撈出魚塊倒進鍋裡，煮到鍋裡的魚湯沸騰，用木瓢連湯帶魚舀出來，裝入洗淨去腥的缸缽裡，先撒薑末、蒜米，再撒蔥花。如此做出的青魚，魚湯清淡鮮美而不腥，魚肉嫩滑微甜而不膩，蔥薑清香而不掩魚味。小鎮夢溪素稱魚米之鄉，做魚是每家主婦的拿手戲，然而只要喝過金伯煮的青魚湯，再吃誰做的魚都沒有味。

金伯蒸排骨，先將豬肋骨抽成條，再剁成長約一寸的骨塊，每一塊都用刀背將骨頭敲裂，讓骨髓慢慢浸出來。然後放海鹽、料酒、芡粉、薑末、蒜粒、臘八豆和紅麴腐乳汁，拌勻醃五分鐘，裝入墊了新鮮荷葉的小飯缽。每缽只放十塊排骨，再將荷葉扣攏包嚴，放入燒開了水的蒸籠，猛火蒸八分鐘起鍋。蒸出的排骨不僅骨脫肉嫩，汁濃味鮮，還有一股淡淡的荷葉香，沖淡了豬肉的葷腥味。

金伯的菜做得好，也只能聽人說好，要是誰對他的菜說長道短指手畫腳，他便會把勺一丟刀一拍：「你來做看？」其實金伯做菜用不著提意見，每份菜做出來，他都會裝在一個小碗裡嘗一嘗，若是真的失了手，他是不會端出伙房讓人指指點點的。

李伯愛喝一點酒，一日三餐都會抿上幾口。李伯喝酒不要菜，端個酒碗抿幾口，袖子把嘴巴一抹，就算喝了一頓酒。金伯看不下去，給他開小灶炒兩三個菜奉上，他也懶得動筷子：「喝酒就是喝酒，吃菜就沒了酒味！」

金伯也喝一點酒，通常只在幹完一天活後的傍晚。喝酒時金伯是不吃大鍋菜的，他得用小鍋給自己炒上四個菜，多是一碟油爆花生或水發黃豆，一碗時令小菜，一條煎得又酥又香的鯽魚，三四塊蒸得不肥不膩的風吹肉。春天出鱔魚時也會換上乾煸帶骨黃鱔，秋天吃鴨子的季節則會換上酸蘿蔔炒鴨雜。碗碟都很小，一張方凳便擺得下。金伯把方凳擺在伙房外面的柳樹下，坐在一張矮矮的小板凳上，面朝即將下山的夕陽，一口菜一口酒細酌慢飲。晚風徐來，柳絲輕拂，晚霞淡下去，月亮升上來，金伯似乎全然沒有理會天色的變化，沉浸在酒與菜的味道裡，直到微微的醉意上來，才折回房間倒頭睡下……

三

學校改為初中的第三個年頭，「文革」開始了。學校停了課，老師靠了邊站，伙房卻一日三餐日子如舊。有時候紅衛兵革命晚了，也會來敲伙房的門。住在伙房旁邊的金伯裝作沒聽到，李伯卻爬起來打開伙房門，再把金伯叫起來。

李伯傳說中原本根正苗紅，加上對紅衛兵的革命行動積極支持，造反派便對他既尊敬又親熱。一天晚上吃夜宵，造反派頭頭說：「請李伯給我們憶苦思甜吧。」大家一片歡呼。李伯連說：「搞不得搞不得，我只會燒火！」紅衛兵連夜籌備憶苦思甜大會，次日上午便又拉又扯將李伯弄上了台。李伯睜眼一看，台下整整齊齊坐了好幾百人，哪裡敢開口說話，兩條腳篩糠似的哆嗦。李伯越不開口，台下的口號聲越高：「不忘階級苦，牢記血淚仇！」主持會議的紅衛兵頭頭引導說：「大家看，就是萬惡的舊社會沒讓貧下中農讀書，李伯才上了台也不知怎麼說話！」李伯經紅衛兵一啟發，果真開口說話了：「我小時候飯都沒得吃，還哪裡有錢讀書呢？人家背著書包去讀書，我站在田埂上幫人放牛。麻陽那個卵地方冬天冷得死，凍得臉上手上都裂口，卵子都凍成了一坨冰。」台下又一陣此起彼伏的口號。

面朝即將下山的夕陽，一口菜一口酒細酌慢飲。晚風徐來，柳絲輕拂，晚霞淡下去，月亮升上來……

「十一歲我跟人到沅江放排，那哪是人搞的事，一天到晚泡在江裡，一慌神就掉進江水餵王八去了。和我一起上排的，有三四個滾到江裡就沒爬起來……」台下竟有好多人哭泣起來，口號聲一停，滿場哭聲一片。李伯似乎受了鼓舞，提高嗓門往下說：「最苦的還是狗肏的一九五九年、一九六〇年，和我一起上排沒淹死的五個兄弟，都在那兩年餓死了！我要不是搭幫史縣長來了學校，也一樣會餓死呵！再說我也過得苦呵，我又沒老婆，往常憋急了還能往窯子跑，如今憋急了往哪裡跑呀？死挨活挨呵……」

李伯忽然感到會場鴉雀無聲，冰雪封凍了一般。然後突然爆發出一片怒吼：「打倒反革命分子李老四！」幾個紅衛兵衝上台來，拿著繩子就要綁。

「我要訴苦！我苦大仇深呵！」大家一看是金伯，邊喊邊跑，幾步衝到台上，沒等紅衛兵回過神來，金伯已經一把鼻涕一把眼淚地憶苦思甜了。金伯說自己從小在長江邊長大，父親是碼頭工人，因為吃不飽飯，扛貨上碼頭爬不上去，腳下一滑從碼頭上滾下來，被貨包壓死了。母親又悲又餓，沒多久也死了，自己成了孤兒。白天在江邊撿水上漂的死雞死鴨、爛菜葉子，晚上睡在岸上扣著的爛船底下。有一天貨主說丟了幾包大米，硬說是金伯偷了，竟被貨主砍了兩三刀。說著金伯脫下襯衣，背上竟真有三條長長的刀疤。一時間會場「打倒萬惡舊社會」的口號如暴風襲來，紅衛兵擁上舞台，將金伯高高舉起，洪流般地湧上小鎮的街頭。金伯光著上身，神情悲戚的面孔和骨瘦如柴的軀幹，被托舉在沸騰的人流中，倒真像一尊受難的神像。

紅衛兵決定讓金伯巡迴憶苦思甜，讓李伯接替金伯做飯菜。李伯做的飯照舊沒法吃，金伯又天天吵著回伙房。日子一久，大家覺得飯吃不好影響革命，便讓金伯返回了伙房。

四

這種李伯燒火、金伯炒菜的安寧日子，幾個月後被一群外鄉來的紅衛兵打破了。差不多是開午飯的時候，七八個操湖北口音，掛紅袖標的年輕人堵住謝扒皮，說是來抓歷史反革命錢之謙的。謝扒皮先是一愣，之後胡亂一指，轉身走開了。外鄉人衝進伙房，一把按住金伯，掏出繩子便捆。李伯似乎也不驚訝，一聲不響地從灶門口站起來，走出伙房便喊：「湖北紅衛兵來搶金眼鏡了！湖北紅衛兵來搶金眼鏡了！」「文革」中常有外地紅衛兵搶人的事，學生們聽見李伯一喊，便衝出教室和會堂往伙房跑，上百人圍住正準備押走金伯的外鄉人。領頭的外鄉人拿出一張蓋有紅色大印的文件揮舞，說他們抓的是歷史反革命錢之謙。學生們聽說金伯是歷史反革命，而且不叫金老五叫錢之謙，一下啞住了，誰也沒想到苦大仇深的金伯竟然是隱藏在身邊的歷史反革命！「是歷史反革命也該我們自已揪鬥！」李伯高喊一聲。一語點醒夢中人，學生們又吶喊騷動起來，團團圍住外鄉人推推搡搡。伙房原本空間小，地上又油漬漬的，有的人被推到案板上，一把按在菜刀上鮮血直流，有的人滑倒在地下被人踩得喊救命。看見流血的喊殺人了，聽見救命的呼踩死人了。伙房裡想擠出去的出不去，伙房外要衝進來的進不來，上百人擠在伙房裡兩三個小時，汗流乾了，力用盡了，肚子餓得肚皮貼了脊梁。「金眼鏡跑了！」又聽了李伯一聲喊，大家這才注意到金伯真的不見了。

本地人和外鄉人追出校門，連金伯的影子都沒見到。回到伙房找李伯，李伯坐在伙房外的柳樹下一個人喝酒。問他金伯從哪裡逃跑的，李伯指了指學校的後門，頭也沒抬一下。

外鄉人和本地人在戰鬥中結成了聯盟，鎮上、鄉下和縣城到處找，找了十多天連金伯的毛都沒找到一根。本地紅衛兵建議把李伯抓了，外鄉人說抓不得，李伯苦大仇深，十九歲就入了地下黨，而且一點歷史問題都沒有，是真正的老革命。本地紅衛兵中也有人說：「報告金眼鏡逃跑的是李伯，你什麼理由抓人家？」雖然金眼鏡算條反革命的大魚，找去找來找不到，也就只好作罷。

先是外鄉人散了，說是還有別的革命要鬧，接著本地紅衛兵面臨了吃飯的實際問題。李伯願意燒飯，可燒的飯不能吃。有人建議老師輪流做，輪了一個月輪不下去。吃慣了金伯做的飯菜，嘴都吃刁了，誰做都不可口。只要一坐在飯堂裡，師生便不約而同地懷念起金伯來，有人說只要金眼鏡回來好好做飯，什麼囉唆都不找他；有人說都是狗肏的湖北人，還不知道他們說的是真是假；也有人說怪就怪謝扒皮，要是他不出賣金眼鏡，金眼鏡就不會被逼逃跑……謝扒皮原本出身富農，管伙食又常往家裡提菜油和木耳、乾筍之類，被學生老師看見過。有人提議革了謝扒皮的命，紅衛兵竟一致通過。綁謝扒皮批鬥時，台下有人喊：「綁緊點，就是他出賣的金眼鏡！」

五

「金眼鏡家裡真是沙市的大資本家，金眼鏡當年真是一個花花公子。」這話是父親逃跑回來後，李伯跟他一起喝酒時說的。父親從湖北回來時，學校已復課，革命雖還在鬧，烈度已大不如前。謝扒皮被打倒了，學校便讓父親來管伙食。李伯給父親建議從鄉下請個人來做飯，推薦了附近生產隊的陳瑛。陳瑛三十來歲，老公在部隊，過去常在學校收潲水。父親和隊裡商量，隊上管事的是父親教過的學生，自然是爽快答應。陳瑛果然做得一手好飯菜，雖不能和金伯比，在鄉下絕對是一等一的好茶飯。

李伯已到了退休的年齡，但那時沒人管這些事，加上李伯孤身一人，退了休也是住在學校，退與不退沒什麼區別。李伯依然每天擇菜、淘米、燒火、喝酒，只是過去喝酒他一個人抿，如今喜歡叫上我父親。或許是金伯不在，或許是人真的老了，李伯喝了酒便有些感傷，慣常不愛說話的他，話也多了起來。李伯說自己原本不姓李，姓麻，叫麻老三，家在麻陽的老山裡，是個只有幾戶人家的苗家寨子。從小跟寨子上一個跑碼頭的人拜師習武，十一歲便跟師傅上了木排。十九歲那年，一個月黑風高的夜晚，泊在麻溪鋪的木排上來了幾個陌生人，其中一個便是後來的史縣長。來人說些什麼黨啊團的李伯聽不懂，只是到了最後那為頭的問師傅：「麻老三算一個不？」師傅點了點頭。那人說改個名字吧，就叫李老四。從此世上沒了麻老三，多了李老四。沒幾年師傅落灘被漩渦捲走了，李伯便接了師傅的班底放排下沅水，過洞庭，一年四季水上漂。該打碼頭打碼頭，該喝燒酒喝燒酒，該找相好找相好，並不摻和史縣長他們的事。有一回木排泊在常德下南門碼頭，史縣長慌慌忙忙跑上排來說有人追他。李伯遞給他一根尺把長的竹管子，讓他靠著木排潛進江裡。隨後果然追來一群帶槍的，上排東翻西找，又朝木排下的江水打了幾槍，悻悻地走了。史縣長並沒藏在木排下，銜了李伯給的竹管子，潛水到下游上了岸。同樣的情況在岳陽還發生過一回。

李伯認識金伯，是在沙市的大碼頭。一條九江上來的大船想靠岸，嫌李伯的木排占了碼頭，五六個船牯佬跳到木排上，掄起斧頭便砍捆綁木排的竹纜。江上的木排都是用竹纜將原木一根根捆綁起來的，砍了竹纜，木排便會散成一根根原木。「天上九頭鳥，地上湖北佬。三個湖北佬，抵不上一個九江佬。」江上河上討飯吃的，都知道九江佬剽悍驍勇，既然打上了木排，一場惡戰便在所難免。李伯持一根丈二竹篙，舞成一團閃閃的光影，看不見竹篙的揮舞，只聽見呼呼的風聲。九江佬久歷江湖，一看便知道遇到了高手，沒有一個人敢撲上去近身搏擊，只將手中的斧頭狠狠地砸向李伯。李伯的竹篙舞得針插不過水潑不進，斧頭砍過去便像砍在石牆上彈了回來，沒等九江佬拾起斧頭再砍，李伯橫篙一掃，五六個人悉數落進了江裡。李伯再將竹篙往木排上輕輕一點，一個鷂子翻身，穩穩地落在九江佬的木船上，篙頭頂在船老闆的咽喉。對方兩腿一跪，雙手一拱，並說望江樓上擺酒，向老大賠罪。

金伯那時叫錢之謙，正好在自家開在碼頭邊的望江樓上，站在窗口目睹了九江船牯佬和麻陽排客的械鬥。待到船老闆和李伯一行在望江樓上落座，金伯對著李伯納頭便拜，三叩大禮行過，連稱師傅師傅。李伯似乎見慣了這種場合，淡定地說：「我自己沒出師，師傅便落灘死了，我哪有資格收徒弟呢？」金伯也不管李伯答不答應，每天腳跟腳手跟手，李伯上岸他上岸，李伯下排他下排，人前人後師傅不改口。錢家在江邊不僅開有望江樓，還有旅館、煙館、妓院和大片的倉庫。金伯是錢家的獨子，其父本欲送他留洋，金伯硬是不從，讀完中學便跟著望江樓的大師傅混，迷上了掌勺燒菜。起先父親綁著他打過幾回，但一放出來又上了望江樓。父親再氣也不能將兒子打死，只得由了金伯。後來見金伯手藝果真是好，索性交了望江樓給他。

不管金伯怎麼敬，怎麼喊，李伯反正不答應，也不教他武藝。日子一久，金伯也不再提習武這樁事，只是纏著李伯白天上酒樓，夜裡下妓院，李伯放排下漢口，金伯也跟著吃睡在木排上。這不師不徒，不兄不弟，形影相隨的兩個人，混在沿江各碼頭，倒也自得其樂。

六

金伯後來闖了禍。金伯喜歡上了中學裡一個上海轉學來的女生，恰好地面上青幫的老大也在託人說媒，想收作四房。女中學生當然喜歡有家世又年輕的錢家公子，便回了老大那邊，每天和金伯雙進雙出。老大那邊放出狠話來，要把金伯砍了餵魚。金伯自幼在碼頭上混，不是一兩句狠話嚇得住的。再說錢家在長江邊上也不是等閒人家，紅黑兩道，軍政兩界，誰又不給錢家少爺幾分面子？李伯倒是勸金伯：「女人哪裡沒有，妓院裡要麼得樣子有麼得樣子的，何必為個女學生去惹事？」金伯只識李伯不懂愛情，照樣每天和女生黏在一起。一天夜裡，金伯和女生從望江樓出門，被十幾個青皮後生圍住，一頓拳打刀砍，李伯趕來時，金伯已手上臂上挨了幾刀，背上砍出三道三四寸長的口子，鮮血流了一街。李伯將金伯從人群中搶出來，連夜扔了木排，讓排客們輪流抬著金伯，走旱路到了茅草街，然後買了一條木船，逆水而上回了麻陽。金伯惦記女生，嚷著要回沙市，李伯吩咐手下日夜守著。後來聽說女人還是做了老大的四房，金伯大哭一場，捏著玳瑁眼鏡久久發呆。

不久聽說解放軍進城，青幫老大被抓來斃了，金伯和李伯便放了架木排回沙市。排到常德，聽說金伯的父親也被鎮壓了，江邊的產業一例被充公，家中老少坐牢的坐牢，逃命的逃命，據說部隊還在四處打探金伯的下落。李伯待金伯哭乾了眼淚，遞了一碗燒酒給金伯：「換

李伯的竹篙舞得針插不過水潑不進，斧頭砍過去便像砍在石牆上彈了回來，沒等九江佬拾起斧頭再砍，李伯橫篙一掃，五六個人悉數落進了江裡。

個姓名吧，就叫金老五，先跟我在排上混著……」

七

父親問李伯，為何不教金伯武藝，李伯抿了一口酒，又長長地歎了一口氣：「武藝有什麼用？我師傅武藝那麼好，還不是被漩渦捲走了。人的本事再大，幹不過洪水呢！就是我當年教了金眼鏡武藝，碰上今天的洪水漩渦，他還是只能躲，不躲還不是要捲進去。那天紅衛兵捉你，我不讓你跑，不知道要遭多大的罪！人生在世，識水性比會武藝有用，打得贏不如繞得過！人打得過人，打不過時局打不過洪水漩渦呢！」父親那次逃走，的確是李伯打開後門推他上的路。父親又問李伯憶苦思甜時為何亂說一氣，李伯把碗裡剩下的酒一口喝了：「我不亂說，莫不成天天去憶苦呵？史縣長讓我當幹部我都沒當，發癲了去當個紅衛兵？哪天又會倒回來呢！」

史縣長平反復出後，又來學校看了李伯。縣長沒讓車子進學校，自己提了兩瓶酒到伙房。兩人在伙房外的柳樹下，就著一碟花生喝了一瓶酒。臨行把校長找來說：「李伯和金眼鏡都是對革命有功的人，學校要善待他們。」學校老師怎麼也弄不明白，潛逃在外的歷史反革命金眼鏡，怎麼又成了當年的老革命？

金伯回來時，除了黑一些，並無其他變化。鼻梁上還是架著那副玳瑁眼鏡，只是右邊的那條鏡腿用銅皮包著，看上去左右不太協調。金伯回來便進了伙房，接了陳瑛的勺子炒菜，陳瑛便接了李伯淘米擇菜、燒火挑水的班。李伯算是正式退休了，每天駝著背在校園裡走幾轉，然後叫上我父親，在柳蔭下抿幾口酒。

八

好不容易安靜下來的伙房，三年後又熱鬧了一回。也是要開中飯的時候，金伯和陳瑛在案板邊分菜，一個穿了舊軍裝的中年男人帶來七八個後生，手上拿著扁擔和鐮刀，氣勢洶洶衝進伙房。父親攔住他們：「要幹什麼？」穿軍裝的說：「金瞎子搞了我老婆，老子今天打死他！」旁邊的後生也怒氣衝衝：「他敢破壞軍婚，打死他！」說著舉起扁擔朝金伯頭上劈下去。就在扁擔要劈在金伯頭上的一瞬，李伯不知從哪裡鑽出來，用旱菸桿擋住扁擔，往後輕輕一撥，打人的後生便摔到了地上。後生們揮刀舞棒一哄而上，李伯左腿往下一蹲，右腿就勢一掃，後生們紛紛倒地。

李伯用菸桿點了一下穿軍裝漢子的右耳穴，疼得他一張臉漲成豬肝色。「你是軍婚？你都退伍幾年了還是什麼軍婚？你在家老婆都偷人，你自己卵沒用吧？」李伯平常不說話，更不說痞話，這回竟痞話連篇：「你卵沒用你老婆還不偷人呵？不偷人守活寡？她等你那麼多年守活寡，你回來啦不中用，還要她守呵？我要是你，就把卵割下來餵狗算了！」穿軍裝的痛得直哼哼，根本無法還口，後生們倒在地上，半天才爬起來，誰也不敢再出手。李伯從口袋裡掏出三百塊錢，扔給穿軍裝的人，「賠你三百塊錢，這事扯平了！」穿軍裝的撿了錢，轉頭便走了，之後再沒來過學校。

穿軍裝的那個人，是陳瑛的老公。

九

李伯是老死的。

頭天晚上，李伯還和我父親在柳樹下喝酒，說中午見我到飯堂打飯，都長成大人了，是不是大學畢業了？父親告訴李伯，是大學畢業了，分到大學教書，報了到前兩天才回來的。李伯抿了一口酒，透過搖曳的柳條望著滿天紅彤彤的火燒雲，自言自語地說：「快呵！人真快呵！真快……」第二天開完早飯，金伯見李伯沒來吃飯，便去房間看。李伯仍舊躺在床上，臉色安詳得像是睡熟了，只是一摸沒了氣息。

李伯的追悼會開得隆重，棺木擺在學校的大禮堂中央，師生都前去弔唁默哀。退了休的史縣長趕來送了花圈，一遍又一遍念著父親撰寫的輓聯：「一個人來一個人去一身武功付江流，一半為徒一半為師一腔仁義屹山嶽。」金伯從發現李伯死了便跪在床邊哭，兩天兩夜粒米未沾。陳瑛把飯菜端到手上，金伯一掌便打掉了。發喪起棺的那一刻，抱著李伯遺像的金伯發瘋似的撲上去，一頭撞在棺木上，玳瑁鏡架撞斷了，碎了的鏡片劃破額頭，鮮血順著鼻梁往下流，一滴一滴滴在李伯的遺像上……

葬完李伯，金伯便辦了退休手續。學校本想挽留，金伯一直搖頭。離校時，金伯只背了當年來校時的一個包袱，裡面包了他常讀的幾本書、李伯平常喝酒的酒碗和旱菸桿，還有那副撞碎了的玳瑁眼鏡。

只有父親知道，那副眼鏡是當年女中學生送給金伯的。

沒有人知道金伯去了哪裡。有人說金伯回了沙市，說沙市政府退還了部分錢家的產業，金伯回去繼承家業了；有人說金伯去了李伯麻陽的老家，因為金伯兩次躲難都住在那個偏遠的寨子裡。猜測歸猜測，反正沒人在哪裡見過金伯。一年清明，父親邀我一起去給李伯上墳，墳上已有人掛了花環，墳前也供了香燭和水果。父親告訴我：「每年清明我來掛青，都有一個人已經上過墳，我老在想，這人應該就是金眼鏡……」

二〇一七年六月三日於抱樸廬

祖父的梨樹

老屋門前的堰塘邊，長著一棵老梨樹。村上人說，方圓幾里的樹木，就數那棵高大。

建完老屋的那年冬天，祖父房前屋後地種果樹，桃子李子柑子柚子棗子梨子，凡能找到的果木，見縫插針地種在新闢的屋場上。最後多出一棵梨樹苗，祖父種在了門前塘邊的堰坎上。那一天，國軍和日軍還在不遠處的山崗上交火，一顆砲彈呼嘯而來，落在門前的水塘裡，炸起幾丈高的水柱。祖父沒來得及給種下的梨樹澆水，扔下鋤頭便往山裡跑。

在那國家殘破、生靈塗炭的年月，多數人都棄產捨家倉皇逃命，只有祖父還在這生死難卜的時刻起房子、種果樹，全然不理會逼到身邊的災難。是愚鈍，還是堅毅？是短視，還是遠見？祖父絲毫沒有懷疑日子還將過下去。國雖不國，家仍將家！祖父確信房子還將立起來，果木還得種下去……

次年春天，屋場上的果木全都長出了新葉，只有塘邊的梨樹依然是光光的枝條。祖父以為梨樹早就枯死了，不料秋天卻爆出了幾粒嫩芽。萬木落葉的初冬，梨樹卻在寒風裡綠葉婆娑。梨樹反季發葉，依俗不是吉兆，鄰居勸說祖父把梨樹挖掉。祖父走到樹邊，高高舉起鋤頭，到底沒有捨得挖下去。

或許因為種在堰塘邊，水足土肥，梨樹長得格外茂盛。我第一次回老家，遠遠地父親便指著一棵高高的大樹，告訴我走到那棵樹下，便到了老屋。

那是我平生見過的最高大的果樹。

梨樹的樹幹，高約四丈，粗約兩人合抱，枝杈剛勁舒展，樹冠遮了大半畝水塘。早春嫩葉初開，日光下如一襲舒卷在天際的綠紗；盛夏枝葉蔥蘢，月影裡如一座站立於水濱的翡翠寶塔；秋日枝葉落盡，褐黑的枝杈掛滿穀黃的果子，豔陽斜照，豐碩與肅殺渾然相生，如一軸巨幅的秋意圖鋪展於田野之上。相比舊時文人畫家筆下的石榴與柿子，石榴太豔，柿子太孤，且只宜一枝一杈地入畫，無論尺幅大小，其意皆止於小品。塘邊的梨樹，兼得遒勁與豐潤，既疏疏落落又雍雍容容，其境其意，藏得下整個秋天。

梨熟的時分，正好是晚稻收割的季節。田野裡割稻板禾渴了的農人，難免會望著高高的梨樹打主意。先是抱著粗壯的樹幹往上爬，樹幹太粗抱不住，爬不到兩人高便滑下來。接著便抓住鐮刀往樹上砸，砸下的梨子落在塘裡，立馬便沉到了水底，縱身跳進水裡去摸，半晌也摸不上幾個來，大多爛在了塘泥裡。這事若讓祖父撞上，他便會拿了岸上的衣褲，包塊石頭扔在哪戶人家的屋頂上，讓偷梨的人不到天黑上不了岸，稍有廉恥的人，再渴下次也不敢偷梨子了。

每當水果成熟，祖父也會東家一籃西家一簍地送鄰里。初夏黃得透亮的麥李，盛夏紅得裂口的桃子，還有深秋紅的柑子黃的柚子，祖父都捨得送人，唯獨塘邊樹上的梨子，祖父捨不得送鄰里。每到收割晚稻的農假，祖父便指派我看守梨樹，一是不讓天上的鳥群啄食，二是不准地上的鄰里偷摘。

家裡人猜測祖父看重梨子的理由：二叔說老家一帶的梨子多是青皮早熟的品種，黃皮晚熟的只有這一棵樹，梨子挑到鎮上格外好賣；三叔說這梨子汁甜肉脆，吃在嘴裡落口消融；四叔說這梨樹是老屋場的風水，祖父不願讓鄰里沾了自家的福氣……不管家人怎麼猜想，祖父始終板著臉不透一個字。

祖父過世後，父親告訴我：土改那年分土地，二流子出身的貧協主席分去了祖父一大半田土，之後還想將塘邊的梨樹充公。主席挎了籃子上樹摘梨子，被祖父一竹篙打到了水塘裡。第二天主席帶了好些人來鋸梨樹，說堰塘是公家的，梨樹當然也是公家的，他是貧協主席，想鋸就能鋸。祖父操起一柄鐵鍬站在梨樹下，到底沒人敢上前鋸樹。

祖父身高一米八一，兩三百斤的石磙摟起來，能繞禾場幾個圈。兒時放牛打架，祖父便是孩子王。主席從小混在村裡，不僅瞭解祖父打架的厲害，而且記得當年保長派壯丁，祖父提把殺豬刀見保長的掌故。知道如果逼急了，祖父啥事都能幹出來。好漢不吃眼前虧，主席帶著人悻悻地走了。

「四清」那一年，改任了生產隊長的主席帶著工作隊的人，將祖父揪到隊棚裡，吊在屋梁上讓祖父交代當國軍的歷史問題。祖父吊在梁上，俯視著站在地上的隊長，嘴裡不停地咒罵：「你個二流子，梨樹是老子種的，差點被日本人炸死。你敢動梨樹一塊樹皮，老子下來就砍死你！除非你把老子在梁上吊死……」祖父沒說一句當國軍的事，到底沒人敢把他吊死。

隊長恨得差點咬崩了牙，也沒敢動梨樹一塊皮。

小學畢業那年，祖父摘了梨子，一個一個挑選，第二天挑了滿滿一擔到鎮上去賣。祖父在街口放下擔子，蹲在街邊等客人。街上的行人原本不多，間或的三兩個匆匆走過，難得駐足看看梨子。偶爾有逛街的老太太問起，祖父羞赧地不知該怎麼招呼，只是不停地說：「一毛五一斤，可以嘗，不講價。」

下午來了兩個幹部模樣的女人，蹲在擔子旁嘗了三四個梨子，然後說味道不好，一毛一斤才買。祖父一聽「味道不好」四個字，臉便拉了下來：「味道不好你不買，我也不賣！二毛錢一斤我也不賣！」我扯扯祖父的衣袖：「人家就是那麼說說，是在和您還價呢。」「不還價，一分錢價也不還！」祖父像在回答我，又像搶白嘗梨子的女人。胖點的女人說做買賣哪有不還價的，瘦點的女人說味道真的不好呢！兩個女人一邊吃梨子，一邊陰一句陽一句。我看到祖父的臉色由白變紅，最後漲成了豬肝色：「不好吃你還講什麼？一塊錢一斤也不賣你們！」說著操起扁擔，一副再說就要動手的樣子。兩個女人見狀不妙，忙說：「不講價了！一個人買十斤吧！」祖父說：「不講價也不賣你們！」正好一隊放學的小學生從街上走過，祖父大聲招呼：「學生伢過來吃梨子，不要錢，一分錢也不要！」學生起初一愣，接著便一哄而上，每個人把書包裝得鼓囊囊的，兩只籮筐裡一個不剩了。兩個女人疑惑地望著祖父：「有病呵？有錢不賣白送人！」祖父兩眼一瞪：「你們才有病呢！這麼好的梨子自己都捨不得吃，你們說味道不好，糟踐人呵！味道不好我能挑來滿街賣呵？你們糟踐我可以，不能糟踐我的梨子！」

我沒見過祖父那麼能說，一次能說那麼多話。直到兩個女人走遠，祖父還在氣呼呼地向圍觀的人群辯白。

那時節農民沒有弄錢的門道，日常買煤油看醫生的錢，全靠屋前屋後的水果、雞屁股裡摳出的幾個蛋換。一擔梨子挑到鎮上沒換回幾毛錢，平素祖父會心疼得要死，這次卻一點悔意都沒有，彷彿意外地賣了個好價錢。回到老屋場，祖母也沒責怪祖父，只是後來賣水果蔬菜的事，都交給了五叔。

那年縣裡修滄水水渠，村上住滿了外鄉來的民工。老屋場上住了十多個年輕人，白天在工地上幹完活，晚上窩在老屋裡，吵吵鬧鬧地打撲克賭錢。先是五叔跑去看熱鬧，後來我也湊過去看得津津有味。有一回，我看得正入迷，身上突然挨了重重的兩棍，回來一看是祖父。同樣挨了打的五叔覺得委屈，說我們又沒有玩，看看也不行呵？祖父呵斥道：「看看都不行！你若不想賭博，天天看什麼？」

祖父和民工們商量：「如果要賭博，你們到別家去，我家孫子還小，別讓他學壞了坯子。」民工們覺得祖父迂腐，開玩笑說：「你家那麼多梨子，摘點梨子給我們，我們就不在你家玩撲克。」祖父真的給民工搬了一籮筐梨子來。民工吃完梨，早忘了對祖父的承諾，照舊每晚吆喝喧天地打牌。祖父一聲不吭，將民工的被褥抱到禾場上，堆上茅草一把火燒了。這皮扯得很大，官司打到了工程指揮部。指揮長是位剛從牛棚出來的南下幹部，聽說民工晚上打牌賭博，接連說了三個「燒得好」。指揮長吩咐手下領了幾床新棉被給民工，然後悄悄地對祖父說：「再送他們一籃梨子吧，冤家宜解不宜結。」

涗水通水不久，隊長一病不起，胸悶，隱痛，整夜整夜地咳嗽。鎮上縣裡的醫院也看過，打針吃藥都沒見效果，人一天天消瘦下去，眼睛陷成了兩個黑洞。病急亂投醫，隊長訪到了外縣一位八九十歲的鄉下郎中。老人家本已封脈謝客，看到抬到門口的隊長已病得不成人形，便動了惻隱之心，從重外孫的作業本上撕下一張紙，開了個方子給病人。老人說多數藥藥鋪裡都抓得到，只有老枇杷樹葉和老梨子樹果得自己去找，最好樹齡都在三十年左右。果樹壽命都不長，要找三十年樹齡的葉和果不容易。枇杷樹葉倒是在山裡一戶人家的牛欄邊找到了，梨子找來訪去一直沒找到。有人建議向祖父開口，只有堰坎上那棵梨樹的果子符合郎中的要求。隊長遠遠近近託了好些人找祖父說情，沒一個人敢應承這件事。村裡的人都知道，隊長不僅吊打過祖父，而且弄大了三嬸的肚子。祖父沒以破壞軍婚罪把隊長送進牢裡去，已經是寬宏大量網開一面了，怎麼會拿梨子給隊長配藥救命呢？隊長想不出別的辦法，打算自己爬到老屋場上去，跪下來向祖父求梨子。隊長的母親見狀，連連罵兒子造孽：「如果不是自己壞事幹盡，怎麼會得這等怪病？你這人不人鬼不鬼的樣子，還有臉去見龔家人？」

微風拂動嫩葉和花朵，陽光從綠葉間灑下來，花瓣從枝頭上飄下來，無聲地落在祖父的頭上身上。祖父輕輕歎了口氣：「今年的梨子我怕是吃不到了！」

隊長的母親提了兩隻母雞，顫顫巍巍地走到老屋場，見了祖父便要下跪：「論劣跡，我那兒子早該死了，死了村裡才清淨。可我是他娘，不能見死不救呵！我捨下這張老臉，求明德你大人不計小人過，救他一命吧！雖然這藥不一定治得了他，可做娘的我要盡個心呵！誰也不想白髮人送黑髮人……」明德是祖父的名字，祖父慌忙拉住老人，沒讓老人跪下去，然後搬了架梯子，搭上梨樹摘了滿滿一簍梨子，讓五叔幫老人送回去。母雞祖父生死沒收，生拉硬扯讓老太太提回去了。

郎中的偏方似乎有些效果，慢慢地隊長的咳嗽緩解了許多。拖了五六年，隊長才拖斷最後一口氣。其間隊長的老母歸了西天，到底沒讓白髮人送黑髮人。

自打那年送了隊長梨子，祖父每年摘下梨子，都會給隊上的鄰里送些去，雖然只是小小的一籃，每家都很看重這份心意。

我考大學的那一年，祖父病在床上好幾個月。床邊守護的叔叔嬸嬸告訴我，秋天祖父每天問：「貓子的通知書來了沒？」春天祖父每天問：「塘邊的梨樹開花沒？」

塘邊的梨樹終於綻開了，柔軟的陽光照耀著嫩綠的樹葉，柔和的春風輕拂著細碎的花朵。三叔和四叔將祖父扶到梨樹下，祖父抬頭久久地望著梨樹闊大的樹冠。祖父看到稠密的嫩葉下簇擁的白色小花，看到潔白的花蕊上忙碌的蜜蜂。微風拂動嫩葉和花朵，陽光從綠葉間灑下來，花瓣從枝頭上飄下來，無聲地落在祖父的頭上身上。祖父輕輕歎了口氣：「今年的梨子我怕是吃不到了！」

祖父真的沒有吃上秋天的梨子。看過梨花沒幾天，祖父便在老屋場上靜靜地去世了。祖父的樣子很安寧，嘴角似乎還掛著一絲笑意。

說來也奇怪，祖父去世那年的老梨樹，梨子結得又多又大，枝條被壓得彎彎的，似乎隨時都會把樹枝壓斷。次年梨樹便沒再開花，再次年梨樹便沒再發芽。村上人說梨樹是跟著祖父走了，四叔卻說這梨樹有靈性，指不定哪天又爆出一樹新芽來。

一個暮春的晌午，雨下得瓢潑一般。起先是一道慘白的閃電撕裂天空，然後是一個驚心的炸雷擊倒梨樹，接著是梨樹巨大的樹幹轟然砸在堰塘裡，激起的水柱有三四層樓高……

四叔說，那天正好是祖父去世三年的忌日。

二〇一七年九月三日於抱樸廬

山上

當年我下鄉的地方，叫樊家鋪，在湘西北入鄂西南的國道邊，是一個極小巧的地方。小巧到不成一個鎮，不成一條街，只有靠山腳排著的三家鋪子：一家供銷社，一家肉食鋪，還有一家糧站。

糧站往左拐，是一條機耕道的土坡。坡長且陡，兩三里路徑直往上，人行車爬，上坡下坡都鬆不得一口氣。越過坡頂，是一道深峪。峪中有一溪清流，滿畈稻禾蔓延至山腳。溪流拐彎的遠處，掩映著幾幢草屋和瓦房。過峪又是一道土坡，更長更陡。如此翻上翻下三四回，爬上最高一道坡頂，看見一塊被推平的山頭，其上建著一排紅磚青瓦的房子，那便是知青場，我們要去的山上。

我下鄉的時節，正當暮春梅雨季。細細末末的春雨，霧似的飛在若有若無的微風裡，徐徐緩緩，無休無止。看上去只是一層朦朧的薄紗，手在空中一抓，卻能捏出一把水來。站在敞篷的拖拉機上，沒有雨點撲面，臉上身上卻雨水成流。梅雨梅雨，既陰了天地也陰了心情，既黴了陽光也黴了日子……

就在拖拉機爬上山頂的一瞬，一派晃眼的陽光照射下來，將濛濛的雨霧壓在了山腰。陽光來得意外而且強蠻，來不及適應這光與陰的驟變，我便徹底地浴在了敞亮明淨的光線裡。晚霞堆在深遠深遠的天邊，如火如荼地燃燒。幾束金色的光焰，從燃得赤紅的晚霞堆裡射出來，照在層層疊疊的山巒上，輝映出一條條柔和而靈動的山脊線。一道彩虹，橫跨在如海的蒼山之上，恰如寫意大師隨性而豪放的一筆，沒有來由，卻又恰到好處：遠處晚霞勝火，近邊青山如黛，其間七彩成虹。這景致就那麼久久地凝固在天邊，幾乎止息了聲息，止息了生靈……

那年，我十七歲。

趙跛子

上山第二天，場長牽來一頭水牛，將牛繩遞到我手上。說山上知青一百多人，數來算去，就我年齡最小。那時我也長得精瘦，看上去像冬日裡滿山豎著的苧麻稈，隨手一捏，便會啪啪斷成幾截。知青們吃完飯，聚在禾場上比力氣，不是抱著石滾跑圈圈，就是抓住我的腰帶往上舉，看誰舉的時間長。大抵因為小而且瘦，我被照顧當了牛倌。

與我同車來山上的，有的上了麻山，有的去了磚場，只有我牽著一頭呆呆木木的水牛，不知道往哪座山上走。我索性丟了牛繩，讓牛自己往前走。水牛跑到知青場後面，那裡是一座水庫。水牛下到水庫裡喝足了水，沿著水邊晃晃悠悠地啃青草。

雨後初晴，陽光鋪滿山坡，草木一派歡欣，坐在草地上，幾乎能聽到周遭葉展花開的細碎聲響。山裡的風沒有方向，攜著漫坡漫嶺的花香，忽南忽北地在山谷裡流轉，郁郁的讓人醺醉。布穀鳥從遙遠處飛來，由遠及近地邊飛邊鳴。間或有兩隻相向而飛，「布穀布穀」的嗚叫似是應答，又似是獨語，撒在空蕩蕩的山谷裡，種子似的生長出好些孤寂與惆悵來……

等我睡醒，水牛已沒了蹤影。沿著水庫岸邊找，越走越往深山裡。夕陽沉去，月亮升起，鬼影似的山林松濤驟起，似嘯似吼的有些駭人。我不知該如何喚牛，也不知道如何記住回頭的道路，漫無目標地在山裡轉，弄不清距知青場走了多遠。後來，有一個火把，沿著水庫岸邊過來，然後聽見有人呼喚我的名字。持火把的，是一位陌生的男人，四十上下的模樣，走路一瘸一瘸地甩著右腿，身後跟著一個十五六歲的女孩。有兩條狗忽前忽後地躥來躥去，藉著火把的光亮，我看出那是一黃一白兩條獵狗。

場長見我和牛傍晚未回，便發動知青上山尋找。找到半夜，想起住在水庫邊的獵人父女，便上門求助。瘸腿獵人二話沒說，點上火把就出門上山。瘸腿獵人姓趙，人稱趙跛子。水牛也是趙跛子和獵狗找到的，在靠近水庫的一片松林裡。牛繩纏在了一棵松樹上，水牛圍著松樹繞啊繞，繞到牛鼻子纏在樹幹上動彈不得。水牛餓得趴在坡上起不來，跛子餵了兩捆青草，才將水牛牽回知青場。如果不是趙跛子，下鄉第二天，我便會餓死場裡一頭牛。

趙跛子是位復員軍人。當兵時，在雪域高原摔斷了腿，又窩在雪堆裡凍了大半宿，送到成都沒治好，落下一走一瘸的殘疾。因為頂了塊榮軍的牌子，生產隊照顧他拿正勞力的工分，卻只看兩頭水牛。水牛白天要耕地耙田，趙跛子把早上割的牛草送到田邊地頭，晚上歇了工，再把牛牽到山上啃青草。白天是趙跛子的自由時間，便領著大黃小白兩條獵狗在山林裡轉。

趙跛子有一桿獵槍，說是西藏獵人送的，後來他教我打槍，我看也就是一般打散彈的鳥銃。不過趙跛子的槍法真準，飛斑走兔，我沒見他失過手。即使是狡猾的火狐、機敏的獾豬，只要被他盯上，也便在劫難逃。不同的獵物，趙跛子有不同的打法，斑鳩要棲在樹上打，野雞要趕到空中打，狐狸要讓獵狗趕累了打，狗獾要用煙熏出洞來打……丟牛的第二天，趙跛子帶我去他立在水庫邊的茅草屋，滿牆掛的都是紅的狐皮、麻的獾皮，還有五顏六色的錦雞皮。

趙跛子瘸著腿回鄉沒幾天，老婆便扔下女兒跟人跑了。村上人說帶走他老婆的是個豬販子，趙跛子還在部隊時，兩人便好上了。趙跛子聽了這話，也就沒有滿世界地去尋去找，帶上女兒去了一趟岳父家，給岳父岳母響響地磕了三個頭，了結了這樁孽緣。趙跛子叫女兒丫兒，我也跟著丫兒丫兒地叫，至今不知道她是否還有別的名字。跛子整天把丫兒帶在身邊，放牛割草、趕山打獵，寸步不離。小學的老師上門讓丫兒返校復課，跛子硬是油鹽不進，老師大小道理講了一籮筐，跛子反正是搖頭。

我去跛子茅草屋時，丫兒已十五六歲，出落得像根水蔥，一雙眼睛又圓又大，亮得像落在水井裡的兩顆星子。兩條獵狗纏在她的腿邊，像黏著她時刻不離的一對孿生弟弟。丫兒見了我並不怯生，站在禾場上抿著嘴笑，我猜想她是笑我放牛竟然丟了牛。

跛子帶我早上上山割草，晚上進山放牛。跛子說，馬無夜草不肥，牛無夜草不壯。又說牛吃夜草不能過飽，過飽了牛會脹壞。白天牛被拉去上山耕地，或是去磚廠踩泥巴，我便跟著跛子和丫兒進山打獵。跛子教我裝銃，教我放槍，卻並不讓我真打飛禽走獸，一旦發現目標，跛子便會抓過槍去自己放。起初我以為跛子是怕我打不準驚跑了獵物，有一回喝了酒，跛子才說：「你是讀書人，不要幹這種殺生的事。我是爛命一條，你日後還要幹大事的，這種殺生害命損陰德的事，你不能幹。」平生第一次有人說我是幹大事的，當時我真不知道，我一個下鄉知青，日後還有什麼驚天動地的偉業可幹。

跛子春天進山是不帶獵槍的，只帶著大黃小白在樹林裡鑽來竄去，說是如果不上山，獵狗養肥了就趕不了山了。跛子春天不打獵，是因為春天裡禽要孵雛、獸要育崽，打一隻害一群，天理傷得太大了。夏秋兩季，跛子打獵也是吃多少打多少，因為氣溫太高，打下的獵物皮毛沒法收拾。只有冬季跛子盡情發揮自己的槍法，大黃小白也格外盡職，有時追趕一隻狐狸，能緊追不捨越過幾座山頭。

跛子時常讓我帶些斑鳩、野兔回場裡，大家一邊就著野味喝穀酒，一邊調笑我是趙跛子的上門女婿，弄得我一臉困窘。

知青場上養了十多條狗，而且是清一色的母狗。起初我不明白其中的原因，直到第二年春天，我才知道，養母狗是為了發情期把周圍鄉下的公狗吸引來，待公狗爬上母狗的背脊性交，男知青便操起鋤頭，往正在交配的公狗頭上狠狠一擊，公狗便當場斃命。整整的一個春季，知青場裡都彌漫著一股濃重的狗肉味。

一個微雨的春日，知青都窩在床上沒有上工。澧縣下放的知青豆乳養的黑母狗，引來了一條黃公狗。豆乳一鋤頭打死了黃狗，掛在禾場邊的松樹上剝皮。我在床上突然聽到了丫兒的哭聲，然後是跛子的怒吼。跑到禾場一看，樹上吊著的竟是跛子的獵狗大黃。丫兒扯著大黃垂著的尾巴號啕大哭，跛子則怒目圓睜，操起鳥銃頂著豆乳的胸口。起了床的知青邊喊邊操傢伙，將跛子父女圍在中間。我撥開人群，一把推開豆乳，用胸膛頂著跛子的槍口，正色警告跛子：「打傷知青要坐牢的！你坐牢了丫兒誰管？」誰知丫兒卻說：「誰打死大黃就打死誰！爸爸你坐牢了沒事，我自己管自己！」跛子見我擋在前面，終究沒有開槍，一把扯下吊在樹上的大黃，扛在肩上往回走。丫兒跟著父親邊走邊號：「賠我的大黃！賠我的大黃！」

我和跛子將大黃埋在了水庫邊上。跛子久久地站在隆起的狗墳邊，始終一言不發。丫兒哭得兩眼通紅，一字一頓地對我說：「滾吧！你們知青都是連狗都不如的白眼狼！」

後來我去跛子的茅草屋，父女倆都很冷淡，就連平時和我親熱的小白，也趴在遠處一動不動，鼻子裡發出惡意的哼哼聲，似乎隨時都可能撲過來咬我幾口。我知道，大黃的慘死讓跛子父女僅有的快樂失去了，沒人能讓這個家庭恢復原本的氣氛。

不久，我離開山上的痲場，調去湖邊建新場，不再有機會常去茅草屋。考上大學後，我回山上和場裡的知青告別，也向跛子父女告別。跛子似乎忘了過去的不快，留我下來吃飯。丫兒躲在灶屋裡，不多時竟做出了滿滿的一桌菜：清燉的斑鳩，油炸的臘兔子，紅燒的白

水牛下到水庫裡喝足了水，沿著水邊晃晃悠悠地啃青草。雨後初晴，陽光鋪滿山坡，草木一派歡欣，坐在草地上，幾乎能聽到周遭葉展花開的細碎聲響。

麵……跛子倒了三杯酒，端了一杯給丫兒：「你也喝一杯吧，給你曙光哥送行！」說著又和我舉杯碰了一下：「我早看出你是幹大事的！記得幹大事的人別損陰德！」

前幾年，我回過一次山上，知青場已被拆掉了，站在水庫邊瞭望當年的茅草屋，也已經蹤影全無。趙跛子或許已經作古，那丫兒呢？那個紮一對羊角辮、撲閃兩隻水靈大眼的丫兒！

尤矮子

第一次見尤矮子，是在拖拉機把我們拉到知青場的那個下午。

場裡的老知青都跑出來幫新來的知青卸行李，只有尤矮子一手持釣竿，一手提鐵桶，從水庫大堤上走過來。尤矮子彷彿沒有看到新來的知青，舉著鐵桶對站在拖拉機上搬行李的高個子知青喊：「豆乳，下來煮魚去，晚上喝酒，老子釣了一條兩三斤重的紅鯉魚。」

知青們圍過來，看到鐵桶裡果然有一條紅豔得泛著金光的鯉魚。鯉魚很鮮活，在半桶清水裡慢悠悠地鼓動魚鰓，紅摺扇似的尾巴，緩慢而有節奏地左右擺動。和我乘同一部拖拉機來的娟子見了，感歎地說：「好漂亮的紅魚呀！吃了可惜了！」尤矮子抬頭一看，看到的是一張粉嫩俏麗的臉龐。「那就把牠放生了吧，由你去放！」尤矮子說著將鐵桶遞到娟子手上，彷彿忘記了剛才自己說過的煮魚喝酒的話。娟子真的接過鐵桶，走到禾場前面的水塘邊，將紅鯉魚倒進了塘裡。豆乳跳下拖拉機，追過來想搶回紅鯉魚，結果還是慢了。看著紅鯉魚慢慢遊到水塘中央，豆乳破口大罵：「尤矮子，狗雜種見色忘義，看見美女骨頭都酥了，沒出息！老子明天就把鯉魚抓起來煮了！」尤矮子也不對罵，嘿嘿一笑說：「什麼見色忘義，給新知青進場留個紀念唄。」

這條鯉魚，還真成了我們這批知青上山的一個紀念，直到我上大學離開知青場，也沒誰打過這條鯉魚的主意。我離場的那天早上，端了一碗米飯到塘邊，撒在清澈的塘水裡，立馬紅鯉魚就浮上了水面，搖著尾巴慢慢游，似乎真的與我道別。尤矮子站在旁邊說：「幸好沒把這條魚吃掉，不然你離開了連個念想都沒有！」

尤矮子是個真矮子，往高了量也不會超過一米五，只是上身下身比例還勻稱，看上去不像個侏儒。尤矮子臉瘦，五官擠在窄窄的臉上，怎麼看都覺得擠得有點變了形。後來看到美國電影中的外星人，才明白尤矮子生就的，原本不是一張地球人的臉。尤矮子長得黑，不僅臉上，全身就沒有一處稍微白一點的地方。有一回在水庫游泳，豆乳吆喝幾個人把尤矮子的短褲扒了，掰開屁股看屁眼是不是白一點，結果比其他地方更黑。和尤矮子一同從津市下鄉的易陵說，尤矮子老爸是飲食公司的，每天擺個煤爐子在街上炸油貨，尤矮子站在旁邊玩耍，一天天被煤煙熏成了這個黑不溜秋的樣子。

像所有的黑人一樣，尤矮子愛穿白色襯衣、淺色褲子。因為懶得洗衣服，一件白襯衣上身，不穿得和皮膚一樣黑漆漆油漬漬，尤矮子絕不會脫下來洗。要是哪位女知青看不下去，說尤矮子你的衣服都臭了，脫下來洗洗吧，尤矮子立刻脫下來，往女知青手裡一塞。女知青拿了這衣服，捂著鼻子都覺得臭氣熏天。因為娟子放了紅鯉魚，便時常被尤矮子塞衣服洗。娟子說，只要幫尤矮子洗了衣裳，三天吃飯都噁心。據說尤矮子上山三四年，自己一次衣服都沒洗過。場裡的女知青只要聽說尤矮子換了衣服，個個躲著繞著走。

不過，除了洗衣服這件事，尤矮子跟女知青的關係倒是很黏糊。女知青和尤矮子在一起，首先不用設防，其次不惹緋聞。沒有女知青擔心尤矮子會對自己動心思，也沒有男知青會相信哪位女知青能對尤矮子動心思。有了這份心理安全，女知青有事都愛找尤矮子：誰的鋤頭脫了把，扔給尤矮子；誰的籮筐斷了索，扔給尤矮子；誰的刮痲機鈍了刀片，還是扔給尤矮子。尤矮子不僅隨喊隨到，而且心靈手巧，三下兩下幫人解決難題。只是尤矮子的這種優質服務，永遠只對女知青提供。

尤矮子菸癮大，八九歲就跟著炸油貨的父親抽上了癮，十幾年抽成了滿口黑牙。山上沒錢買紙菸，從家裡帶來的又不夠抽，尤矮子便厚著臉皮，找駐場的貧下中農代表蹭旱菸。上工時，哪個貧下中農代表丟下鋤頭在地頭一站，尤矮子立馬靠過去，急急忙忙掏出火柴，還有用報紙裁成的捲菸紙。對方從口袋摳出一片旱菸，撕下半片給尤矮子，尤矮子便極講究地捲成一個喇叭筒，點上火深深地吸上一口，然後長長地憋住一口氣，生怕跑漏了一絲菸味。

貧下中農代表中，菸葉曬得最好的是李伯啦，煙色金黃，乾濕適度，看上去爽眼，摸上去爽手，抽上去爽口。只是李伯啦生性小氣，抽支喇叭筒躲得老遠，尤矮子死皮賴臉跟過去，纏上半天才遞個喇叭筒讓他吧唧兩口。後來，尤矮子找到一個辦法，讓李伯啦心甘情願地供他菸葉。麻場一年兩季打苧麻，每天定額十斤乾麻，李伯啦個子高骨頭硬，彎下腰來打麻受刑一般，加上手腳又慢，一天打下來的濕麻曬乾不到兩斤。尤矮子個兒矮，在地裡打麻不用彎腰，上機刮麻手腳也靈便，一天打出來的濕麻能曬二十多斤。尤矮子不拿超額的苧麻掙工分，只拿去和李伯啦頂定額換旱菸。尤矮子沒菸抽了，便去李伯啦屋裡搬，一搬一大捆，李伯啦儘管心肝疼，卻只能由了尤矮子。尤矮子手上有了李伯啦的優質旱菸，江湖地位大漲。下雨天不下地出工，尤矮子窩在被子裡不起床，大家爭著把飯菜打來遞到他手上。

尤矮子的父親雖說是個炸油貨的，卻炸成了食品系統的勞模，不僅市裡開會戴了大紅花，而且還獎了個下鄉子女返回津市工作的指標。這在知青場算件大事，知青們有羨慕的有嫉妒的，有祝福的有嚷著讓尤矮子請客的。全場人似乎都很興奮，只有尤矮子反倒悶悶不樂，喇叭筒一支接一支地抽。傍晚，尤矮子約我到水庫邊，躺在山坡上聊心事。澄淨的湖水藍得透明，西天的火燒雲映在水面，看上去像在湖底熊熊燃燒。晚風穿過樹林，攜來青草和松針的淡淡香味……

「我要像你讀這麼多書就好了！」尤矮子深深地吸了一口菸，又輕輕地歎了一口氣。

原來這一次是教育戰線招人，招去的知青是去當小學教師的，尤矮子小學都沒畢業，即使未來怎麼努力讀書，也難得成為一個合格教師。再說招工還要考試，尤矮子覺得自己會打個鴨蛋。「與其浪費這個指標，不如讓給別人吧，反正都是從津市出來的，走一個算一個，走一個也少一個。」

尤矮子最終把回城的指標讓給了易陵。易陵的父親是工業局的副局長，因為家庭的差異，平時易陵並不太與尤矮子來往，易陵的帳，尤矮子也不太買。只是易陵從小學到高中都是讀的好學校，平時也愛讀點書，招工考試通得過，不會浪費指標。易陵招回城裡，並沒有去小學當老師，父親找人把他換到了絲綢廠，在供銷科當了銷售員。

尤矮子離場返城，是在我上大學一年後。那一批回城大多是頂父母的班。尤矮子照例回了飲食公司，是不是接過父親的煤灶炸油貨我不知道，最終在飲食公司下崗是確定的。下鄉三十年聚會，尤矮子是滾著輪椅來的。我上去遞給他一支菸，他搖搖頭說戒了：「醫生逼著戒的。其實人都這樣了，戒與不戒有多大個意義？」尤矮子衝我咧嘴一笑，雖有一絲苦澀，神情卻還是當年的樣子。

福吧

福吧的名字叫吳家福，是夢溪鎮吳伯啦的兒子。吳伯啦一九四九年前開南貨鋪，一九四九年後在鎮上供銷社當店員。福吧長得像父親，矮矮墩墩，白白淨淨，肉肉滾滾，見人總是一臉笑，縱然有人指著鼻子罵上臉，照樣嘻皮笑臉不生氣。這脾氣不僅讓福吧四面八方廣結人緣，走錯路了都是朋友，而且讓他每遇困境逢凶化吉，少吃了好些啞巴虧。

福吧下鄉早，「文革」之初便隨家裡下到了鄉下。七〇年代初建麻場，被收到場裡建場房，是麻場裡最老的一批知青。我到山上時，他在山下樊家鋪邊上的另一個場部。剛到場裡沒幾天，場長通知到山下的場部開重要會議，說是每個知青都不能缺席。我們猜測，是不是哪個林彪式的大領導出逃了，或者是哪個小平式的走資派被打倒了，心中充滿了莊肅和緊張。走進會場一看，福吧坐在台上，旁邊站著公社分管知青工作的朱伯啦。朱伯啦是我父親的好朋友，時常兩人一起喝酒。他倆走在街上，活脫一對猴子，常常有人把兩人弄混。

朱伯啦站在台上義正詞嚴，說得青筋暴突唾沫橫飛。原來，會議的主題是批判福吧嚴重的資產階級思想，說是福吧屢教不改，又搞大了一個女知青的肚子。福吧坐在台上，由著朱伯啦指著鼻子罵，臉上依舊堆滿笑容。朱伯啦幾次讓他嚴肅點，他依然是一副笑嘻嘻的樣子。朱伯啦問他：「你上次說了改正，而且賭咒發了誓，怎麼又舊病發作？」「想改，真的想改，就是沒忍住！」福吧依舊一邊說一邊笑。台下的知青哄堂大笑，豆乳領頭在台下起鬨：「福吧屢教不改，我們把他閹了！」朱伯啦明白會再開下去就收不了場了，說了句「全體知青都要吸取教訓，引以為戒」，匆匆宣布散了會。

那時節，搞女知青是重罪，是要以「破壞上山下鄉罪」判刑的。好在福吧自己也是知青，搞了女知青只能批評教育，不能批鬥判刑。對待這類犯作風錯誤的知青，最嚴厲的懲罰就是不讓返城。和福吧一批的老知青，一個一個陸陸續續返了城，福吧形單影隻地留在了場裡。福吧似乎也並不急於回城，待在場裡優哉游哉，時不時弄出一樁緋聞來。

這一回，福吧是和一個澧縣來的女知青好上了。這女孩先我一年下到場裡，名字叫桃子，據說是澧縣城長得最好看的妹子。桃子下到場裡，從縣城跑來找她的男孩就沒有斷過線。常常夜半三更，還有人站在山坡上桃子桃子地叫喊，弄得全場人睡不了覺。其中有縣長的兒子，也有社會上的爛仔，好幾個在後來的嚴打中被綁赴了刑場。男孩來歸來，並沒有沾上桃子的邊，桃子在場裡該下地便下地，該收工便收工，並不搭理前來找她的任何人。沒人說得清福吧使了什麼招數，把如花如朵的桃子勾上了床。追求桃子的男子，不是玉樹臨風，便是器宇軒昂，唯獨福吧看上去長不像冬瓜、短不像葫蘆，兩隻眼睛像是用篾片劃出來的，又淺又小如同兩顆老鼠屎。可桃子偏偏鬼使神差喜歡上了他。女知青們說上一兩句福吧長得醜之類的話，桃子又哼鼻子又瞪眼，護得像塊寶。桃子也知道福吧和場裡好幾個女知青好過，有兩個至今仍在場裡。福吧也不隱瞞自己的情史，兩人月下在山道上散步，還慫恿福吧說來聽聽。

朱伯啦想棒打鴛鴦，將福吧調到了山上，把桃子留在了山下。兩個場走小路只隔了六七里，走機耕道騎單車個把小時就到。傍晚下了工，常見桃子推部單車，汗津津地跑上山來，和福吧提著鐵桶，拿上換洗衣服到水庫裡游泳。游泳上岸，著泳裝的桃子婷婷款款地走回來，濕漉漉的長髮貼在裸露的肩頭，白皙的肌膚貼著晶瑩的水珠，在夕陽裡閃閃爍爍泛著金光。泳衣貼著的胸脯，一起一伏格外活脫。兩條修長柔滑的美腿，托著緊繃上翹的臀部，使整個身體的力量上提，走起路來輕盈得像在路上飄。跟在後頭的豆乳和尤矮子見了，聲嘶力竭地叫喊：「受不了了！噴血呵！」

福吧調到山上，分派的工作是守花生。自打趙跛子和丫兒不再搭理我，我也不想再放牛，免得在山上割草、看牛時碰上沒話說。隊長見我態度堅決，接過牛繩說：「那你和福吧去守花生吧！」

場裡在背靠水庫的東山坡上，種了一大片綠油油的花生，夏日花落生籽，便要派人整天看守。起初是守牛羊野兔偷吃花生莖葉，待到花生籽粒飽滿，則要守獾豬、老鼠和夜裡偷拔花生的農民。守花生的棚子，搭在半坡上的花生地裡，站在棚邊，東南西北哪片花生地都能望到。福吧和我從場裡搬來五根樅樹、兩捆毛竹、十多擔稻草，整整忙了兩天才將棚子搭起來。棚裡只有一張用木板搭起的地鋪，一張搖搖晃晃的舊書桌，還有一盞新買的馬燈。馬燈用一根麻繩吊在書桌頂上，將棚子照得透亮。

朗月的山野，是夏蟲的世界：飄飄蕩蕩的螢火蟲，像傳說中小鬼們的眼，一眨一閃地滿山遊蕩，弄不清牠們想要飛向哪個地方；草叢裡的蛐蛐和紡織娘娘，長一聲短一聲、粗一聲細一聲地相互競唱，協奏出豐富多彩的和弦……福吧從床頭摸出兩本書，一本扔給我，一本

守花生的棚子，搭在半坡上的花生地裡，站在棚邊，東南西北哪片花生地都能望到……

自己捧在手裡，就著馬燈亮讀起來。我的那本是《唐詩三百首》，已被他捲了很多角，畫了好些圈圈槓槓。那是我第一次讀到那麼多的唐詩，知道唐代有那麼多的好詩人。「詩光看沒有用，要背！每天背兩首，睡覺前我考你。」福吧一邊看書一邊對我說，口氣就像一位老教師。也就是在那年夏秋之交的三個月裡，在那個荒山野地的草棚中，我一首不落地將三百首唐詩背了下來。每天清晨，我手捧詩集站立在山坡上，面朝噴薄而出的朝陽，大聲誦讀那些或華麗或雋永的詩章，像草葉吸吮露珠，像花朵迎接朝陽。

「知道桃子為什麼喜歡我嗎？因為我愛讀書！幾乎所有的美女都喜歡會讀書的人。美女自己越不讀書，就越崇拜讀書的人。她們不一定聽得懂詩，但聽得懂故事。書裡的故事講出來，個個引人入勝，你每天給她講兩個，古代的現代的，中國的外國的，講上一個月她不愛上你才怪！古人說書中自有顏如玉，講的就是這個道理。我讀書不是為了黃金屋，只為顏如玉！黃金屋也不一定能換來顏如玉呢。美女再高傲，都服讀書這服藥，百試百靈。」

一天晚上喝了酒，福吧丟掉手裡的書對我說，越說越興奮，把他的每個戀愛故事說了一遍。星稀月斜，我聽得睡眼惺忪，恍惚中看見一條蛇從棚頂的麻繩溜下來，蛇頭差不多碰到了福吧的腦袋。我叫了一聲「別動」，操起一根竹棍把蛇打到地上，撲撲兩棍將蛇打死。福吧看到被打死的是一條母蝮蛇，說一定還有一條公的。兩人操著竹棍東撥西戳，將棚子找了個遍，最後，在枕頭下找到了一條公蛇。如果當時沒發現，說不定我們中會有一個被蝮蛇咬傷，假若是在睡夢中，必定會一命嗚呼。這事至今想起來，脊背還一陣陣發涼。

因為生活作風問題，福吧很晚才招工返城。先是招到我父親所在的中學當炊事員，經父親推薦，慢慢替人代課，後來考去讀了兩年教師培訓學院，正式轉崗當了老師。福吧是在中學校長的任上退休的，據說，在澧縣福吧一直是公認的優秀校長。

福吧並沒有和桃子結婚，工作後在夢溪鎮上的糧站，找了一個蘇姓的妹子。婚後每隔三兩年就會傳一則緋聞，婚姻卻一直很牢靠。朋友聚會，蘇姓妹子並不避諱這個話題，望著福吧說：「他就這個愛好，狗改不了吃屎！」福吧也不聲辯，胖胖的臉龐堆了一臉笑容，兩隻老鼠屎般的小眼睛瞇縫著，舉起酒杯吆喝大家：「喝酒！喝酒！」

樂寶

場裡每天上工，是一個班組一個班組約齊了出發的，十幾個人荷鋤挑擔，長長的一路行走在彎彎盤盤的山道上，時間長了難免寂寞。娟子說：「樂寶，你有收音機，晚上聽到了什麼消息說一說。」樂寶挑副籮筐走在隊伍後頭，聽見娟子叫他，趕到前頭說，沒聽到什麼消息，只有美國之音說剛下水的巨輪不行。接著將晚上在美國之音中聽到的新聞都說了一遍。這事一開頭，慢慢便成了習慣。每天班組上工，都是樂寶講述美國之音裡的新聞。樂寶一邊講，眼睛卻盯著娟子那張好看的臉。開始是一個班組，後來是別的班組也讓樂寶去講，再後來，乾脆是晚上一群人圍著收音機收聽。樂寶平時沒什麼人搭理，常常將家裡帶來的好吃好喝分給大家，才有人跟他一起抽菸喝酒混上一晚。沒想到一個美國之音，讓一群人每天晚上圍著他轉，不由自主地有了人五人六的感覺，有時候故意蹲在茅坑裡不出來，讓人三番五次到茅坑來請：「時間到了！時間到了！」這時他才慢慢拿報紙刮屁股，慢慢摟起褲子走回宿舍，慢慢掏出鑰匙打開箱子，把收音機擺在書桌上。

這事沒過多久，朱伯啦就知道了。是有人故意告的密，還是失口說出去了，沒人弄得清，反正朱伯啦鐵青著臉爬到了山上。知青場集體收聽敵台，這是驚天大案，弄不好是要抓好多人的。樂寶明白了這事的輕重，哭著連夜跑回了家裡，一連幾天不敢回場。

朱伯啦並不派人去追樂寶，只在場裡把聽過美國之音的找來，辦了兩天學習班，讓大家反復背誦毛主席語錄：「凡是敵人反對的，我們就要擁護。凡是敵人擁護的，我們就要反對。」最後讓每個人寫一份認識。認識材料收齊，又讓場長撬開樂寶的箱子，當眾沒收了樂寶的收音機：「你們心裡都明白，汪樂天腦子有病，一會兒清白，一會兒糊塗，這收音機放在他手裡，他一犯病還會出事犯錯誤。你們都是插友，要相互愛護，不能利用他腦子有病幹錯事！」朱伯啦這麼一說，大家想想樂寶呆呆傻傻的樣子，也覺得他的腦子是有病。如果沒病，誰會把收聽敵台的事對人說，甚至每天組織人收聽呢？

樂寶是被父親送回場裡的。父親交給朱伯啦一份縣醫院蓋了鮮紅印章的證明，證明樂寶患有間歇性精神病。敵台風波就此過去，場裡恢復了舊有的平靜，只是大家再看樂寶，怎麼看都覺得他有病。樂寶把家裡帶來的紅糖、蜂蜜分給大家，大家覺得他過去沒這麼大方；樂寶把家裡帶來的白酒、香菸鎖起來，大家覺得他過去沒這麼小氣。往常樂寶幹活慢，現在覺得他不僅幹得慢，而且幹過的活要全部返工；往常樂寶吃得多，每月飯票不夠吃，現在覺得他吃得更多，吃到一半女知青過來搶他的碗，擔心他不知飽足把自己撐死……

樂寶的父親是位南下幹部，從北到南一路打過來，身上鑽了好幾顆子彈。復員後留在澧縣，論戰功至少可以當個縣長，實在文化太低，連自己的名字都寫不攏，最後只當了個局長。局長休了遠在東北的小腳村姑，在一中找了個女教師做太太。據說開始時女教師不願意，局長多少霸了一點蠻，把生米煮成了熟飯。婚後局長太太倒是當得有模有樣，接二連三地生了一群女兒，最後如願以償，生下樂寶這個八斤半的胖小子。英雄晚年得子，自然樂天樂地，樂天的大名幾乎脫口而出。一雙父母加上一群大大小小的姊姊，每天把他寶呵貝地喊來喊去，慢慢便落下了樂寶這個名字。

樂寶繼承了父親的魁梧身材，肩寬體胖，肥頭大耳，一副大官人的身板。唯一的遺憾是嘴闊唇厚，而且有點地包天，向外突起的下顎，給人進化滯後的感覺。樂寶從小和書有仇，拿到手裡就想撕，當教師的母親買了多少糖果餅乾做交易，樂寶還是不讀書。從小學到高中，樂寶沒做過幾回作業，不是拿出零食請同學幫忙，便是回家扔給姊姊。樂寶接到知識青年上山下鄉的通知書，父親拿在手裡哈哈大笑：「樂寶呵樂寶，如今你也成了知識青年！」

自打娟子上了山，樂寶的眼睛裡便沒了別的異性，回家看到姊姊們，也覺得橫豎不順眼。樂寶下鄉時已有兩三個姊姊成了家，常常從家裡給樂寶捎吃的用的，樂寶總是立馬送到娟子的宿舍去。起初娟子接了往桌上一攤，見者有分，宿舍裡的姊妹樂呵呵地分享。時間一長，娟子覺得不太對勁，樂寶一來她便往外跑，躲著樂寶不見面。樂寶丟了魂似的跑回家，賴著姊姊們想辦法。姊姊們拗不過樂寶，只好結伴來山上找娟子。娟子原本有男友，長得高大帥氣，在鎮上的建築隊裡當工人。娟子見到姊姊們，始終沒有開過口，隨便姊姊們說什麼，只是不停地搖頭。娟子性情開朗，性格柔順，屬那種人見人愛的美女，即使是同齡的女性，見了也會喜歡。姊姊們一見到娟子，心裡便有了答案：眼前這個美女，不會是樂寶碗裡的菜。

場裡的知青知道了樂寶搬兵姊姊的事，更覺得樂寶有病，豆乳甚至說：「一家人都有病！」娟子聽了連忙阻止：「豆乳你別這麼說，人家一家人都挺好的。樂寶喜歡誰，也是他的權利，不要老說人家有病。朱伯啦這麼說，是為了保護樂寶，也是為了保護全場知青。那時聽美國之音，你不比誰都積極？」娟子話說得柔和，態度卻很硬朗，而且句句都在理上，場裡再也沒人說樂寶有病之類的話。

娟子和我同姓，按輩分我是叔叔。兩家的父輩常有往來，算得上世交。這層因由加上性情相投，兩人的關係便近過常人。娟子拒絕樂寶的姊姊後，樂寶看上去魂不守舍，娟子怕樂寶出事，便約了我一起去見樂寶。娟子說我是她的男朋友，高中時就好上了，而且兩個家裡的人都知道，鎮上很多人也知道。我明白娟子把我頂出來，是想有一個看得見的人擺在眼前，讓樂寶徹底滅了這個念頭。

樂寶真的沒再找過娟子，只是更加落落寡歡，三天兩頭請假往家裡跑，一月出不了幾天工。後來我和娟子一起調去了湖邊，沒再見過樂寶。聽說我們下山不久，樂寶便辦了返城，用的還是那張說他有間歇性精神病的醫院證明。

這些年，我去美國很多次，有兩次站在美國之音的大樓前，自然地想起了樂寶。導遊說，美國之音早已停了對華廣播，冷戰時代的輿論格局已經打破。如今的互聯網、自媒體無所不在，廣播傳播的有效性已大打折扣。當然，無論媒介如何便捷，人們對於真相的追索，永遠是一種本能。只要還有窗口，就會有人張望，儘管透過窗口，看到的未必就是真相。

當年在山上，樂寶給了我們這扇窗口。重要的不是我們在樂寶無心打開的窗口裡看到了什麼，而是我們在無意中學會了尋找窗口張望。

那年重返山上，我謝絕了福吧和娟子同行的請求，獨自駕著一台凌志（Lexus）的越野車，從樊家鋪拐上上山的機耕道。道路失修已久，坑坑窪窪積滿泥水，上坡下坡車胎都有些打滑。

我將汽車停在水庫的大壩上，在靠近水面的一塊石頭上坐下來。因為雨季，水庫的水線很高，滿滿的一庫碧水，漾著細微的波紋。岸邊的花草雜亂而蓬勃，一叢一叢的野薔薇，從大壩上爬下來，豔紅豔紅的在陽光裡開得熱鬧。也有布穀鳥在遠處飛過，「布穀布穀」的幾聲鳴叫之後，山裡幽靜得瘮人。

遠遠近近的山坡上，當年栽種苧麻、花生的梯田，都已退耕還林，連同拆掉了房子的場部地基上，密匝匝地種滿了油茶樹。油茶花事正盛，漫山遍野都是開放得純淨而又穠麗的白色花朵，置身其中，彷彿習俗裡一場盛大的祭事。再過一些年月，大抵沒人再記得這個曾經的麻場，這些曾經的知青，這季曾經的青春與生命。姑且認為這一歲一季的花事，就是山野的記憶，就是草木的祭祀吧！草木非人，孰能無情？

福吧、尤矮子、桃子、豆乳、娟子、樂寶……他們都還記得嗎？記得我們曾經的山上？

二〇一七年十二月九日於抱樸廬

湖畔

一

那是第一次，我站在湖畔，面對一片漫無邊際的殘荷。

夕陽西沉，鮮紅的晚霞倒映湖水，與平靜湖面上緩緩升起的霧氣融為一體，變幻成一派流動的氤氳，將湖面上乾枯的荷葉和彎折的莖稈浸潤在半透明的霞霧裡。夜靄漸濃，遠近的殘荷，如同焦墨寫就的畫卷無限展開，看上去枯瘦而磅礴、沉雄而靈動！那種鮮紅與墨黑的衝突、流動與靜止的衝突、無邊與局限的衝突，竟如此強烈又如此和緩，如此相剋又如此相契！站在湖畔的我，說不清是被震懾還是沉迷，身體和思維深陷其中，直到一輪圓月高掛中天，湖面上彌漫起淡藍色的霧靄……

二

從山上到湖畔，我們的使命是從零開始建造一個知青場，以接納即將下鄉的新知青。其實，那時候高考已經恢復，上山下鄉的政策即將廢止，已經建造的知青場亦將廢棄，但是，如此巨大的政策轉向，沒人可以預測，我們依舊肩負著光榮使命，雄赳赳地開赴湖畔。

我所在的班組，借住在洪嗲的家裡。洪嗲是當地的大隊支書，家裡的三間板壁瓦房，建在臨湖的一塊台地上。湖區隔三岔五漲水，洪水一來，再牢實的房子也沖得精光，因而每家每戶的房屋都不寬敞闊綽。洪嗲家與村民不同的，是屋前禾場上長著一棵大銀杏樹，夏日枝葉蔥蘢，銀杏巨大的冠蓋將房子遮得嚴嚴實實。我上洪嗲家正值初冬，是銀杏葉黃如金的季節。站在遠處的河堤上，便看到了那一樹檸檬黃的葉子，在明豔的陽光下閃閃爍爍，那種金屬般的光澤，讓你彷彿能聽到樹葉在風中碰撞的清脆聲響。初冬的湖區，該落葉的樹木已是滿樹霜色，不落葉的樹木也在寒風中顯出幾分蕭瑟，只有銀杏，那麼高調地將亮閃閃的華蓋舉在空中，似乎秋霜和寒風與其無侵，無所顧忌地黃得那般明亮，黃得那般任性。那是我第一次見到那麼高大的銀杏樹，第一次感受到那麼俊逸灑脫、純淨明亮的樹木之美。那是霜雪下的倔強春意，是肅殺裡的反叛抒情！因了這棵銀杏，我一直懷念這棟兩度借住的平常民居，一直惦記這位相處不久的樸實農民。這棵銀杏，雖不是我湖畔生活的某種象徵，卻是我青春年少的生命中，一個抹不去的審美符號。

三

來到湖畔的前兩個月，每天鑽進河灘上的蘆山砍蘆葦。冬天砍蘆葦，是件極苦的活，寒風颳過河灘，刀子般地傷手傷臉，三天下來，手上臉上都是乾裂的口子，用力一擦汩汩地滲出血來。經霜的葦稈很硬，鐮刀砍下去又狠狠地彈回來，震得握鐮刀的虎口開裂。第一次進蘆山的人，砍不上一捆蘆葦，便會滿手血泡。血泡磨破，錐心的疼痛讓你不停地跳腳甩手。即使是男知青，也會痛得齜牙咧嘴呵呵地叫喊。娟子一幫女知青，戴上手套砍蘆葦，依然砍得滿手是血。血一乾，手套和皮肉黏在一起，熱水泡上半夜仍扯不下來。從河灘把砍倒的蘆葦擔到準備修建新場的湖畔，要在又高又陡的河堤上上下下，壓得肩頭又紅又腫，扁擔擱上肩去，疼得不是殺豬般地叫喊，便是恨得心裡想殺人。直到手上肩上的血泡磨成了老繭，這個煉獄般的過程才算了結。到那時，搭建新場的蘆葦已經堆成了一座小山。

蘆葦是用來搭建臨時場部的，讓我們先遣的知青有個棲身之所。先是將蘆葦用稻草捲成碗口粗的桿子，再用竹片將桿子夾成一塊板，最後糊上一層摻了石灰和草莖的厚厚泥巴。待泥巴風乾，便成了房子的四壁。房頂也是用蘆葦蓋的，先將蘆葦砸扁，再一層一層鋪在杉樹檁子上，鋪一層蘆葦壓一層河沙，如此鋪上三層，屋頂不僅禁得住雨雪，而且冬暖夏涼。湖區的農家遭了水災，度災的房子都是用蘆葦搭建的。好些窮困的人家，在蘆葦搭的房子裡，一住十多年。

從洪嗲屋裡搬出來住進蘆葦房，已是在臘月間。雖然睡的仍是地鋪，大家還是興奮地吵鬧了一宿。娟子和幾個女知青摸著手上結成的老繭，說不清是悲傷還是高興，只是斷了線似的掉淚。過小年的夜晚，場裡知青聚餐，男的女的都喝了好些酒，醉了的尤矮子、豆乳和丫毛，吵到半夜才安靜。凌晨，被一陣濃煙嗆醒，睜眼一看，房子一片烈火，我慌忙喊醒大家。知青一個個來不及披上棉衣便衝出房子，站在禾場上眼睜睜看著蘆葦屋燒成灰燼。那晚風大，風助火勢呼呼一捲，豔紅的火焰燒到半空，十幾里外都看得到。知青們只得搬回原來的住家，除了穿在身上的衣褲，其餘什麼都沒留下。洪嗲搬出幾床新彈的棉絮，扔在還沒來得及拆除的地鋪上。我們男男女女擠在一起，一言不發地等待天明……

四

次日大雪，雪花一筐一筐往下倒，又被嗚嗚的北風捲起來，揚在空中真像一片片飛舞的鵝毛。天地間被席捲的風雪塞得滿滿。湖面上結了冰，雪花在枯瘦的荷稈間滾來捲去，將寒風裡搖來擺去的枯荷埋在了厚厚的雪堆裡。屋簷上的冰凌越結越長，銀杏樹遒勁的枝條執拗地刺向天空，彷彿要將封凍的蒼穹捅出幾個窟窿來。洪嗲披了件棕毛蓑衣走進風雪裡，一眨眼便被雪花裹得沒了蹤影。

傍晚洪嗲回到家裡，湖邊便響起了突突的抽水機聲。抽水機整整抽了兩天兩夜，才將一個靠近大堤的湖壩抽乾。洪嗲打了赤腳，提著一隻木桶下到湖中，將一條條在泥水中翻滾的鯉魚、草魚和鱅魚捉進桶裡，然後提到雪地上，分作一小堆一小堆，讓每個知青領一堆回家。後來我們知道，洪嗲那天冒雪出門，是和隊裡的村民商量，要乾一片湖壩捉點魚給知青回家過年。洪嗲以為會有村民反對，沒想到他話一出口，大家都贊同，就連平時最愛出頭冒尖講怪話的五癩子也說：「伢兒們燒得精光了，好可憐，乾幾條魚給他們回家過年要得！」村民們又冒雪在湖裡挖了好多蓮藕。等到村民將糊滿淤泥的蓮藕搬上湖岸，手腳已凍得又紫又僵。

知青一個個來不及披上棉衣便衝出房子，站在禾場上眼睜睜看著蘆葦屋燒成灰燼。那晚風大，風助火勢呼呼一捲，豔紅的火焰燒到半空。

臘月二十八，公社派了一輛拖拉機接知青回家過年，知青們竟每人帶了一擔湖藕、十幾斤鮮魚和一隻活雞。據說，那十幾隻雞是洪嗲在村民家挨家挨戶一隻隻討來的。

大雪一連下了四天，整個湖垸都埋在了棉絮般的積雪裡，連同農民的房舍，遠遠望去也只剩下一個厚厚的雪包。洪嗲裹在雪花中，對著站在拖拉機上的知青招手：「在家多住幾天，過完正月再回來……」北風呼嘯，洪嗲的喊話被撕碎成一截一截，斷斷續續地飄在風雪裡。

洪嗲並不是知青場的幹部，他只是新場屬地的一位書記。

五

湖畔的春天，是從河堤湖埂上悄然來臨的。先是枯草叢裡一星一點的綠芽鑽出尖兒，一眨眼便成了薄苔似的淡淡的綠意，又一眨眼便疊成苔蘚般的厚厚綠毯，再往後便是草葉舒展、花骨朵兒爆開。開始是米粒般的無名小花，貼著地皮星星點點地悄然開放，然後是迎春、地米菜、紫雲英等五顏六色的花朵嘰嘰喳喳地綻開，彼此不分日夜地往前趕，深恐誰開在了後頭。湖畔最早的春天氣息，是青草略帶生澀的氣味，之後才是青草混雜著花香，那是一種分辨不出哪一種花草，含含混混的草木腥味。陽光燦爛的日子，躺在大堤或湖岸鋪滿枯草的泥土上，你能真切地感受到地下的熱氣往上蒸騰，聞到濃重的青草腥味在周遭彌漫，聽到湖水裡冒出一串串氣泡和間或的一聲魚躍。待你睜開眼睛，湖水裡已冒出了嫩生生的小荷尖角，還有菖蒲、野荸薺、野茭白搖曳的纖細莖稈。在湖畔，最高遠的天空是春天，最沉醉的氣息是春天，最繾綣的幻想也是春天……

有了起火的教訓，知青場不再用蘆葦，改為自己扳磚燒窯建造。每個知青一天的定額是五百塊磚。早晨五六點起床，上午十一點左右便能扳完碼好，蓋上稻草編成的草簾收工。晴朗的下午，我會抱著一本書迎著太陽躺在大堤上，看著看著便昏昏睡去。娟子和女知青們則拿了一團一團紅的綠的毛線，有一針沒一針地織毛衣。湖畔的日子簡單而悠長，毛衣常常織了拆拆了織，來來去去好幾回，直到毛線不能再拆了，一件毛衣才算織好。住在洪嗲家裡的知青，湊錢買了兩斤毛線，讓娟子給他織件厚毛衣，結果織來拆去，兩個月還沒有織好。

六

晚上大隊部放電影，娟子和女知青換了連衣裙，豆乳和丫毛換了擦了白粉的回力鞋，戴了平日裡捨不得戴的軍帽，男男女女吆吆喝喝出了門。我不喜歡湊熱鬧，又覺得看電影不如看小說，便窩在鋪上看《野火春風鬥古城》。天黑不久，丫毛氣喘吁吁地跑回來，說蓮子場的知青調戲娟子，雙方打起來了。我看丫毛頭上的軍帽不見了，白回力鞋糊滿了泥巴，嘴角有一塊淤青殷殷地流著血，二話沒說便衝出門，直奔大隊部，丫毛叫上另外幾個知青跟在後頭。

電影依舊在放映，看電影的人吵吵嚷嚷擠作幾堆，我看到娟子被一堆人圍著推來搡去，原先紮著的辮子散成了一瀑亂髮。我推開人群擠進去，對著扯住娟子的大個子，狠狠地一拳砸在鼻梁上。大個子砰的一聲倒在地上，用手一抹鼻子，滿滿一手血。打鬥的雙方一下愣住了，對方沒想到我這麼一個瘦小的個子能一拳將大個子打倒，場裡的知青從未見我打過架，沒想到我出手這麼狠。只有娟子知道，我曾學過三年武術，師傅是胡伯啦，夢溪鎮衛生院治療跌打損傷的老中醫。

大個子回過神來，跑出人群撿了一根木棒，掄起往我頭上劈，我身子往左一扭，右手迎上去抓住木棒用勁往後一拖，大個子連同木棒撲倒在地上。大個子想翻身坐起來，被我一腳踩在腰上。對方的人嘴裡喊打，卻沒一個人跨步上前。加上我們場裡的知青人多，對方邊吼邊扯著大個子退場：「沒完！你們狠的就等著，明天再打！」

大個子是附近蓮子場的知青，是公社龐祕書的兒子。因為從小長肉不長心，憑著個高肉多力氣猛，常常打架滋事。母親在津市管不住，怕他跟社會上的人混出事來，便交給在公社當祕書的父親來管。父親將他放在蓮子場，照樣一天不打架便血憒肉張。因為做事沒分寸，打人沒輕重，便被人叫做苕寶。津澧一帶把紅薯叫苕，稱某人為苕寶，是說他只長個子不長心，發起寶來三頭牛都拉不住。蓮子場也是公社辦的，原本沒有知青，因為區裡、公社有幾個幹部的子女要下鄉，又不想將他們下到麻場和我們一樣受苦，更主要的是回城指標沒法特殊照顧，便悄悄地塞到了蓮子場。除了苕寶，有區委書記的女兒鄒波，讀初中時是我的同桌；還有一個叫桑晨，是公社書記的千金。和桑晨一同進場的叫齊華，舅舅是哪個局的局長，齊華是桑晨的男朋友。就因為蓮子場是一個貴族知青點，麻場的知青平時不愛來往，這次我打了苕寶，個個覺得出了一口氣，彷彿這次打鬥，是一場平民與貴族的戰爭。

我準備苕寶還要打上門來。過了三天，尤矮子領他到洪嗲屋裡，我騰地一下從椅子上彈起來，站穩椿子準備出手，沒想到苕寶兩手一拱：「不打了，我打不過你。結個兄弟吧！」苕寶說，他一看就知道我練過功夫，書又讀得好，文武雙全，這個兄弟他一定要認。

在湖畔的那一年，苕寶常常跟在我屁股後面，我扳磚他幫我扳磚，我趕鴨他幫我挑棚。有時娟子她們要挑煤挑米，苕寶見了一定會搶過扁擔送到場裡。苕寶認定娟子是我女友，誰要欺侮她，掄起拳頭就打。苕寶愛打架，還真不是因為性格暴躁，而是因為生命力膨脹，他常常覺得一身的力氣沒處使，勁一上來對著牆壁也要擂幾拳。場裡見苕寶喜歡打架，便用其所長，讓他看湖守魚守蓮子，只要逮著下湖偷魚摘蓮蓬的，他不聲不響當胸就是幾拳，打得人家仰面倒地。只要我在場，喊一聲「苕寶」，他便會收起拳頭，揮一揮手放了被逮的農民。

後來，苕寶還是因打架被判了幾年刑。娟子說，苕寶返城回津市，幫自己的兄弟爭女朋友打群架，掏出刮刀捅傷了人。開初關押在湘南的一座監獄裡，一天深夜，藉著雷電交加的暴雨越獄，人沒逃出去，腿卻被看守一槍擊中。政府將他換到了看管更嚴格的監獄，刑期也追加了好多年。究竟是八年還是十幾年，娟子說她也說不清。

七

進入夏季，洞庭湖區的雨，一下便是夜以繼日昏天黑地，十天半月斷不了線。再有耐性的農民，也覺得這雨不能再下了，忍不住要拉開大門仰望天空，看看有沒有一絲大雨停歇的徵兆。

等不到雨水停歇，湖區已進入汛期。大堤外的澇河，山洪捲著整棵的樹木、淹死的豬牛沖下來，在河心巨大的漩渦裡沉浮。混濁的河水從大堤低矮處漫過大堤，向垸子裡倒灌，披蓑戴笠的民工，小跑著從垸子裡的台地上擔土，把低矮的河堤填起來，堵住倒灌的河水。大堤的堤腳開始浸水，慢慢地變作管湧，河水混著泥漿一股一股地冒出來，民工們扛著裝了卵石的麻袋奔跑，一袋一袋地壓在管湧上。

遠近的勞力都上了大堤，一段一段地分工鎮守。白天口哨聲此起彼伏，夜裡火把和手電筒連成一片。衣褲上浸滿泥水的民工，疲憊地鑽進草棚，和衣倒地便睡。沒人知道這一覺能睡一個時辰還是半個時辰，只要大堤上哨聲一起，銅鑼一敲，爬起來便往風雨裡衝。

垸裡的漬水，一個時辰一個時辰地上漲，淹沒了稻田，淹沒了蓮湖，淹沒了湖岸和台地。有經驗的農戶，將家裡的柴米油鹽和值錢的東西搬到木船上、腰盆裡，家禽家畜則不論大小，一律抓來宰殺掉，醃在一口瓦缸裡。知青們沒有經歷過水災，先是把行李往樓上搬，等到漬水上樓，又往地勢高的農家搬，等到台地上的農家也進了水，再往場裡高高聳立的窯頂上搬。漬水倒是沒有浸上窯頂，只是窯上的紅磚經水一泡，漲斷了箍窯的鋼絲繩，嘩的一聲磚窯垮塌在漬水裡，窯頂的行李和女知青一同淹在了水中。幸好洪嗲從大堤上偷跑回來，划了隊裡的大船趕到，將行李和女知青撈上船。朱伯啦連夜從公社跑到湖邊，把知青們安置在大堤上的電排站裡。

電排站已經住了不少山裡來的民工，又擠進了垸子裡被淹了房屋的農民，朱伯啦幾腳踩開站長和職工的房門，讓知青們搬了進去。望著知青們濕漉漉的行李和衣服，朱伯啦讓站長找來幾個電爐烘烤。站長說現在農電緊張，電力要用於排漬，不能用電爐烤火，朱伯啦啞著聲音大吼：「農田和房屋都淹了，還排個卵的漬！先幫他們烤乾，弄病了知青老子拽你的毛！」

八

洪水退去，漬水退去，農田被重新播上了晚稻。在漬水裡浸泡過的蓮荷，又在陽光下撐直了莖稈，田田的綠葉將湖面遮蓋得嚴嚴實實。紫的白的蓮花，從密密擠擠的荷葉下鑽進來，將碩大的花朵托舉在陽光裡，舒舒展展地打開花瓣，婷婷嫋嫋地搖曳在微風裡。黃色的花蕊一絲一絲地豎起來，在陽光下泛起一道道金光。清新淡遠的荷香，南風一拂，撲面而來，立足深吸卻又一縷也聞不到。

夏夜的湖面，淡藍的霧氣輕飄飄地彌漫在荷葉和蓮花之間。星光透過薄霧、荷葉的縫隙落進湖裡，如一隻隻童稚的眼，清亮而柔和地眨閃。荷葉的碧綠和蓮花的淡紫，浴在霧氣裡緩緩地浸漫開來，沒有邊際地向夜的深處蔓延。青蛙呱呱地叫得賣力，似乎一定要蓋過水邊和岸上草叢裡的蟲鳴。水鳥倒是安靜，悄悄地在荷葉下游動，只有偶爾的一兩次魚躍，弄出湖水的巨大聲響，才驚得水鳥撲哧撲哧地衝出荷葉，呵呵地飛鳴向遙遠的夜空。

湖的那面，有小提琴聲傳來，低迴而婉轉，似乎想打破湖畔的寧靜，又似乎使湖畔靜得更深幽。我知道那是齊華在拉琴，我想像他站在湖畔的月光下，身旁還有一個人，那是桑晨。齊華拉的是〈梁祝〉，一首歡愉中隱著悲傷和無奈的曲子。漫長的一個夏夜，齊華一直忘情地拉著這首曲子，我等著他換一首小夜曲，舒伯特或者誰的都好，可是那一夜，齊華和桑晨，還有這湖畔的夏夜，始終都在如泣如訴的旋律裡……

九

因為去蓮子場找苕寶，便時常和齊華、桑晨碰面。大抵平時苕寶與他們玩不到一起，加上上次打架兩人也在邊上，對我沒有什麼好印象，尤其是桑晨，見了點個頭，算是打了招呼。

那次去苕寶宿舍，我手上拿了本《高爾基短篇小說集》。桑晨見了，問我看完了可否借她，我說這是看第二遍了，要看她現在就可以拿去。大約一個月後，桑晨來找我還書，我們在湖邊走了很久。我問齊華怎麼沒來，她說回縣城了，他舅舅好像出了一點事，不當局長了，齊華是被家裡人叫回去的。桑晨其實沒有必要告訴我這麼多，她的坦誠拉近了彼此的距離。桑晨說我讀書那麼細，好些故事都作了眉批和尾批。我說反正閒著沒事，再說也沒什麼好書讀。高爾基會講故事，是個真正的小說家。很多人以為把高爾基定位紅色作家是抬高了，其實是把他看低了，魯迅也是這樣。桑晨坦言她沒讀多少書，沒法比較這些作家，但她願意聽我談論這些。

桑晨後來告訴我，她愛上齊華是因為小提琴。齊華平時靦腆拘謹，還有幾分小心眼，但只要他一拉琴，便像換了一個人，全神貫注，揮灑自如，似乎自己便是這些音符的主宰，便是這個旋律王國的皇帝，不僅雙目炯炯，臉上也似乎泛著一層光華。桑晨說她喜歡齊華的這種狀態。原先他舅舅準備把他招進縣裡的文工團去，現在恐怕不行了，他得自己考學，否則他就吃不了音樂這碗飯。

桑晨不像桃子和娟子，有那麼精緻柔美的五官、精巧柔和的線條、精細柔順的個性。桑晨圓臉圓眼，鼻子挺拔，嘴唇肥厚而任性地噘起，豐滿的胸部和壯碩的大腿向外噴射著生命的活力，加上開朗坦蕩的個性，更像一個自由瀟脫的男孩子。

齊華從縣城回來，言語變得更少，工餘便是拉琴，每晚都至深夜。夜裡聽著湖那面傳來的琴聲，反倒不如夏夜的順暢舒展，我隱隱地覺得，齊華是在用琴聲和自己較勁，心中似乎已經明白自己做不成某件事，但一定要逼著自己不撞南牆不回頭。

那年高考，我報了文科，齊華報了音樂。齊華報了幾所學校，都是小提琴專業未過。我上大學後，聽說齊華又考了兩屆，每次還是專業分不夠。桑晨和齊華是同時招回縣城的，桑晨進了一家工廠，齊華進了商業系統。桑晨所在的工廠，沒幾年就倒閉了，父母親找關係另外安排了單位，桑晨斷然拒絕，堅決自己找了份生意做。齊華仍然喜歡拉琴，後來乾脆組織了一個業餘樂隊，有人找便出個場，沒人找便自娛自樂。所謂出場，也就是在別人家的紅白喜事上拉一拉。

婚後的生活頗似湖水，平平靜靜沒有大波瀾。平日裡，兩人也有爭吵，大多因為齊華心眼小，桑晨又大大咧咧慣了。離開湖畔後，我一直沒有見過桑晨和齊華，倒是碰到過一回桑晨的母親。她匆匆忙忙地和我打招呼，說是要送桑晨的孩子去學琴。老人家說：「孩子學琴出路窄，能學出來的沒幾個，學不出來人就廢了。可是桑晨倔得很，一定要逼著孩子學琴，還非得在外面請老師，齊華教她都不同意。」

我獨自站在大堤上，回望陽光下無邊的稻田和蓮湖……我第一次被湖畔的景色感動得隱隱心痛，雙眼情不自禁地潮潤起來。

十

我的大學錄取通知，是娟子從鎮上的郵局帶回來的。

娟子站在河堤上，揚著手中的信封高喊：「毛子考上大學了！毛子考上大學了！」正在稻田裡扯草的知青們，一個個爬上田埂，帶著兩腿泥巴奔上大堤，圍著娟子把裝通知書的信封傳來傳去，最後遞到了我手上。我拆開信封，還沒來得及看內容，又被尤矮子一手搶過去，舉在眼前一字一句地念起來。

知青們散去後，我獨自站在大堤上，回望陽光下無邊的稻田和蓮湖。水渠上挺拔的水杉和搖曳的垂柳，將稻田圍成一個個正方形的小垸子。垸子裡滿畈的稻禾正在抽穗，微風吹過去，青綠的稻穗沙沙作響。蓮湖的花事已謝，褪去了花瓣的蓮蓬，拳頭似的高舉在荷葉之上，彷彿是在引頸眺望採蓮的姑娘。有兩頭尖尖的小船，從鋪滿荷葉的湖面撐過，在荷葉間犁出一道道碧綠的波痕。陽光純淨得透明，似乎連垂柳上的蟬鳴也容不下，白得發亮的雲朵，靜悄悄地臥在遙遠的天邊，全然沒有飄來湖畔的意思。洪嗲家的銀杏樹，舒展的冠蓋闊大得像一座綠色的島嶼，隆起在微波蕩漾的湖畔……

我第一次被湖畔的景色感動得隱隱心痛，雙眼情不自禁地潮潤起來。人生的改變其實已在預料之中，告別娟子、苕寶一幫朋友，亦不至於讓我心生感傷。或許，還是因為湖畔，因為這早秋裡湖畔空寂的景色，因為湖畔這惆悵得不忍言說、純淨得不忍別離的年少時光……

二〇一七年十二月十五日於抱樸廬

梅大伯

梅大伯跟父親是同事，父親在鎮完小他在鎮完小，父親調縣五中他調縣五中，加上平常喝酒抽菸黏在一起，有點臭味相投，穿一條連襠褲子的意思。那年紅衛兵在教學樓上刷標語，也「火燒」、「油炸」地把兩人寫在一起，彷彿真是一對為奸的狼狽。

不過細想，父親和梅大伯並沒有什麼相像的地方，他們能惺惺相惜二三十年，還真不是因為相類而是相異。

父親瘦，瘦得像隻猴；梅大伯胖，胖得像頭豬。兩人去鎮上喝酒，父親走路快，到了碼頭邊的酒館裡，花生米吃了兩碟，梅大伯還肥豬似的在青石街上慢慢拱。

父親穿著講究，即使是補丁打補丁、洗得發了白的舊衣裳，依然洗了要上漿，穿在身上抻抻抖抖；梅大伯穿戴極隨便，早上起來，抓著哪件是哪件，一套衣服能連穿個把月。老婆捎來的新衣衫，套在身上沒半天，便揉成了一把酸醃菜。

父親說話文雅，雖不一天到晚之乎者也地賣學問，但一簍話裡挑不出半個髒字來；梅大伯說話粗野，一句話裡能卵呵逼地吐出一串葷詞。學校新來的女老師，無論老少，和他說不上三句話，便會羞得一臉通紅。

父親為人大方，老家捎來的水果，學生送來的魚蝦，見者有分，兩人便二一添作五，三人就三一三十一。如果梅大伯不在場，父親還會勻出一份留給他。梅大伯做人小氣，一碟花生米，也要十粒二十粒分作好幾份，收在那裡長出了紅花綠黴，才心碎腸斷地倒掉。鄉下老婆帶來一籃鹹鴨蛋，梅大伯一天只准煮一枚。煮好切成五六瓣，從早到晚吃一天。一次弟弟去了他宿舍，盯著鹹鴨蛋不肯走，梅大伯挑了半天挑出一塊給弟弟，上面竟沒帶一點蛋黃。臨走拉著弟弟交代：「媽逼的鹹鴨蛋吃完了呵，半個都沒有了！」梅大伯一是怕弟弟跟人講，二是怕弟弟吃飯時再來。

梅大伯家在鄉下的山裡，距學校四五十里山路，靠了兩條腿，起早摸黑要走一整天。不到寒暑假，梅大伯懶得吃這份苦，寧願窩在學校打光棍。梅大伯的老婆到學校來得稀少，來了也就兩三天，把床上的被套蚊帳、牆角的衣服褲子洗淨晾乾，天不亮便打轉回了山裡。

傳說梅大伯的老婆是童養媳，大他六七歲，因此梅大伯便不冷不熱了半輩子。論模樣，鄉下女人倒是長得眉目清麗，臉龐乾淨，一頭青絲又黑又密，綰在頭上妥妥貼貼，看上去反倒比梅大伯年輕六七歲。學校裡年輕的女教師見了，私下議論說：「一朵鮮花插在牛糞上。」

梅大伯是學校領導，具體什麼職務，沒人說得清。副書記？副校長？好像什麼事都管，又好像什麼事都不管。有人覺得他古道熱腸，有人覺得他狗咬耗子。碰上幫忙不成反添亂的時候，大家也一團火窩在肚子裡發不出來。一個年輕的大學生剛分配到學校，斗了膽子問校長：「麻大伯到底是什麼職務？這裡插手那裡插手，人五人六的樣子！」「你說他不該人五人六呵？他一九四九年前就入了黨呢！那時你怕還在穿開襠褲。」校長也說不清梅大伯該是什麼職務，但梅大伯是老黨員，他是翻過檔案的。

梅大伯是任課教師，具體教哪門課程，同樣沒人說得清。語文老師請了假，他申請去頂語文，數學老師生了病，他要求去頂數學。梅大伯走進教室，不在黑板上寫一個字，劈頭蓋臉便宣布：這堂課的內容是從哪頁到哪頁，先自己看，看不懂的互相討論，討論還不懂的再問老師。等到快下課了，他問學生有什麼不懂，學生急著下課，齊聲回答：「都懂了！」也有學習認真的提出問題，他讓學生寫成紙條，積到一兩個星期再找同頭的任課老師作一次解答。期末考試，學生的成績倒也未受什麼影響。不管代哪個年級的語文，梅大伯請的答疑老師，必定是父親。

梅大伯喜歡上的課是體育和生物。他上體育課，便是把學生聚到操場，圈成一圈趕綿羊。先是他做羊讓大家趕，然後是他趕大家，一堂課趕得學生汗流浹背、心花怒放。

生物課那時主要是學農，別的老師上課，也是把學生往田邊地頭帶。梅大伯則將學生帶到學校食堂的豬欄邊，自己爬進欄裡，抓住一頭十多斤重的小豬，讓男生幫他按在地上，然後掏出一個黑乎乎的油紙包，拿出一柄鏽跡斑斑的小刀，往小豬肚子上猛地一扎，扎出一道半寸長的口子，兩根手指探進去，在豬肚裡掏出一朵粉紅色的肉花，一刀割下來，順手拋到屋頂上，再用清水在傷口上拍一拍，將小豬放回欄裡。學生擔心小豬感染死掉，天天跑到豬欄去看，看到每頭閹過的小豬都活蹦亂跳，大家便佩服起梅大伯來。別的老師都只能講理論，只有梅大伯可以閹豬，而且動作俐落灑脫，比語文老師寫得一手好字還神氣。那幾屆的學生

梅大伯則將學生帶到學校食堂的豬欄邊，自己爬進欄裡，抓住一頭十多斤重的小豬，讓男生幫他按在地上，然後掏出一個黑乎乎的油紙包，拿出一柄鏽跡斑斑的小刀……

中，有好些後來考上了農學院，聊起中學時代印象最深的一堂課，不止一個人說，是梅大麻子上的生物課。

梅大伯就叫梅大伯，不是學生或晚輩對他的尊稱。因為長得圓圓滾滾，看上去像個冬瓜，再加上一臉綠豆餅似的麻子，的確不是一副讓人肅然起敬的派頭。老師學生私底下，不是叫他麻大伯，就是稱他梅大麻子。父親當面叫他麻大伯，他倒也不生氣，樂哈哈地照樣找父親要菸要酒，「一臉麻子長在臉上，還能藏到褲襠裡？人家喊喊也不會多出幾粒。」

當面敢叫麻大伯的，學校還有一個人，就是新來的大學生。大學生是個長沙伢子，戴副金絲眼鏡，長得清瘦，說話斯文。一到籃球場，便生龍活虎換了一個人。每回大學生打球，梅大伯都會到場，倒水遞毛巾，比誰都熱情周到。和梅大伯一樣每場必到的另一個人，是學校年輕的女音樂教師，每當大學生投中一個遠籃，她那銀鈴般的喝彩聲便響徹整個校園。球賽一完，大學生和女教師匆匆離場，梅大伯只能提著熱水瓶在操場發呆。

一晚賽完球，梅大伯跑進小鎮喝酒。夜半酒酣回校，碰上大學生和女教師摟在桑園裡。那天正好滿月，一派清輝之下，涔水波光粼粼，桑園夏蟲唧唧。大學生和女教師沉醉在天地詩意與男女情歡中，不料被梅大伯晃悠的腳步和粗魯的喘息侵擾。望著梅大伯搖搖晃晃的背影，大學生狠狠地罵了一聲：「麻大伯。」

次日午餐，梅大伯將大學生堵在食堂門外，趁著四周沒人，一臉莊嚴地對大學生說：「那東西再硬也搞不得這個女人呵！搞了會有哆嗦呢，她是軍婚！哪個男人那東西不硬？再硬也要忍住！」大學生氣憤得咬牙切齒，差點沒把飯盆扣在梅大伯頭上：「麻大伯，少管閒事，莫非你癩蛤蟆想吃天鵝肉？」

大學生果然搞出了哆嗦事。沒幾個月，女教師肚子隆起來，再寬再大的衣服也遮不住。那時候打胎要單位出證明，大學生便撬開學校辦公室的窗戶，翻箱倒櫃找公章，差點被巡校的抓住。大學生知道自己闖了大禍，破壞軍婚加上偷竊公章，兩罪相加不僅工作不保，說不定還有牢獄之災。萬般無奈，大學生寫下一紙遺書，塞進女教師宿舍的門縫，一躍跳進了涔水。

第二天，公社來了好幾個人，圍著學校找大學生。梅大伯走過去，說辦公室是他撬開的，女教師的肚子是他搞大的。人們一聽奇了，再一看他的樣子，以為是個精神病。梅大伯見沒人相信，急得一臉麻子通紅：「我喜歡她幾年了，看見大學生和她談戀愛，我沒忍住，跑到她房裡把她搞了。我知道她是軍婚，搞她要坐牢，我沒搞我能認？莫非我是哈卵？」雖然將信將疑，公社的人見梅大伯言之鑿鑿，便將人帶走了。父親看著梅大伯走出校門，立馬去了女教師的宿舍，把麻大伯說過的話，原原本本地重複了一遍。父親是在告訴女教師，公社人問訊時，她和大學生該怎麼應答。

事發的先天晚上，梅大伯去過我家，將從水中救起的大學生交給父親，說了要去頂罪的想法：「人家養個大學生不易，學校來個大學生也不易。把他抓去判幾年人就廢了，出來還有卵用！我在學校是個閒人，關幾年出來依舊是個閒人，照樣喝酒吃飯，照樣大麻子一個。」

公社後來弄清楚，女教師只是和遠在西北服役的一個排長相過親，並沒有拿證辦酒，梅大伯的罪，也不好硬往破壞軍婚上靠。女教師也不說是強姦，人往縣裡交不上去，關在公社三四個月，要吃要喝要人看守，反倒成了一個包袱。公社的書記一咬牙：「放了吧！快活了這筒麻卵，搞了那麼水靈的一個姑兒！」下面的人聽了，差點沒笑出聲來，因為書記自己也是一臉大麻子。

梅大伯回到學校，女教師不僅沒有道聲感謝，反倒當著好些人，打了梅大伯兩個耳光：「哪個和你睡過覺？麻起一張臉胡說八道！」老師們覺得女教師恩將仇報，為梅大伯抱不平：「要不是梅大伯出來頂罪，她那孩子就得生下來，誰還要她呵！」梅大伯卻一面和父親喝酒，一面笑嘻嘻地說：「打兩下就打兩下吧，我這張麻臉，還沒親近過幾個女人，就當是被一個標緻女人摸了吧。」

沒多久，女教師真的和排長結了婚，隨軍去了大西北。過了三年後，大學生也調回了長沙，在一所大學裡教化學，後來很年輕就當上了教授。

「文革」一開始，這件事又被翻了出來。父親是骨幹教師，理所當然戴上了「反革命學術權威」的帽子，梅大伯領導算不上，教師也算不上，只好定了個「反革命強姦犯」。起初還只是刷標語貼大字報，並沒有關押批鬥。梅大伯感覺到陣勢不對，心想「三十六計走為上」，便一溜煙跑回了鄉下。沒兩天，梅大伯又跑回了學校，一面在學校晃晃蕩蕩，一面和李伯一起鼓動父親逃走。等到父親從學校後門逃出來，消逝在茫茫的夜色裡，梅大伯卻落在了紅衛兵手裡，連夜綁著他在小鎮上遊街，胸前的牌子上，除了寫著「反革命強姦犯」，又添上了「反革命協助逃跑犯」。

聽母親說，梅大伯受了很多罪。有一次，紅衛兵拿了石片在他臉上刮，說是要把他臉上的痲子刮下來，刮得一臉血肉模糊。後來梅大伯還是逃走了，紅衛兵追到他山裡的老家，追到他所有親戚的屋裡，都沒有找到他的影子，只得認定，「梅大痲子畏罪自殺」。父親逃跑返校後，四處打探梅大伯的下落，甚至幾次跑到他山裡的老家，都只見到了他的老婆和兒子。

梅大伯的老婆告訴父親，梅家當年的底子不薄，十幾擔旱澇保收的田土，三進三院的瓦屋。只是梅大伯生下來就是個孽障，打小死活不肯讀書，發蒙的先生戒尺打斷三四根，還是在課堂上坐不住。父親把他送進縣城的洋學堂，心想或許能變好。結果還是烏龜變團魚圓脫圓（原脫原），成天和街面上的人進餐館、下賭場。父親遣人將他綁回家，又娶了一門童養媳的媳婦，以為可以拴住他，到頭來反而變本加厲，十天半月不回家，回家便是賣田土。梅家只有這一個兒子，父親死了心，由他去敗這份家產。臨近一九四九年，老人過世，田土、房屋也都賣完了。也多虧了梅大伯，如果不是他把這個家敗了，土改劃成分，必定劃個地主，

父親拉他到碼頭邊的酒館，梅大伯一邊斟酒一邊感歎：「我原本是個大手大腳的人，等到把家敗了，才想到捏緊巴掌過日子……」

那後來的日子也就慘了。父親問起梅大伯入黨的事，她說當年與梅大伯混街面的人中，也有地下黨的，他們與他賭錢，有些做了活動經費。地下黨見梅大伯仗義，家裡又有些錢財，一商議便拉了他進去……

父親準備調往津市的那一年，梅大伯突然回了學校。學校讓他恢復公職，他搖搖頭斷然拒絕：「我在學校還能幹什麼呀？混了一輩子，都土埋半截的人了，還混呵？在家裡種點地，圖個心安實在。」

父親拉他到碼頭邊的酒館，梅大伯一邊斟酒一邊感歎：「我原本是個大手大腳的人，等到把家敗了，才想到捏緊巴掌過日子，到頭來得了個小氣摳門的名聲，家卻沒有富起來；我原本厭煩讀書，小時候卵都玩脫，玩到成年才覺得沒有文化不行，選個學校待著，以為能補點墨水，到頭來還是斗大的字認不了一籮筐。你猜我這些年躲在哪裡？躲在當年一個賭友那裡，他在城裡撿荒貨，我跟著他每天在垃圾堆裡爬進爬出，扒一爪吃一嘴，錢沒攢到，人卻自在。」

父親說：「時局變了，人想改變也是常理。變得過來變不過來，其實差不多，想明白了，萬變不離其宗。當年你混街面，靠的是一份義氣；後來你想不混，正正經經做個人，還是靠的一份義氣，大學生和我，不都是你救下來的？」

「唉！也講不清到底是義氣還是哈卵！這回本不需要再回來了，怎麼就覺得你會惦記。

學校裡沒人還記得我，除了你！或許你也不記得了，但我覺得你會記得。講透了還是為自己。那年我出來頂罪，其實也是為自己。你以為我不想那個女老師？想呢！難道你不想？我只是一張麻臉，想也想不到。我好恨那個大學生！他們搞出了哆嗦，我就站出來了，覺得是為自己想的女人做了點事，也想日後她或許會感激我。沒想到一出來她就扇了我兩巴掌！她有她的難處，我也想得通，但心裡還是像被狗咬了！心想你不就是長得好點，老子搞不到，還不是有人搞！人跟人有多大的不一樣呵？

「我逃脫了又回來，催你逃走，其實也是怕你被整死。你那麼瘦，禁不住整。我只你這麼一個朋友，你死了，就一個把我當人的都沒有了。老婆和兒子被我害得苦，哪裡會把我當人看？這回我來看你，其實也是看你還認不認我這個朋友，還把不把我當人看。

「細想我還是個哈卵！我不來你以為我死了，還留個義字在你心中，你還把我當個人。我來把這些事說透了，你反倒把我看扁了。如果不是我那收荒貨的朋友死了，我還有他那個朋友，我也就不來了。他一死，我就立不住了，我就要看看這世界上我還有沒有朋友。我就是這個想法，你說是義氣還是不義氣呢？義氣這兩個字，想不清也講不明白……」

父親告訴我這些話，是在幾年之後。那次父親病得重，母親讓我趕回津市，擔心父親躲不過這一劫。我坐在病床邊，等著父親睡醒來，怕他有什麼後事交代。沒想到父親給我說了前面這番話。父親說得很細、很動情，像平時在課堂上朗誦戲文。病中原本虛弱，父親一口氣說了這麼多話，激動得一臉潮紅。在這樣一個時刻，意外說上這麼一番話，父親到底想告訴我什麼呢？這事我想了許久，一直沒想明白。或許父親自己也沒想為了什麼，只是覺得這番話他憋在心裡好難受。

從醫院回來，父親說那次和梅大伯見面，兩人只顧了說話，沒喝什麼酒。帶去的兩瓶酒，剩下一瓶多，分別時他讓梅大伯帶走了。

聽到梅大伯過世的消息，是在他下葬幾天之後。報告死訊的是父親早年的一個學生，也是梅大伯山裡的同鄉。他說趕到梅家時，靈牌前供著兩瓶白酒，一瓶沒有開過，開過的還剩下大半瓶……

二〇一七年九月九日於抱樸廬

我的朋友吳卵泡

吳卵泡說，他是我兒子的朋友。他們拉勾盟誓互認朋友的那一年，兒子三歲，吳卵泡三十六歲。

「卵泡」在湘西是個葷詞。湘西人彼此稱卵泡，一定是大塊吃肉大碗喝酒大聲罵娘的鐵兄弟。若是泛泛之交，你趁著酒興或跟著他人叫了卵泡，對方必定眼睛一瞪酒碗一摔，跳起腳來操你祖宗八代。

只有吳卵泡，他是一個例外。

老朋友新朋友，誰叫吳卵泡，他都樂癲癲地一臉笑，喝酒便喝酒，抽菸便抽菸，初次見面也能葷段子一扯大半天。日子一久，大名沒人記得起，生人熟人提到他，順口而來「吳卵泡」。

分配到大學教書的頭一天，便有人跟我提起吳卵泡。那時吳卵泡還待在山溝裡的一所中學教書。因為愛好寫作，偶爾也在刊物上發點散文或小說，於是在湘西一帶的文學圈裡有點名頭。文人相輕，朋友們認他，倒不是說他寫作多麼出色，只是說他為人仗義，說話風趣。五湖四海的人，只要說是搞文學的，無論名頭大小，他一概熱情接待。先大酒大肉地把自己的錢花完，然後扯著身邊的兄弟掏口袋買單，實在沒有什麼人好找了，就在學校的食堂裡有啥吃啥。只要客人不開口說走，吳卵泡便管吃管住到底。

當時，學校裡教寫作的是一個平反右派，姓胡，據說當年在北大也算個才子，畢業後留校教留學生。因為沒管住嘴巴，被直接從課堂上拉到牢裡蹲了二十年。「文革」後學校延攬人才，將他從四川鄉下挖了出來。胡右派的第一堂課，是上給吳卵泡那個班的，其時吳卵泡是學校的大二學生。胡右派提了個竹籃子走上講台，從籃子裡拿出一本講義，學生見了哄堂大笑。因為吃了嘴巴的虧，之後的二十多年，胡右派大概加起來沒說上百十句話，如今站上講壇，原本不知怎麼開口，學生一笑，更是急得一臉通紅，說不出一句話來。胡右派在台上越窘，學生在台下越鬧，你一言我一語轟胡右派下課，吳卵泡一個大步登上講台，厲聲呵斥：「吼！吼！吼！吼個卵呵！人家二十年沒說過話了，讓他緩一緩歇口氣會死呵！當年北大教外國人的老師，還教不了你這個卵大學的學生？」那時吳卵泡剛在刊物上發了篇豆腐塊散文，在班上調子高，他一吼，教室裡便鴉雀無聲了。從此，胡右派對吳卵泡感恩戴德，差點沒兩腿一跪，在講台上給他磕個頭。

吳卵泡畢業後，胡右派時不時跑到鄉下去看他，每回都是清清白白去，醉醉醺醺回。有一回，兩人到縣城吃消夜，啤酒喝了二十多瓶，待到算帳買單，口袋一掏分文全無。擺夜宵的攤主揪住不放，推推拉拉動了手，最後驚動了派出所。民警問：「沒錢你去吃什麼消夜？」吳卵泡答得振振有詞：「我老師來了，沒錢未必就不招待！」民警沒見過這麼不講道理只講人情的，當即把吳卵泡放了。擺夜宵的還想囉唆，民警將手銬往桌上一拍：「幾個卵錢呵？學學人家，情義值千金呢！」

有一回，兩人到縣城吃消夜，啤酒喝了二十多瓶，待到算帳買單，口袋一掏分文全無。擺夜宵的攤主揪住不放，推推拉拉動了手，最後驚動了派出所。

經胡右派鼎力推薦，吳卵泡被調回了學校，分在胡右派名下當助教。

吳卵泡回到學校，沒帶一件像樣的東西，手上提個蛇皮袋，身後跟了個背背簍的矮個子女人。學校分給吳卵泡的住房在伙房邊上，過去是給廚師住的簡易木板房。從房間的板壁縫裡看出去，外面是堆成小山的黑煤渣。屋頂蓋的不是瓦，是那種冬冷夏熱、雨夜滴答滴答響到天明的洋鐵皮。吳卵泡報到是在暑期，走進屋子，熱得像個火爐。吳卵泡只穿了一條鄉下裁縫做的大腰短褲，細細高高的身子套在鬆鬆垮垮的短褲裡，像個演馬戲的小丑。吳卵泡一邊拿著毛巾擦汗，一邊笑嘻嘻地調侃：「有個地方幹那事，不用去山上打野炮就可以了。」

隨後吳卵泡告訴我，身邊這個矮個子女人，是他在縣裡開筆會時弄上的。吳卵泡在台上講寫作，當幼師的女文青在台下目不轉睛地望著。晚上幼師來房間拜師，天一句地一句扯到半夜還沒有想走的意思，吳卵泡看同住一屋的已經睡了，便帶幼師上了山。

吳卵泡就勢將幼師擁倒在草地上，酣暢淋漓地把事幹了。等到摟褲子起身，吳卵泡看到旁邊不到兩尺的地方，兩條蝮蛇糾纏在一起，也在朦朧的月光下幹那事，嚇出來一身冷汗。心想要是躺得偏一點，說不定就為酣暢淋漓的野炮獻出了寶貴的生命。吳卵泡暗自發誓：日後再怎麼熬不住，死活不能打野炮！

大約過了一個月，吳卵泡跑到後勤處，死纏爛打要換房，說先天晚上正和女人幹那事，一個炸雷落在鐵皮屋頂，差點沒把人嚇死！自己那東西，到現在都軟軟的，怎麼弄都挺不起來。要是就此廢了，豈不斷子絕孫？沒想到在屋裡打家炮，比上山打野炮還要危險和恐怖……管房子的為其所動，雖然沒有為吳卵泡換房，倒是拆了他的鐵皮屋頂，換上了油毛氈和杉木皮。

學校窩在大山裡，師資缺得厲害。我和吳卵泡一幫助教，被學校趕鴨子上架逼上了講台，各自獨自講授一門課程。吳卵泡講的是文學與創作。因為有些寫作體會，加上能將鄉下俚語、民間葷故事水乳交融地融入授課，吳卵泡上課大受追捧，不僅本班學生早早跑進教室占座位，外班外系的學生也跑過來，扒在窗外聽講課，弄得好些老教授跑到學校去告狀。

那年月，只要是所大學，不管有無文學系，都會有好些沉迷寫作的學生，也會有好些文學社團。雖然社團的發起人都想自立為王，卻都想舉了吳卵泡這面旗幟：一來吳卵泡在文學期刊有人緣，可以為學生推薦作品；二來吳卵泡生性好客，隔三岔五將學生叫到家裡吃肉喝酒，只要酒碗一端，吳卵泡便不拘師生禮儀，和學生稱兄道弟醉成一團；三是吳卵泡樂善好施，哪個學生生病或月底少了飯票，他都會把口袋掏個底朝天。看著每天一群群學生跟在吳卵泡屁股後瘋進瘋出，栽過筋斗的胡右派為之捏一把汗，見面便對吳卵泡說：「槍打出頭鳥呢！」吳卵泡聽了，也躲避學生兩三天，忍不過一個星期，又是找學生喝酒，又是山高海闊地侃文學。

胡右派見勸說無效，便時常將吳卵泡喊到家裡來喝酒，免得他天天和學生混在一起。胡右派的老婆也是四川人，經人介紹，嫁給了比自己大二十多歲的胡右派。吳卵泡平常見了，都恭恭敬敬地喊聲師娘。師娘不僅做得一手好川菜，人也長得腮粉齒皓、臀翹胸鼓，走起路來腰似拂柳，說起話來眼含秋波，校園裡的男人，都說胡右派豔福不淺。吳卵泡被邀，師娘每回都傾情款待。假若醉了，師娘又是西瓜又是糖水，伺候得比胡右派還貼心貼肺。一年春節，胡右派獨自回川過年，師娘將吳卵泡叫到家裡，一杯一杯地敬酒，接著便一把鼻涕一把淚地哭訴：胡右派人老功夫差，一年到頭做不成幾回事；胡右派人窮心氣短，一年到頭給不了幾個零花錢……哭著訴著，師娘便傾倒在吳卵泡懷裡。吳卵泡雖有醉意，心裡卻守著防線，立馬站起身來：「你是我師娘，要對得住我先生！不然我會告訴先生的！」

這事吳卵泡大抵並未告訴胡右派。後來胡右派教過的一個留學生，做了匈牙利駐華大使，邀胡右派過去遊玩，胡右派覺得這事面子大，欣然前往。臨行胡右派置酒，鄭重其事地將老婆託付給吳卵泡，並悄悄地告訴他：自己不會再回學校教書了！

沒幾月，校園裡傳出緋聞，說胡右派的老婆和食堂裡一個年輕廚師混上了。吳卵泡受人之託、忠人之事，便去食堂找廚師理論。

誰知廚師年輕氣盛，不等吳卵泡開口，當胸便是幾拳。吳卵泡不僅挨了打，還被說成是爭風吃醋。這事讓吳卵泡鬱悶了好些日子。一回喝了酒，吳卵泡將師娘勾引的事告訴我，半醉半醒地賭咒發誓：「我吳卵泡要是幹了這等有悖倫理的事，老天不容！」

如今他已不大和學生黏在一起，每天把女兒三千頂在肩上東串串西逛逛，一口的葷故事說得人前仰後合……

假緋聞未了，吳卯泡又惹上了真緋聞。又是一次文學筆會，吳卯泡遇上了一位稍有姿色的女文青，據說是一個工廠的文藝幹事。會址選在浦市，那是沅水上游一個頹圮的古鎮。當年，沈從文隨軍閥輾轉沅澧，就是在這個小鎮的碼頭邊，遇上了《邊城》裡翠翠的原型。吳卯泡帶著這位在古鎮偶遇的「翠翠」，訪會館，謁深宅，在石板老街上尋找沈從文曾經迷戀的絨線鋪，探望張學良曾經被關押的古院落。大江東去，殘陽如血；人事已非，古鎮依舊……吳卯泡到底沒有抵擋住歷史人文與激盪青春的兩面夾擊，在當年見證過張學良將軍困厄歲月的那片橘紅園裡，又生生死死地野了一炮。

吳卯泡與矮個子女人的分離辦得十分糾結。倒不是先前的女人有多麼難纏，也不是財產的分割有多大歧義，而是吳卯泡自己在兩個女人中難以割捨。一會兒覺得對不住舊人，一會兒覺得有負於新人；一會兒決定捨棄舊人，一會兒決定解脫新人，翻來覆去三人糾纏了一年多。大概也就在那段日子，吳卯泡患上了嚴重的高血壓，自己卻渾然不覺。

或許，那是吳卯泡身心最虛弱的時點，他卻就在這個時點上捲進了學潮。吳卯泡自己一身虱婆捉不完，原本無心關注身外的事情，是平常一起喝酒的那群學生，將他從家裡拖出來，推進了遊行的行列。吳卯泡行進在群情激憤的隊伍中，由萎靡而亢奮，由遲疑而決絕，原本就在的影響力和突然迸發的壯烈感，將吳卯泡推擁到行進隊伍的最前頭……

人與歷史，每個人都將以自己的方式兌價。吳卯泡的兌價是離開了講台，在學校做一些校工的工作。

一天，吳卵泡在校門口碰到我四歲的兒子。兒子沒有像平素那樣叫他吳卵泡，也沒有叫他朋友，而是冷冷地叫了聲：「反革命分子！」吳卵泡先是一怔，然後一言不發悻悻離開了。之後吳卵泡不再與學生聚餐，也不參加校園裡的文學活動。白天和校工一起做事，夜晚和校工喝酒打麻將，每每通宵達旦。家裡的事情，他三下五除二俐落地釐清了，離舊娶新，繼任者很快便有了身孕。臨產那天，吳卵泡還在麻將桌上激戰，剛好開出一個槓上花，便有人來報：生了一個女兒。吳卵泡覺得兆頭大好，便脫口而出叫了女兒槓上花。後來女文青出身的母親覺得不雅，吳卵泡便改了一個大雅的名字——吳三千，取白居易「三千寵愛在一身」之意。

那時我已離開學校，在山東攻讀碩士。朋友們信中告訴我，吳卵泡已恢復教席，只是如今他已不大和學生黏在一起，每天把女兒三千頂在肩上東串串西逛逛，一口的葷故事說得人前仰後合。研究生畢業後，我回學校搬家，準備遷去省城工作。吳卵泡頂著三千來家裡送行。我勸他潛下心來寫點東西，千萬別荒廢了自己的才情。他說了好幾個正在構思的故事，聽上去信心滿滿。

期待中，我在雜誌上讀到了他的新作，那是一篇寫我兒子的散文，題目是〈我的朋友某某〉。文字一如既往地輕鬆和喜感，吳卵泡式的幽默，甚至讓人忍俊不禁。掩卷品味，其中似乎又多了一分不絕如縷的淒涼。我想，人過四十，又經歷了這些家庭與事業的變故，生出些許人生的淒涼感倒也正常，於其寫作，未嘗不是一種沉澱和昇華。我盼望著他能將那些給我講述過的故事寫出來，相信會比過去的作品多一分悲劇情愫。

一天深夜，朋友打來電話，說吳卵泡死了，死於他一直沒有警覺沒有治療的高血壓。朋友說他是來省城跑職稱的，他覺得自己這個年紀還是個講師，就像人過半百還是一個生員，說出來都醜人。為了這次能評上副教授，吳卵泡四處拜訪評委，在烈日下奔走了一整天，回到學校的辦事處已大汗淋漓。出門前吳卵泡約好了一桌麻將，朋友應約在桌邊等他，他說沖個澡就上桌。朋友們聽著淋浴間的龍頭一直嘩嘩地流水，卻聽不見吳卵泡的任何聲音。推門一看，吳卵泡已倒在地上，赤身裸體躺在積水裡。醫生診斷，吳卵泡是突發腦溢血，沒有搶救的時間。

曾經與幾位朋友商議，把吳卵泡的作品收攏來，給他出個集子，圓了他的寫作夢。翻來找去，發現吳卵泡的作品遠比想像的少，怎麼也湊不夠一本書的容量。我將能找到的作品細細讀過，平心而論，這些二三十年前吳卵泡引以為榮的作品，其人物不如他自己率性有趣，其命運不如他自己耐人尋味。搞了大半輩子寫作，吳卵泡最令人惦記不捨的作品，大抵還是他自己……

二〇一七年七月二十五日於抱樸廬

跋

於我，本書的寫作和出版，確係「無心插柳」。

前年年底的一個週日，陽光很好，好到初夏般燦爛。我靠在書房的落地窗前，浴在陽光裡翻閱魯迅先生的手稿。看著先生那一行行典麗而厚重的筆跡，突然覺出我輩敲擊電腦的無聊。想到當年魯迅、從文諸先生，都是憑一管毛筆，寫下逾千萬字的著作，便情不自禁地拿起毛筆，在書桌上寫畫起來。開始是抄詩，慢慢覺得無趣，之後想到一個題目，便一氣呵成寫了一篇文章。

幾日後，水運憲來書房聊天，無意間看到書桌上的手稿，說：「我拿去發了吧！」我告訴他，這是信手寫下來的，登不了大雅之堂。他似乎沒有聽見，出門時還是帶走了稿子。這事我沒上心，幾天後便忘得一乾二淨。

過了兩三個月，水哥又來書房，隨手扔給我一本《湖南文學》。翻到目錄頁，果真有署著我名字的〈鳳凰的樣子〉。水哥問還寫了什麼，我拿出一摞手稿給他，他竟然又埋下頭來讀了。讀完將手稿一捲，說他都拿出去發了。我讓他別把這事當真，我那是為了練字，出不了什麼像樣東西。水哥見我這般不上心，倒是認真起來：「曙光，你要相信我，這些散文真的不錯！每年出的散文雖然多，難得看到幾篇像你這樣讓人眼睛一亮的文字。」水哥是著名作家，其鑑別力我當然不會懷疑，我是怕他多少為了照顧我的面子。後來，一位不曾謀面的作家，將〈鳳凰的樣子〉發到了一個散文公號上，竟然一連幾天刷屏。

再後來，龔愛林也看到了這些文字。他讓我把尚未正式發表的全交給他，他推薦給文學期刊。愛林是省作協的黨組書記，憑人脈也能將這些文章發出去。但我臉皮薄，不想吃一碗人情飯。愛林覺得我誤解了他，很有幾分生氣：「我也有面子呢！不好的東西我能拿出去推薦？再說，推薦新作者也是我的職責！」不久，果然好多家期刊發了我的稿子。

偶然的機會，我認識了新星社的以寧。其實她過去在我手下工作，只是無緣相識。如今她已是新星社文學部主任，好些炙手可熱的文學書，都是由她推出來的。我發了幾篇散文給她，沒兩天，她回信息給我，「晨讀您的摯文，深深感動，清淚長流」，並說稿子已列入二〇一八年重點選題，希望我儘快將書編好給她。過了一天，以寧又將她先前的日記拍了發過來，似乎是為了證明，她所表達的都是真實的閱讀感受：「晨讀龔曙光先生散文數篇，至真，深誠，從生命底部淌出……〈大姑〉、〈我家三嬸〉等文字不僅是文字呵，它們是靈媒，連接和聚集那些樸實而又飛翔著的，真切而又夢幻著的，既禁得起苦難的折磨，亦受得住光芒灼耀的生靈。」這部書稿雖然最終沒在新星社付梓，最早提議結集出書的還是以寧。

之後，張煒來長沙修改新作《艾約堡密史》，余璐把〈我家三嬸〉等散文發給了他。返魯途中，他一直在閱讀這些文字。隨後他發來短信：「你這些散文，我實在喜歡」，並應允為之作序。他甚至就集子選什麼規格的開本，用什麼風格的插圖，都一一作了建議。

回到濟南，張煒又將這些文字推薦給了人民文學出版社。臧永清社長慨然接納，並當即把編務交給了《當代》編輯室。令燕主任、新嵐副主任聯袂擔綱編輯，並於次日與我見面。她們擺下了手頭的繁冗工作，集中精力審讀、編輯這部書稿，節奏之快，效率之高，大大出乎我這個業內同行的預料。

書稿既成，我求教於秋雨、浩明、少功、殘雪、洪晃、汪涵等朋友，請他們讀讀稿子。他們不僅耐心閱讀了書稿，而且欣然寫下了自己的推薦語，為我這個「文學新人」隆重站台……

所以如此瑣碎地記錄文學友人對這些文字的獎掖和推薦，只是想告訴讀者，本書如果沒有他們的發現、肯定和推動，這些文字，大概永遠只是一摞雜亂的毛筆手稿，未來某天清理書房，或許就付之一炬了。此事讓我意外地認識到，世上所謂的「無心插柳柳成蔭」，實在是因為背後還有一大群「有心栽花」的園丁在。

其實，在讀者看到本書前，書中的每一篇文字，都已經有了一群更早的讀者，是他們有好說好有壞說壞，真誠地推動著我一篇接一篇地往下寫。

首先是我的夫人周麗潔。每篇文章寫完，不管是深夜還是清晨，她總是第一個捧著手稿閱讀的人。雖然並不是每篇文字她都喜歡，但她總是告訴我：「你的文學才華是一流的，其人物白描和風物摹寫的能力，不讓許多大家名作。」我當然明白，這是一位妻子對丈夫的鼓勵，但她那種真誠而堅定的信任，的確是我寫作原初的動力。

還有我的同事，兆平、子雲、龍博、梁威、雋青、劉洪、王勇、正舉、崔燦和余璐等，這是一個不小的人群。他們是這些文字最早的忠實閱讀者，也是這些文章最早的熱心傳播人。每篇文章出來，他們像對待自己的文字一樣興奮和珍惜，第一時間發給自己的朋友，使之在社交圈中流傳。有一次，在洞庭湖畔的沅江，我曾碰到幾個非文學圈的同齡人，他們竟然能成段地背誦我文章的一些章節。我問他們從哪裡讀到這些文字，他們說，都是兆平在群裡推薦的。

冠華和田毗，是兩位特殊的讀者。我用毛筆寫成的手稿，是他倆一字一句輸成了電子版。我寫稿子快，一篇萬字左右的文章，一般兩個晚上便能寫成，但修改卻要花上兩個月，其間大體會修改近二十次。有時只動一兩個字，但他們卻又要在電腦上操作一番。

錘子是一家不小公司的老闆。多年前，偶然見到他的一還漫畫手稿，覺得有才情、有趣味，鼓動他結集出版。這次找插圖畫家，我想到的第一個人就是他。給他說過，他便埋頭去讀稿子了。

大約兩個月後，錘子竟發來了四十多幅插圖，其放任隨性的筆墨和略帶冷幽默的場景，正是我期望的那種風格。

年輕的裝幀設計家睿子，出身於一個家傳深厚的美術世家。他的父母，是我敬重的老出版家。睿子不僅精心設計了本書的裝幀，而且請母親蔡皋畫了封面畫。（編按：此處所指為簡體版）

他們是另一群「有心栽花」的人。

書甫付梓，我便託雋青呈給了遠在海外的白先勇先生。白先生是我青年時代的文學偶像。一直以來，我認為在當代中國的文學版圖上，先生是一位大陸作家無法替代和摹仿的台灣作家。所以呈書於先生，一是獻拙求教，二是希望先生能在台灣版上寫幾句話。先生年逾八旬，且在世界各地奔波，精力和時間都十分金貴，故話一捎出，我便有幾分後悔。沒想到先生秉一顆獎掖後進的師長之心，撥冗為素昧平生的我撰寫序言，熱忱向台灣讀者作了推薦。

印刻出版公司，是台灣文學出版的重鎮，其總編輯初安民先生素來重視推廣大陸文學新作。初先生看過書稿當即拍板在台刊行，讓我得以與海峽對岸的讀者結緣。

白先生與台灣的同行們，成為又一群有心栽花的人。

回頭想想，正是這三群人以情以義、勞心勞力的栽培，才使得我的這株「無心之柳」扎根展枝。不管將來能否長高成蔭，我都應當深長銘記。

當此出版之際，一一肫摯致謝。

己亥年正月十六日於抱樸廬

文學叢書 591

INK PUBLISHING

日子瘋長

作者	龔曙光
總編輯	初安民
責任編輯	林家鵬
美術編輯	陳淑美
內文插畫	李　錘
校對	潘貞仁　林家鵬
發行人	張書銘
出版	INK 印刻文學生活雜誌出版股份有限公司 新北市中和區建一路249號8樓 電話：02-22281626 傳真：02-22281598 e-mail:ink.book@msa.hinet.net
網址	舒讀網 http://www.sudu.cc
法律顧問	巨鼎博達法律事務所 施竣中律師
總代理	成陽出版股份有限公司 電話：03-3589000（代表號） 傳真：03-3556521
郵政劃撥	19785090 印刻文學生活雜誌出版股份有限公司
印刷	海王印刷事業股份有限公司
港澳總經銷	泛華發行代理有限公司
地址	香港新界將軍澳工業邨駿昌街7號2樓
電話	852-2798-2220
傳真	852-2796-5471
網址	www.gccd.com.hk
出版日期	2019年 3 月 初版
ISBN	978-986-387-285-6
定價	360元

國家圖書館出版品預行編目(CIP)資料

日子瘋長／龔曙光 著. --初版.
--新北市中和區：INK印刻文學，2019. 03
面； 14.8 × 21公分. --（文學叢書；591）
ISBN 978-986-387-285-6（精裝）

855　　108002889